哀しからずや
予科練は

江戸時代のらお屋は粋な商売の一つに挙げられていた。明治以降、蒸気の音を立て町なかを流していたらお屋。現在も僅かに残っている。※3

沢井健一が入隊した横須賀海軍航空隊本部の建物。※2

若々しい予科練生。飛行服を着て希望に胸をふくらませている。※2

写真右　飛行甲板で待機中の空母の搭乗員たち。この時期未だ敗北を知らないパイロット達の顔は明るい。※1

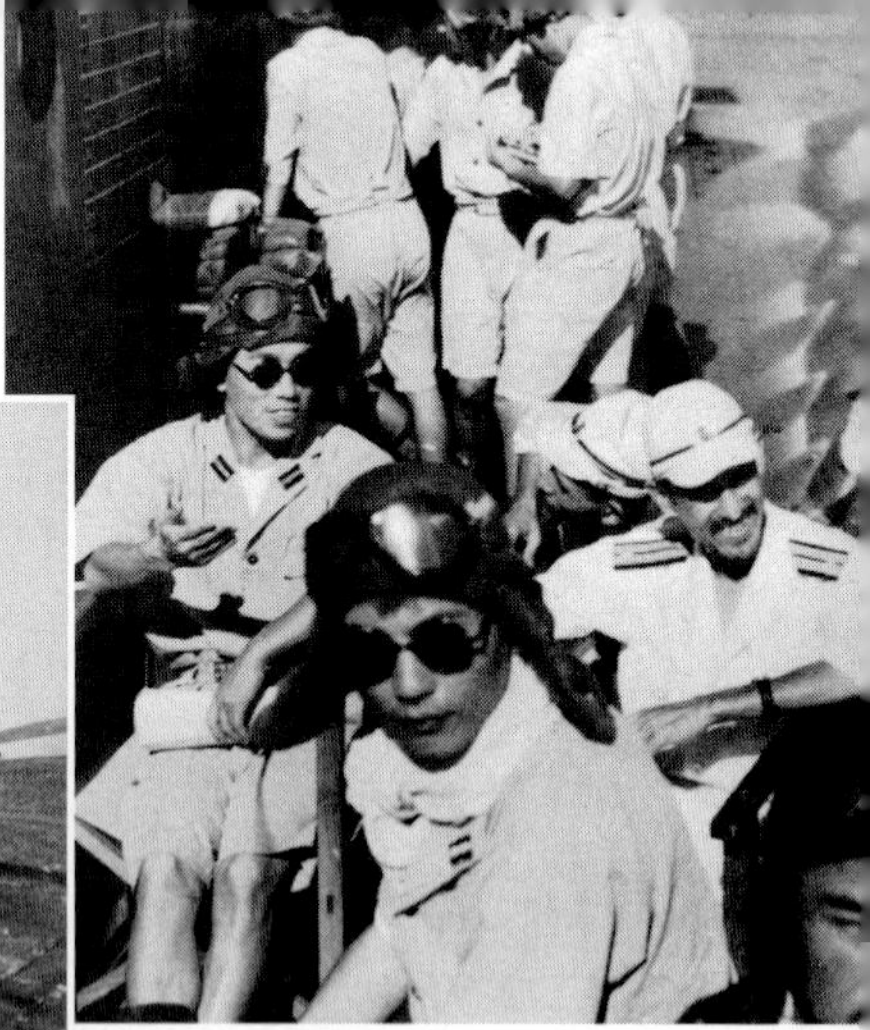

昭和17年4月高松宮が新占領地ご視察のためマニラ、シンガポールをまわられた。随行は軍令部の福留中将など。写真は高松宮の乗機から福留中将らの乗機を見たもので、護衛の戦闘機が一機も配されていない。この時期制空権は完全に我が方にあったから出来たことと言えよう。※1

ペナンにて草鹿任一中将より戦況を聞く高松宮。※1

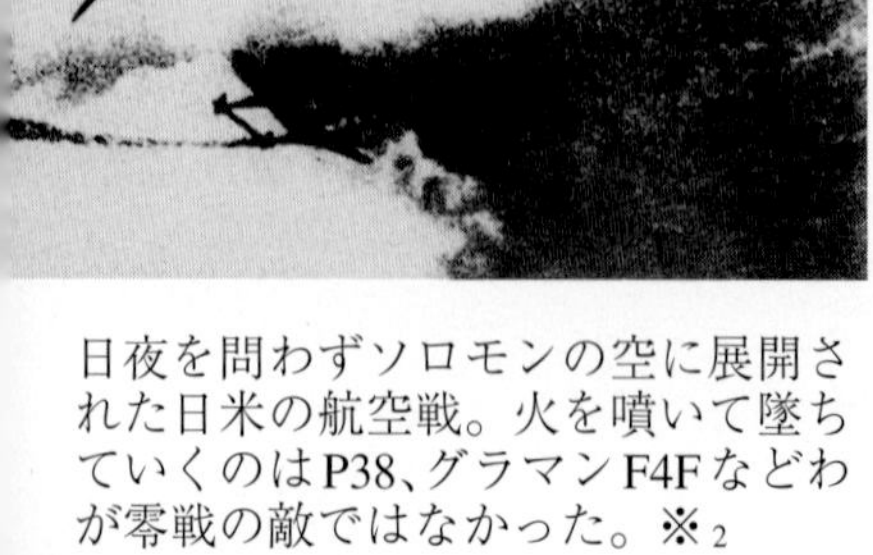

日夜を問わずソロモンの空に展開された日米の航空戦。火を噴いて墜ちていくのはP38、グラマンF4Fなどわが零戦の敵ではなかった。※2

東京の質屋。

写真上　一望千里の焼け野原となった東京。※1
写真下　その 40 年後の同じ地区。※1

ガダルカナル島への兵力や補給品は、制空権を握られてからは駆逐艦の高速往復による夜間だけの行動にたよるほかはなかった。※2

写真右
サーカスの空中ブランコ。
※4

写真左
戦車を楯に米歩兵部隊がジャングルを掃討しながら徐々に進撃してくる。※2

写真右　亘理大造の家も前は屋形船を持っていた。

写真上　不忍池より眺めた弁天堂。

写真右　ローソクの炊飯。

写真左

木曽の御料林。(いまでは国有財産になった)

写真右　空母瑞鳳。

写真左

ラバウル飛行場に待機する海軍基地航空部隊の兵力。しかし、日とともに機数、搭乗員ともに次第に減少の一途をたどることになった ※2

写真右

ラバウル基地の搭乗員宿舎。※2

写真左
指揮所前で隊長から出撃命令を受ける搭乗員たち。※2

写真右
ラバウル基地の山本長官。※2

写真上　ブイン基地の零戦隊。

写真右　ろ号作戦が終わったとき、作戦開始時の 173 機の飛行機は 52 機となっていた。※1

写真左　紫電改。

写真右　三四三空の精鋭たち。
（中央は司令源田実大佐）

写真左　現在の東京調布
飛行場。

写真右　いまも翔んでる鹿野氏。

写真上　鹿野氏一家。（中央の海軍制服姿が鹿野氏）

写真右　最後のGF長官、小沢治三郎中将。

写真上　鹿野氏近影。

帽振れ数題

現在の宝塚大劇場。（阪神大震災後建てかえられたもの）

宝塚歌劇団の創設者小林一三翁の胸像と花の小道。

写真右　宝塚海軍航空隊のあったことを示す記念碑。

写真下　淡路島に甲飛16期生を迎えにいった海防艦。

写真左　海軍兵学校の表玄関といわれる桟橋。

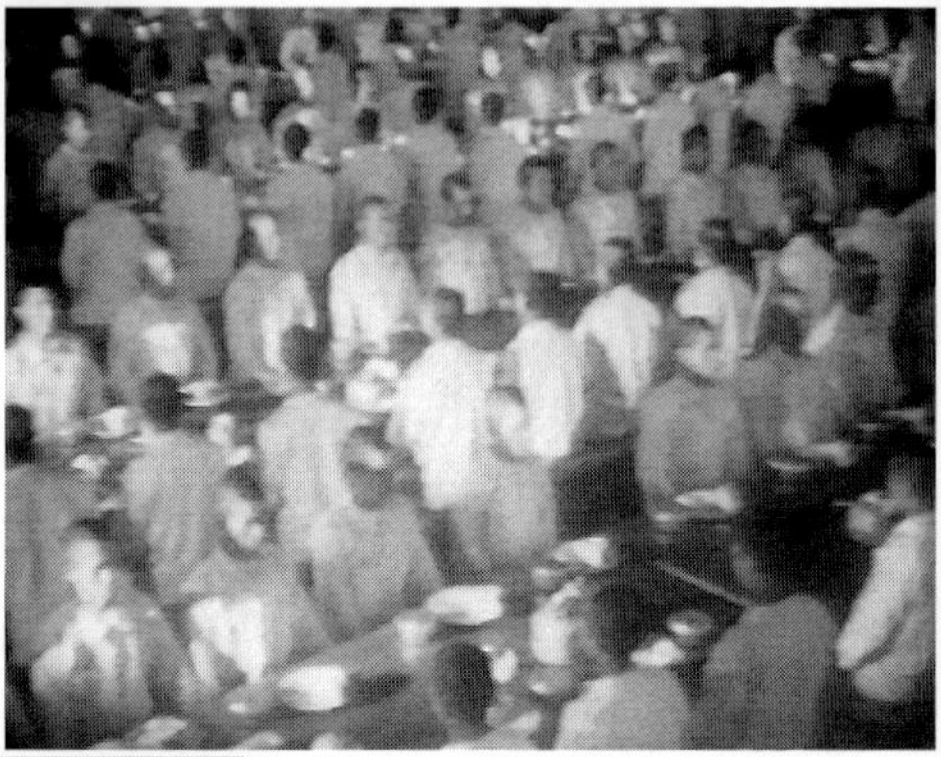

写真右　兵学校の食事風景。

写真左　宝塚海軍航空隊における第3練兵場での雪合戦。

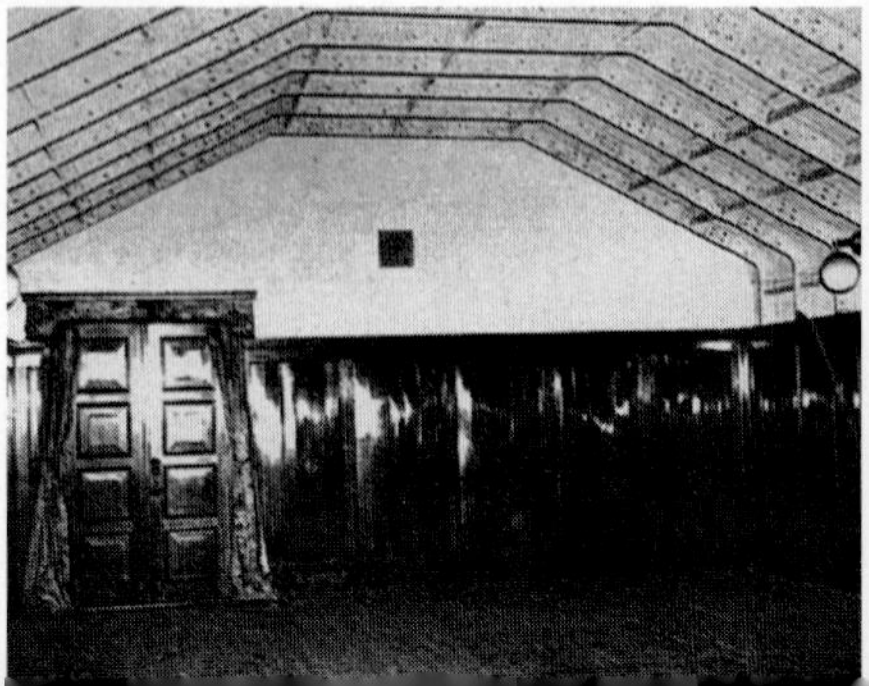

写真右　地下防空会議室。

写真上・右　この当時中央では本土決戦に備え大本営を東京郊外の高尾山か信州松代に移そうと具体的な動きをみせていた。予科練生はもとより兵校生徒達もそんなことはつゆ知らなかったのである。

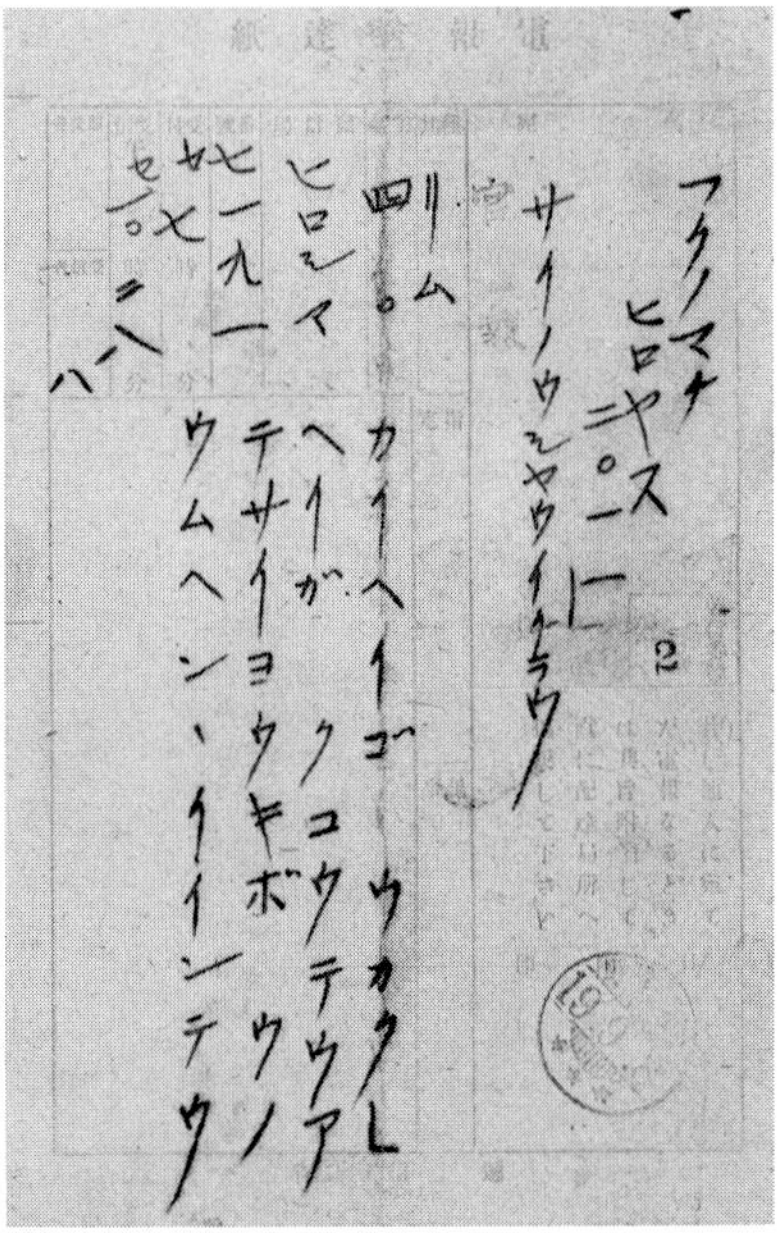

フクノマチ
ヒロヤス ニ〇一ニ
サイノウヒヤウイチラウ
2
リム
四〇
ヒロシマ
七一九一
女七
セ〇
ニ八
ハ
カイヘイゴウカクレ
ヘイガククコウテウア
テサイヨウキボウノ
ウムヘン、イインテウ

海軍兵学校からの合格電報。

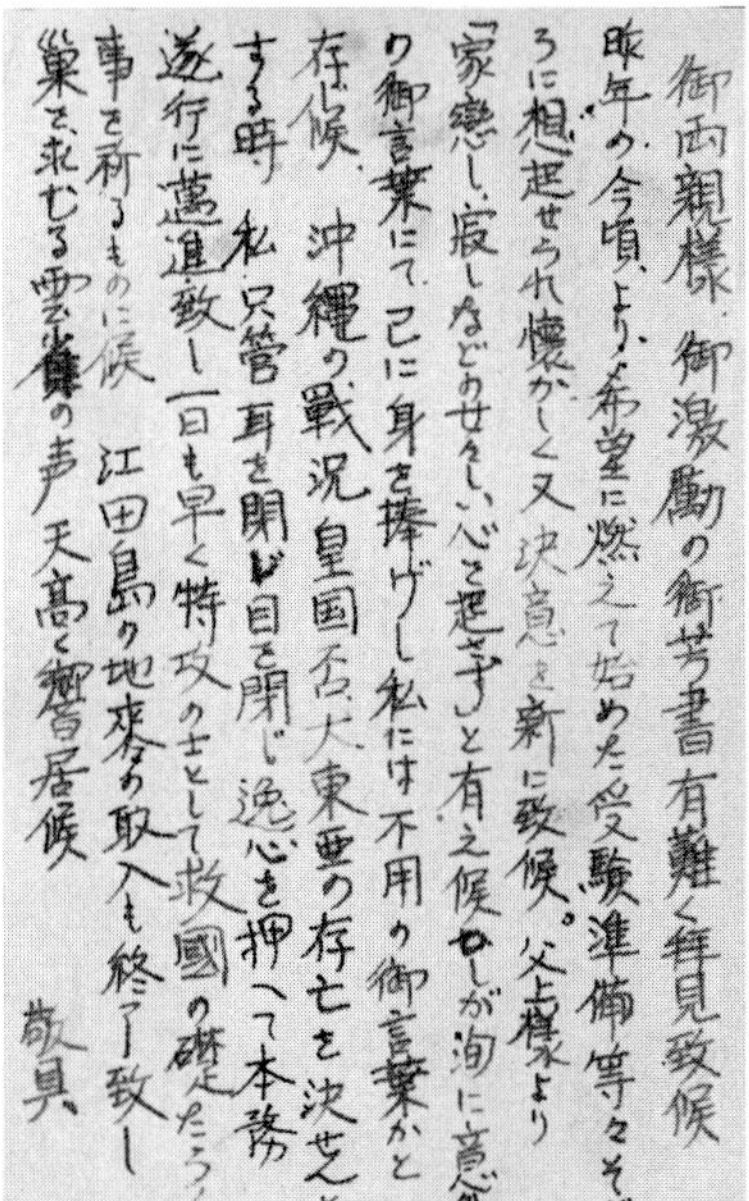

御両親様、御激励の御芳書有難く拝見致候
昨年の今頃より、希望に燃えて始めた受験準備等々そぞ
ろに想起せられ懐かしく又決意を新に致候。父上様より
「家恋し、寂しなどの女々しい心を起すな」と有之候ひしが洵に意外
の御言葉にて己に身を捧げし私には不用の御言葉かと
存じ候、沖縄の戦況皇国否、大東亜の存亡を決せんと
する時、私は只管耳を閉じ目を閉じ逸心を押へて本務
遂行に邁進致し一日も早く特攻の士として救國の礎たらん
事を祈るものに候　江田島の地麦の取入も終了致し
巣を求むる雲雀の声天高く響き居候
敬具

西能候補生よりの葉書。

軽巡由良の分隊長だった頃の上村嵐氏。

入校当時の西能候補生。

予科練時代の川瀬一雄氏。

兵校生徒だった頃の石川敬氏。

入隊1ヵ月の遠藤紫一練習生。

戦後（昭和60年12月）サイパンを旅した時の石川夫妻。（左側）右側は川瀬夫妻と娘さん。

大塚栄助氏。

兵校時代の小島五夫氏。

写真右　最近の大塚夫妻。

哀しからずや予科練は

予科練生の飛行訓練。だが甲飛 13 期以降は飛行機のほかに回天、蛟龍、震洋などの舟艇特攻にその多くが配備された。※1

写真下　予科練は、甲、乙、特乙を問わずどれも全国から少年のエリートを集めた集団だった。この少年達は激しい訓練で逞しい戦士に育っていった。

予科練当時の山口実氏。
（昭和 19 年 6 月）

写真左
霞ヶ浦海軍航空隊本部。※2

写真右
戦後のヤミ市。

写真左
食糧不足は日本土を覆った。代食のサツマイモ貴重だった。おか一杯食べてみい……がみんな夢だった。

予科練の集いは海原会をはじめ全国各地で期別および航空隊ごとに毎年欠かさず旺んに行われている。

写真左　海原会長前田武氏のスピーチ。

写真左下　スピーチする桜井房一氏。

写真下　日米旧戦士の交歓風景。

哀しからずや予科練は

目次

口絵の写真のうち※1のついているものは国書刊行会刊『フォトグラフ日本海軍』、※2は誠文図書刊『海軍』、また※3は神奈川大学日本常民文化研究所刊「民具マンスリー27巻3号」、※4は三一書房刊『近代庶民生活史17見世物・縁日』から転載しました。記して謝します。

哀しからずや予科練は

らおや物語

——乙飛七期勇士の父子《おやこ》の物語——

「俺ッちのことを〝ゆびもの師〟か、て言いやがんの」と指物師が指物師に言った。「それが大学出のサラリーマンなんだから呆れちまうぜ……」

「ほん、近頃の大学出ときたしにゃ、むかしの小学出より、よっぽどものを知らねえから」と、もう一人の指物師が相槌をうった。

さしものを指物と書いてそう読ませるのがおかしいのか、ゆびものと読み違《たが》えるのがおかしいのかは意見の分かれるところだろうが、職業としての〝さしもの師〟はかなり古い。

この指物師ほどには古くはないにしても江戸時代から明治大正昭和にかけてあった職業に、羅宇屋というのがある。〝らう〟と読むが一般には〝らお〟と言った。きせるの雁首と吸い口の金具をつなぐ竹管を羅宇というが、〝らお屋〟などと言っても、いまの若い人達には判らないかも知れない。

らお屋は、きせるの竹管の痛んだものを新しいのにすげ替えるか、詰まったやにを抜くという、ただそれだけの単純ななりわいであった。

嘗《かつ》てこの国の文化文政期、江戸中のらお屋八千余人とは、当時の子供の手毬歌にもよみ込まれていたらお屋の数《かず》、その数字がどの程度に正確だったか、は八の字の出てくることからも疑わしくなるけれど、とにかくこのらお屋なる職業が如何に必需性が高くその数《かず》も多かったかを知るよすがにはなる。

風俗図絵で見ると、その時代のらお屋は紺の法被《はっぴ》（しるしばんてん）に点青か何ぞの鉢巻をしめ、商売用の道具箱をいなせにかついだ姿が描かれている。彼らのご用は、上は大名屋敷から下は九尺二間の棟割長屋におよび、就中《なかんずく》最大の顧客は花街筋《いろまち》だったから、このゆえにらお屋のいでたちも自ずと粋とならざるを得なかったのかも知れない。

当時の花魁《おいらん》の、きせるに対する感覚はいまからは想像も及ばぬほどのもので、自ら喫いつけ「もし、おあんなんし」と客に手渡すしろものだったから名妓はいいものを持ち〝敲かれるきせる禿《かむろ》は磨いてる〟の川柳にもあるように、おさおさ手入れを怠らなかった。やにが詰まってる、などは恥の上に艶消しとなる。

やがて諸事文明開化の明治期にはいると、らお屋の風俗もそれまでとは一変し、肩に担いだ道具箱は箱車に変わり、箱車は蒸気を焚いた。ピィーッと金属音の汽笛を鳴らしながら路地から路地を箱車を牽いて流して歩くらお屋は、齢《とし》をとった人達には懐かしい風物詩でもあろう。

だが煙草の嗜好が刻み煙草から口つき又は両切りの紙巻煙草へと変遷していくにつれ、らお屋の必需性は徐々に低下していく。それでも昭和の十年頃は、東京中の町内にはまだ刻み煙草の萩やなでしこが、中年以上の人々には愛用されていたから、数《かず》は減ってもらお屋はなりわいを続けることができた。富さんがらお屋になったのは恰度その頃だった。

富さんは小学校の高等科を卒えるとこの文の冒頭に出した指物師の許に徒弟奉公に出た。しかし四年後に胸を患って暇をとり、以後兵隊検査まで家でぶらぶらしながら病いを養うこととなった。兵隊検査は丙種合格だった。だから富さんは、軍隊生活を経験していない。

富さんの十代を閉塞してしまった胸部疾患は根治しないままに一応はかたまり、劇《はげ》しい労働でなければ働きにも出られるようになったので、知り合いの都会議員の口ききで富さんは兵隊検査の翌年に都電の車掌に職を得ることができた。

富さんが世帯を持ったのは三十一歳のときで、先輩車掌の大槻伝平の義妹やすのを貰って本所菊川町の路地裏に新居を構えた。二年後に男の子ができ、富さんはその子に健一とつけた。何よりも健康が一番という希いをその名にこめたのである。その健一が小学校三年になった夏休みの前頃から、やすのの工合がおかしくなった。

「頭痛や肩凝りはしょっちゅうだけど、この頃はめまいがするんだよ。おなかをさわるとしこりがあるみたい……ひょっとすると子宮筋腫かも知れない」とある夜やすのは富さんに言った。

「子宮筋腫てえば並み大抵の病気じゃねえぞ。どうしてそうだと分かる……」

「おッ母さんがこの病気で死んだんだよ。症状がまるッきしおんなじだから、そうじゃないか……と」

「一度お医者さいって診て貰うこんだ。それも早えほどいい」と富蔵は言ったが、やすのが医者の門を敲いたのはそれよりかなり経ってからだった。当時は健康保険の制度はなく医者にかかるということは医療費の点からも容易ではなく、都電の車掌のやす月給で家計のやりくりをしていたやすのにとってみれば、医療費までは手が届かなかったのであろう。だがどうにも我慢が出来なくなって転がり込んだら子宮は癌に犯かされてしまっていた。

富蔵は、何としてでもやすのに癒って貰いたかった。それで精勤して来た電車の車掌を辞め以後つききりで看病に当たったが健一が小学校を卒業する日を待ちかねたようにしてやすのは病没してしまった。富さんがらお屋になったのはそれからだから、やすのは富さんのらお屋姿を当然知らない。

らお屋の諸道具は、箱車までひっくるめて当時の金十円也で揃えることができた。らおのすげ替えは、普通サイズのもので一本七、八銭、女ものの長《なが》もの十四、五銭で一日平均四十本内外の稼ぎ、月にして百円ほどの売上げだった。ここから材料費や炭代などを差引いた残りが富さんの純粋の稼ぎ高になるのだがそれは目立つような額ではない。当時大学出の月給取りは初任給四、五十円だったから資本金十円也のらお屋の富蔵は、ひょっと出の月給取りを尻目にできたのである。

富さんの顧客の一人に、深川のお不動さん近くに店を構えるたばこ屋があった。色の蒼白い若いやさ男が店番をしている。富さんはこのやさ男を羽左衛門(どうかハネザエモンと読まないでください)に似ていると思った。

羽左似《うざに》のやさ男は、店番しながらいつも文芸春秋か都新聞を読んでおり、富さんをはじめに呼びとめたのはこの羽左似だった。

「もし小父さんェ、らお屋さんェ……」と羽左似は二度呼びをした。

「これとおんなし羅宇にしておくれでないか」

出されたきせるを手にとった富さんは、その金具のよさに見惚れた。いぶし銀の逸品だった。

「いいきせるですね。これほどのもなァ滅多にはお眼にかかれねぇ。若旦那《だん》さんのお持ちもので……」

「この私の……なにをお言いだえ。私が刻みなんぞ喫むものか……うちの親爺《おやッ》さんのもの……昨日からそう言われててつい忘れちまい、お蔭で昨夜《よんべ》はお叱言《こごと》さ。そいじゃ小父さん、確かに頼んましたよ」

そう言われてみればこの羽左似は、口つきの敷島をふかしていたッけ……と富さんは思い出した。若いのに両切りでなく口つきを咥えていたので記憶に残っていたのである。

羅宇をすげ替えて届けると羽左似は「お父ッつあん、きせるが出来ましたよ。見て下さいな」と奥に向って黄色い声をあげた。すると眉のふとい、いが栗の親爺がどっこいしょと現われ、きせるを手にとってくるくるとまわして全体を眺め、次にすげ替えた羅宇を三つの指でしゅッしゅッとしごいてみ、最後に吸い口に口をつけて二、三度息を通してからおもむろに言った。「出来やァいい。らお屋に銭払え」

最初の仕事を気にいられ以後その家のらおのすげ替えは富さんと決まったらしく、羽左似のほかに店の横あいの路地からこの家の内儀《かみ》さんが小走りに出てくることもあった。五十の坂を越し、女の盛りをすでに遠い過去に埋め、長い忍従の生活に、かえって安住し切ったような感じのかみさんだった。そして極めて稀に、いが栗の親爺自身が〝おい〞と怒ったような声で呼ぶこともあった。

ある日、親爺は富さんの仕事の一部始終を傍に立って見ていた。

「お前《ま》さん、この稼業《かぎよう》はよっぽど古いのかね」と訊かれ、富さんは一瞬どきりとした。年季という点からは古いといえるものではなかった。

「旦那、それがまだそこそこ三年ばかしのもんで……相済みません」

「三年……とってもそうは見えねえ。馴れた手捌きだ、と感心して見てたのよ。するとその前は何いやってなさった……」

「都電のネ、車掌をつとめておりやした」

「ほお、都電にお前《ま》さん、乗っていなさったのけい」

いが栗の眼の色が、とたんに驚きにかわった。

「そうかね、都電に……かね。懐しいな」

「と仰言《おつしや》いますと……」

「この私も都電に乗っていたんさ。運転士で停年まで走り通した。そうかね、都電に……まあこっちい来て、お茶でもやっとくれ、さあ……」

「へいへい」

こりゃ妙な工合になったもんだ、と富蔵も内心驚き、無理にも薦めるいが栗の背に従った。〝運転士が走るんだ。車掌の俺が蹤《つ》いていかねえわけにもゆくめえ〟

「無事故無欠勤で停年まで通したんですよ」とかみさんが茶菓をすすめながら言った。「それだけが、この人の唯一の自慢なんですよ」

「一概《いちげえ》に無事故無欠勤を通すと言ったたっても並大抵に出来るこっちゃありませんよ。どんなに自慢したからッて、過ぎるもんじゃありやせんよ」

富さんは縁側に掛けた脚をぶらんぶらんさせながら眩しそうな眼をして言った。

思えばこの私だって、嬶《かかあ》が病気に罹《かか》らなかったら無欠勤で停年まで勤めたに違いない、と内心思った。健一を本人が望めば大学にも上げてやるつもりでこつこつと貯めて来た貯金も、やすのの病気であらかた使ってしまい、さきゆき安閑とはしていられないので手軽に出来るらお屋に転職したのだった。おんなじ都電でもいが栗と自分との差は、そういう運命に左右された違いなのかも、と思ってみたりした。

胸部に古疾患《きず》を持つ富蔵は、大きな声を出すのが苦が手だった。それで車掌席から一度案内を言い、さらに電車の中央部に進んでもう一度同じ文句を繰りかえした。車内にマイクなどない時代だった。乗客が混んでいると掻き分けて進んでるうちに小男の富さんのかぶった帽子は庇がいつの間にやら横や後ろに向いてしまっていた。その為に込み合う時間帯を迎えると富さんは、帽子の顎紐を顎にかけて身構えたものだった。

乗り換え切符に鋏を入れることは、富さんにとっては少しも苦ではなかった。ほいほいと切って渡し、切り違えたことは一度もなかった。

十代の後半、胸を患い奉公先から戻されて来た富さんに、家族の者は日に日に冷めたくなっていった。寝たきりでないと病人とは思わない家族たちだった。六人兄弟は富さん一人を除いて皆働き、父も母もまだ働いていた。

いい若い者《もん》が昼の日なかから家の中でごろごろしてたんじゃ世間の聞えが悪くっていけねえよ、と長兄のペンキ職は口に出して富さんを責め、父も母までもがおなじ思いなのか、黙りこくっていて富さんを庇ってはくれなかった。

富さんは、だから十五銭か二十銭持つと家を出、早朝の都電に乗った。鶏の図柄の往復切符は割引きになっていて十四銭のところが九銭だった。その金は母親のきんがそっと手渡してくれる五十銭とか一円とかのなかから富さんが出して使う細々とした銭だった。

しかし電車に乗っても富さんには行くあてがあるわけではなく、一人家にいることの所在なさと、世間ていの眼から逃れるために出掛けるのだからいきあたりばったりに、いろんな処に出掛け、それでも出来るだけ家から遠い処を選んだ。電車を降りると、寝そべっていられるような芝生とか、いつまでも腰をおろしておれる公園のベンチを探し出し、日が昏れるまでぼんやりとそこで過ごした。五銭であんパンとか玄米パンを買い、咽喉がかわくと公衆水道の水を飲んだ。

毎日のことだからいつの間にか都電の運行系図や停留所や乗り換えなどを覚えてしまい、のちに車掌に採用された時、富さんの驚くべきその知識に、指導員は舌を捲いたものだった。

車掌には車掌ならではの苦労があり、運転士にはまた運転士ならではの思い出が尽きない。富さんといが栗はそんな話を出して語り合った。

いが栗は浅妻鉄兵といった。その界隈に数軒の家作を持ち町会の肝煎りも勤めていた。「旦那」という呼び方にいかにもふさわしい人物だった。

ある時、いが栗に呼びとめられ「帰りにお寄りよ。一杯やろうじゃねえか」と誘われた。

「旦那、申し訳ありやせん。ありがてえ話だが、あっしゃ酒はまるっきしの下戸なんで……」

「それじゃ鍋のものをつつくがいい。帰りにお寄りよ」

「へえ重々ご馳走さまです。ですが倅《せがれ》のやつに、めしの仕度をしてやらざなりやせんので……重々の勝手を申して相済みやせん」

富さんはそう言って叮嚀に頭を下げた。

「息子《むすこ》さんてえのはまだ小せえのかえ」

「はい、中学の一年を終わったばかしで……」

「中学生かえ。どこの中学校だね」

「府立四中にいっておりやす」

「ほお、府立四中といえばなかなか入れない秀才校じゃないか。一中か四中かと言われてる、その四中にいってるとは大《てえ》したもんじゃねえか」

「へえ、親はこの通りの莫迦《ばか》でやすが、倅の健一は親に似ずで、小学校の頃からずうーと一番で級長をやっておりやした」

「ほう、ほう。さきが愉しみだね。府立四中なら一高海兵も夢ではないじゃないか」

倅の健一のことになると富さんの頬は自然とゆるむ。

「息子さんはどっちを望みだ……」

「ところが旦那《だん》さん、大学にはいかない。海軍の予科練にはいりてえ、なんて言い出しやがって、たった一人のこの親を苦しめておりやすんで……」

「海軍の予科練にいきてえ……立派な心懸けの息子さんじゃねえか。この私も兵隊にいって立派にご奉公は果たして来たよ。甲種合格ではいって満期除隊の時は伍長勤務上等兵だったよ。何と言っても国に対するご奉公といえば軍人になることが一番だよ」

富さんの顔からはしかし頬笑みはもう消えてしまっていた。

「海軍の予科練にいきてえ、という息子さんのどこがお前《ま》さんを苦しめるんだ……」

「海軍の軍人になりてンならあと三年待って中学四年から海軍兵学校をうけたらどうか……それよりか親のこの私としちゃァ倅の健一には旦那《だん》さんところの若旦那みてえに大学にいって学と箔をつけて貰いてえと考えておりやすので……」

「莫迦ァ言っちゃいけない。それこそ買いかぶりてえやつさ。大学は出たけれど役に立つ学なんざ、ちっとも持っちゃいねえわさ」

「いえいえ、さすが大《てえ》したもんだ、と私ゃ若旦那を日頃尊敬してるんです。先日もこの私に、小父さん、これを何故羅宇というかご存じか、と言われるんで知りません、と正直に答えたら、これはね小父さん、もともとは地名なのさ。支那にラオという地があって、そこに産する黒斑竹を使ったから地名のラオがいつの間にか、きせるのラオになっちまった……その説明を聴いて私ゃ正直舌捲いちまった」

「おまさんはラオ屋さんだからラオの由来を聞かされりゃ感心もしなさったろうが、そんなことは現実には何の役に立つもんじゃねえ。大学にいって下手にインテリなんぞになるとかえっていぐねえわさ」

「……てえますと……」

「マルキシがどうのコントがどうの、ベーベルがどうの、と書物の上からのことしか知らねえからそんな学は社会にはからっきし通用しねえわさ」

「……」

「あの年いなって、俺はこれでやっていくんだ、という方針すら定まらねえでいやがる。行く先が定まらねんじゃ電車だっても発車のしようもねえじゃねえか」

「……」

「富さん、俺ァ軍隊を終えると脇目もふらず都電の運転手になった。それからも脇目をふらず都電の運転をして走りとおした。もっとも運転士が脇見してたら事故のもとだから脇目はできなかったがね」

富さんは頬を崩しかけたが、言ったいが栗は大真面目だった。

「もともと私の育った家てえものは貧しかったから貧乏は生きてく上には当り前だと思ってた。嬶が心を一にしてくれて毎月の月給から三分の一を天引きで貯金して金を貯め、あの野郎を大学に出し娘は高等女学校を出し家作も十軒ほど建てたのよ」

「へいへい」

「そんな親のいき方を、あの正雄の野郎ときたしにゃ、何の取り柄もねえ人生だ、なんぞと小莫迦にしやァがる。兵隊検査にもはねられるような奴は、そもそも日本男子としてご奉公もかなわぬ半端もんだ。そりゃァ胸部疾患という病気のせいだから止むを得ねえところもあるが、いけねえのは兵隊にもいけねえ不甲斐なさを恥じる心てえものが、あの野郎にはまるっきしねえことだよ」

兵隊検査のことを言われると丙種の富さんは頭が上がらなかったけれど、どうやら親子の間に気持の通わなくなっているらしいいが栗と、互いに何でも話し合える自分と健一のことを思うと、いが栗をいままでのように運のいい人などと羨んでもいられないような気がした。

それから暫く経つと、店頭に羽左似を見ることがふつりとなくなった。

「奥さん、このうち、若旦那の姿をついぞ見かけませんが……」

若《も》しや病気が再発したのでは……と富さんは案じたのである。

「勤めに出てるんですよ。何も躰が丈夫でないのに勤めに出ることはないいんですけれど、この節は非常時でしょう。世間の人は事情も分からずといろいろと取り沙汰するものだから……」

「そうでしたか、若旦那も勤めにねえ……」と富さんは嘗てのわが身につまされる思いで頷いた。

「同じ大学の先輩の人がやってる雑誌社に出て記者をやってるんですよ」

「若旦那は何てったたって学がおありだから事務のほうなら何やったたって大丈夫《でえじょうぶ》でしょうよ。そうですけえ、記者にね……」

「役所などの勤めと違って出勤時間は何時から何時ときちんとしてないんですよ。朝はゆっくりなんだけれど帰りが十一時十二時にもなることがちょくちょくなの。夜更かしがあの子の病気には一番の毒だから気が気じゃないわ」

父親が電車で息子が汽車か、血は争われねえ、などとは嗤《わら》えなかった。仕事に出るその背に、どんな言葉を投げたらいいのだろうかと思い悩む富さんだった。

「海軍の軍人になりてえということについちゃァ父ちゃんも反対はしねえ。それならそれで四年になって海軍兵学校を受けてみたらどうか」と富さんは健一に言った。

「僕はどうやったって予科練にいきたい。予科練てえものは飛行兵なんだよ。飛行機乗りになって大空を翔ぶのが僕の小さい頃からの夢なんだ。小学校高等科卒か中学校二年の学歴の者から試験の上で選ぶ、とある。父さん、僕を、どうか予科練にいかせておくれよ。僕の一生のお願いだよ」

健一の決心はかたかった。その年は昭和十一年で六月一日、親一人子一人の沢井健一が追浜の横須賀の海軍航空隊に予科練として入隊していった。七期の予科練がそれで総勢二〇四名の年齢十五、六歳の少年達だった。この頃はのちに謂《い》う甲飛はまだ出来ておらず、予科練といえばのちに謂う乙飛の者のみを言った。富さんは隊門まで健一を送っていった。自分の傍から離したくない思いは強かったけれど、それを親のエゴだと自らの心を叱りつつ富蔵は強いて笑顔を作って健一を送ったのであった。帰ってみたら六畳二間、四畳半一間のわが家が急に広く感じられる。奥の六畳は健一が勉強部屋に使っていた部屋で、何処となくまだ健一の体臭が感じられる。四畳半にある仏壇に貧しさにめげずに堪えてくれた亡妻やすのの位牌と写真があった。

「母さん、健一は予科練になって出ていっちまったよ。朝晩にお燈明を上げてた健のやつは、もう此処にはいねえんだぜ」

仏壇の前に正座してそう語りかける富蔵の肩は、がっくりと落ち込んでいた。

その家に一人きりでいると富さんはついふさぎ込んでしまう。だから健一が予科練にいってからは、富さんは仕事を休んだことがなかった。雨でも合羽を着て箱車を牽《ひ》き出す。稼ぎに出ていると気が紛れるからだった。

浅妻のいが栗のきせるのやに抜きが頻繁となった。三日にあげずだから妙だと思っていると、いが栗が自身で出て来て羅宇を替えろという。

「旦那、まだ替えるこたァありゃせんよ」

「うんにゃ、取り替えちまっとくれ。その羅宇は何度やに抜きしても直《じ》きと苦《にが》くなるから別のと取り替えちまっとくれ」

「さいですか……苦《にが》いのはらおのせいじゃねえと思いますよ」

富さんは不承不承《ぶしょうぶしょう》にいが栗の需《もと》めに応じた。その翌日だった。路地の入口にかみさんが待っていて、エプロンを拡げるとそのきせるを取り出した。見ると昨日すげ替えたらおがまッ二つに折れている。富さんは手にとって、その折れようをしげしげと見た。「いいきせるだから、らおも飛びきりのやつを選《よ》ったんでしたが……」

「いいえ、らおのせいじゃないのよ。粗相して折っちまったんです」

そう言うかみさんの眼のふちはひどく腫れぼったかった。

〝これゃ粗相で折れたもんじゃねえ。何かあったな〟とらおをすげ替えながら富さんはそう思った。

「旦那《だんな》さんはこの頃喫い過ぎのようだ。煙草は喫い過ぎるとかえっていらいらが昂じちまうと聴いたことがあります。第一《でえいち》躰の為ンならねえ。いっそ奥さん、煙管《これ》を匿しちまったら……」

「そんなことをしたらそれこそ大地震だわ。家中ひっくりかえっちまう」とかみさんは嗤《わら》った。

通る場所によって富さんは、路地裏から路地裏へと抜けて箱車を牽《ひ》くことがある。肩を寄せ合ってるような家並みの軒下には、丹精した菊の鉢が出ていたり毀れた洗面器や穴のあいたバケツに土を入れ、そこに育てた朝顔や白粉花などが、庭とてもなく陽もさし込まない路地の長屋にささやかな景物を点じていた。犬や猫までが妙に人懐《なつ》こい。富さんはそんな路地裏をこよなく好きだった。

そんな路地を抜けて水天宮の裏通りにある八百屋のさきに箱車を停めて仕事をしていると、急に虫の声が降って来た。おや……と顔を上げて見ると八百屋の二階の出窓の軒端に虫籠がつるしてあり虫の声はそこからのものと解った。眩しいほどに白い腕をくの字にして髪のほつれに手をやっている女がその虫籠の下にいた。溜息をつきたくなるようないい女だった。こんな素敵な女が見られるのも葭町に近い土地柄のせいか……など思っているとその女と眼が合ってしまった。女はにっこり笑って「小父さん、ご精が出ますね」と涼しい声で言った。

「鈴虫かね、鈴虫はいいね」と富さんも返した。

それが縁というわけでもないが、女は出窓の手すりから身を乗り出すようにして「らお屋さーん」と呼んでくれるようになった。きせるは赤い細ながの女もので金具はありふれた真鍮だった。

富さんは出来上がったきせるを持って八百屋の店のなかに這入っていった。階段の下から上を見上げて呼んでみたが通じない。大きな声は苦が手の富さんだった。すると店先で「二ツチェや三ツチェ、オオ三ツチェや四ツチェ……」と八つ頭さながらの頭を振り振り茄子を勘定していた八百屋の嬶《かかあ》が「浅妻さーん、らお一丁出前だよ」と威勢のいい声で呼んでくれた。二、三人いた客が一様に笑った。するとトントンと白い素足を翻《ひるがえ》して女が二階から降りてくると、笑っていた客はこんどは口をすぼめて好奇の眼を女にそそいだ。

二階の女がらおを取替えたので八百屋の亭主も自分のなた豆を出して、やに抜きをしてくれと言った。嬶《かかあ》が見咎めて叱言《こごと》をとばした。

「何だい父ちゃんたら……この節贅沢に過ぎるよ。きせりのやにならカンジヨリで沢山じゃないか。この人ときたらすぐと人の真似すんだから……」

そうなっては富さんも戸惑わざるを得ない。しかし亭主は小声で反撥した。「かんじよりでやるよか、やっぱしらお屋の蒸気に通して貰ったがうめえのよ、おまえ。小父さん、かまわねえからやっつくれい」

やには根こそぎとらないでやにッ気をいくらか残すのがこつだった。すると煙草が一層うまいのである。

きせるの灰おとしは雁首を叩くのではなく、らおを叩いておとす。火鉢のふちや縁側の角でのべつに叩かれるから亀裂が生じ、そこからやにが滲み出てくると烟が苦くなる。そんなになった八百屋の二階の女のきせるのらおをすげ替えている時だった。女が傍に立ってもの珍しげに富さんの仕事ぶりを見ていた。

「あら、お帰んなさい。今日は大そう早かったのネ」と女が言った。

「らおのすげ替えかえ。お前も刻みばかり喫わずと巻煙草《シガレット》におしよ」

そう言う男の声に富さんは顔を上げて声の主を見て「あッ」と言った。浅妻のあの羽左似だったのである。

「何だ小父さんじゃないか。こっちの方まで流しているのかえ」

もとより羽左似もびっくりしている様子がその表情から窺えた。「親爺やおふくろは何かい、元気でいるかえ……」

「へえ」と頷きながら富さんは過日の、折られたいが栗のらおのことを思い浮かべていた。

羽左似は洋服のポケットから敷島の箱を取り出して富さんに薦《すす》めた。

「折角だが若旦那《わかだん》さん、私ァ煙草はやりやせんので……」

「すると小父さんも何かえ、刻み専門……」

「いいえ、刻みもやりません。煙は何によらず噎《む》せる性分《たち》なんでいけやせん」

「てえことは、たばこを喫わない小父さんは、らお屋さんてわけかい」

「へえ、酒も煙草もからッきしてえ、古今の野暮天でさァ」

「それもかえって面白いじゃないか。利き酒する人に酒飲みが少《すけ》ないのと一緒だ」

そんな会話のあいだに、女は羽左似の背後に退いてしまっていた。

「小父さん、寄ってお茶でもどうかね」

「へえご馳走さま。ですが日のうちにもう少し廻らなきゃならねえから……」

「そうかい。二階の間借り住まいだから縁側で、というわけにもいかないしね」

富さんは箱車を起こした。「小父さん、私らが此処にいるッてことは、深川には内緒なんだから、そのつもりで頼みますよ」

羽左似は箱車の梶棒を牽《ひ》く富さんに寄り添いながら真剣な思いをその眼にこめて念を押すように言った。

水天宮の八百政《まさ》の二階に、羽左似の浅妻正雄と同棲している女は、この時以来富さんを見ると二階から降りて来て、いろんな話をするようになった。小またの切れ上がった垢ぬけした容姿もさることながら、蓮葉《はすつぱ》ではないしっとりとした感じや、娘のような素直さも富さんには好感がもてた。

「赤ちゃんは、まだ出来なさらねンか……」

「赤ちゃん……そりゃ出来れば嬉しいけれど、でも考えればこの上苦のたねになるんじゃないかしら……」

「出来ねえうちからとんだ取越苦労だ。どうせなら早えとこ、拵《こさ》えちまったがいいんだ」

「小父さんは、子供さんあるの」

「へえ倅《せがれ》がね、一人おりやすよ。いまは海軍の予科練になって空を翔んでおりやす。その倅の戻ってくるのを、私やこうやって待ってるんでさァ」

「そう、小父さんもご苦労されてるのね。息子さん、はやく戻ってくるといいわね」

女は静江といい羽左似とこうなるまでは葭町で芸者に出ていた、という。小学校が羽左似と一緒でその上同級生だったというから幼な馴染みということにもなろうか。芸者と客の落ちた仲というのでは、どうやらなさそうだった。

富さんは毎日、この水天宮界隈から深川のお不動さんのあたりに抜ける。そのたびに羽左似といが栗の折れちまったらおをすげ替えて、温かい親子の情をかよわせてやれたら……と思わない日とてはなかった。

「――あらいやだ、百年目だわ」と静江が立ちすくんだ。質屋から出て来たところを富さんと鉢合せしてしまったのである。

「こともあろうに……こんなところを小父さんに見つかっちまうなんて……」

「それで百年目と言いなさったのけい。七ツ屋にはちょくちょく来なさいますのか」

最近羽左似が寝たり起きたり、とは聴いていたけれども、そんな次第では暮らしの方も詰まっているのであろう。

「そうねえ、白状すると常連化しちまった感じね」

「奥さんはご主人のお母さんてかたにお逢いなさったかね……」

連れ立ち箱車を牽いてごとごとと歩くうちに、ぴーッという蒸気音が耳障りなので富さんは汽笛をとめてしまった。

「ええ二度お会いしました。一度は深川のお宅にお邪魔して、一度は他所《よそ》で……いいお母さんだわ。あたし、あのお母さん好き」

いが栗が二人のことを不承知なのは、女が水商売の女ということに加えて私生児だったことにあるらしい。「鉄と機械で造られた電車だって、何年何月にどこの工場で製作され、モーターは何処製と車歴ははっきりしておるのに、父親も判らず芸妓置屋の養女という素姓の女を浅妻家の嫁にでけるか」といが栗は言い「嫁は人形貰うのとはわけが違うんだ。ただ美しいばかりの嫁なり、じゃァ世間のもの嗤《わら》いだ」とも言ったという。いが栗なら言いそうなことだと思った。富さんはその話を浅妻のかみさんから聴かされたのだった。

〝私らが此処にいるッてことは、深川には内緒なんだからいいね〟と富さんの口を噤ませた羽左似だったけれど、遂にその富さんに母親との連絡役を頼まざるを得なくなったのは、背に腹は代えられなくなったからなのであろう。羽左似の手紙を預かると富さんはそれをこっそりと浅妻のかみさんに届け、かみさんは金を封筒に入れ、それをこんどは羽左似に届ける。そんなこそこそした役目を富さんは一度だって煩わしいとは思わなかったけれど肝腎のいが栗を避けていたのでは何時まで経っても埒《らち》はあくまいと溜息の出る思いだった。

ときは戦時体制急造中の昭和十四年だった。前年の八月十五日に横須賀の予科練習部を卒えた沢井健一は、操縦専修生として霞ヶ浦海軍航空隊へ転じ、昭和十四年四月にそこでの飛練の教程を卒えると九州の大分航空隊にいってこんどは戦闘機専修の教育を受けることになった。七期の同期一九名と一緒だったが健一は着任の前に帰省して来たのである。兵曹になっていた。昨年の八月、霞空に転じる途中にたった一日ではあったけれど健一は家に寄ってくれているが今度は三泊できるという。富さんは世の中が急に明るくなった思いで稼業は休み、ご馳走作りに大わらわだった。

「海軍ではどんなものを喰わせる……たまにはすき焼なんぞ出るのけい」

そんなことを言いながら富さんは七輪に火をおこして居間の茶袱台《ちゃぶだい》の上に据えた。

「すき焼は出ねえよ」

「そうけえ。そうだろうな。鱈腹喰うがいいぜ」

富さんは渋皮の経木をひらいて箸で牛肉をつまみ上げた。思えば小学校三年生になった夏頃から母親の工合が悪くなり、それ以後は三度三度父親の富さんの作ったものを食って育った健一だった。中学にいくようになってからも、うまいまずいも、好きだきらいだなど言ったことは一度もなかったけれど貧乏な家に育った富さんが、どんなに気張ったとてうまいものの作れるわけはない。文句も言わずにそれを食っていた健一が、いま思えば不憫でもあった。

「健、家に棲んで部隊さ通えるようになるには、あと何年かかるい……」

「営外居住できるのは兵曹長からだから、さあ、あと何年かかるだろう」

「あんと……兵曹長……」

「うん、兵曹長になるには兵隊からだと大へんだが、オレ、予科練だから……そうだな、あと五年か六年てとこかな……」

「そん時ァ健、お前はいくつになるい……」

「あと五年として二十四」

「そうか、あと五年でお前も二十四になるか……そうなったらすぐと嫁を貰えよ」

「ヨメ……」

「ああ、縹緻《きりよう》がいくって性格がいくってその上料理のうまい嫁をな。健、頼んだぞ。父ちゃんも母さんの工合が悪くなってからは仕様ことなしにこの手で食うものを作って来たが、所詮は男手の料理だ。さすがにこの頃は作ることにも食うことにも飽きたよ。ちゃんとした食事を口にすることができるのは健、おめえに嫁が来てからのことだとそう思い直したのよ。そうか、あと五年の辛棒けい。健、親孝行だと思ってはやくそうなっちくれよ」

来ることの喜びが大きければ大きいほど別れる時の悲しみもまた深い。東京駅に健一を送っていき、列車がでてしまったあと富さんはプラットホームのベンチに尻を乗っけたまま二時間もそこから動かずにいた。出来ることなら〝健一よォ〟と腹の底から叫んで泣きたい気持だった。

しかし健一の場合は、父親への思いに沈んでいるひまなどはなかった。大分空に着任するとその日から早速訓練が始められた。乗せられたのは九六式艦上戦闘機だった。同期一九人のなかには、後年撃墜王と讃えられる西沢広義もおり健一とは特に仲がよかった。西沢は長野県上水内郡南小川村の出で、村の小学校の高等科を卒えてから予科練にいった。小学校の成績は尋常科高等科を通していつも一番か二番だった。この西沢は五尺九寸と背は高かったが痩せていつも蒼白い顔をしていたから〝青瓢箪〟が同期間のあだ名だった。

大分空で三ヵ月の訓練を卒えるとこんどは大村空へいけ、という。この時は西沢と沢井と二人だけの転属だった。翌十五年末には二人とも鈴鹿空に転じ、そして昭和十六年十月に二人はさらに千歳空に転属となった。千歳空は昭和十四年十月一日に陸攻隊として開隊された部隊で、これに艦戦隊を増設して昭和十六年一月十五日、第四艦隊第二十四航空戦隊に編入された。すでに部隊は千歳を離れてサイパン島に展開していたから二人はサイパン島に赴任していったのである。

昭和十六年十月、二人が千歳空に着任して間もなく部隊は十月初旬に一部がルオットに進出した。その一ヵ月後に大橋富士郎司令（兵校四六期）以下の本隊もルオットに進出した。千歳空の戦闘機隊はこの時九六艦戦三十六機を有していたが零戦はまだ持ってはいなかった。

そしてついに十二月八日が来た。開戦と同時に千歳空の九六陸攻三十六機は、ウェーク島を爆撃した。そしてこの爆撃は十二月二十三日の同島占領まで連日にわたって続けられたが健一達の九六艦戦は航続力の点で陸攻に随伴できなかったからルオット、タロアの上空哨戒に当たっただけだった。よそで戦争が始まっている感じを健一も西沢も拭い切れなかった。

昭和十七年一月二十三日にラバウルを占領すると連合艦隊司令部は二十四航空戦隊に同地への進出を下命した。千歳空は岡本隊（岡本晴年大尉、兵校六〇期）に先発を命じ岡本隊は一月二十七日にニューアイルランド島のカビエンに着陸し、三十一日にはラバウル進出を完了した。沢井健一、西沢広義はともにこの岡本隊に属していたからその日には、ラバウルの大地に立っていたのである。

越えて二月十日、海軍では一空、高雄空、千歳空から兵力を抽出して陸攻二十七機、艦戦二十七機の第四航空隊を新設した。この時千歳空の戦闘機隊は四空戦闘機隊に編入されることになった。そしてこの頃になるとラバウルにも零戦が合計で九機あったから二十四航戦は、ここにポートモレスビー攻撃を企図するに至った。

二月二十四日、零戦八機に直掩《ちょくえん》された陸攻九機は、ラバウルからオーエンスタンレー山脈を越えてポートモレスビーに殺到し敵飛行場を爆撃して全機が無事帰還した。さらに二月二十八日にも陸攻十七機は零戦六機の直掩のもとに再度モレスビー攻撃を行なった。この時も前回と同様に敵戦闘機の邀《よう》撃《げき》はなく、血気に逸《はや》る西沢、沢井達の零戦隊は港内に繋留中の飛行艇を発見するや超低空の銃撃を加え、カタリナ飛行艇四機を炎上させた。この日零戦一機が地上砲火で墜とされた。

越えて三月八日、陸軍はニューギニアのラエ、サラモアに上陸しこれを占領してイエ飛行場を確保したので三月十一日、零戦十七機がここに進出してラバウルの前進基地とした。西沢はラエに前進し沢井はラバウルに残ることになった。飛練以来絶えず一緒だった二人がここへ来て離れることになったのである。

「そのうちまた一緒になれるさ」と西沢は言ったがやはり淋しそうだった。

「ああ、お互い生きてればな……」と軽くそう返した沢井の言葉に西沢は、妙にひっかかるものを感じた。

「生きてれば……ッて、俺や貴様があの敵さんに負けるわけはねえだろう。妙なことを言うなよ」

「戦争だから何が起こるか……明日のことは分からんよ」

「貴様らしくもない。何かほかに気になることでもあるのか……」

「そんなものはない」

「貴様は慥《たし》か親一人子一人だとか言ってたな。親爺さんのことでも気になるのか」

「気にならん、と言えば嘘になる。心にかかるのはいつも親爺のことばかしだ。昨夜《ゆうべ》も親爺の夢をみたよ。親爺が泣いてた……」

「……」

「俺が親爺の泣いたのを見たのはおふくろの死んだ時だった。膝の上に両手を置き首を深く垂れてるだけで何も口を利かねえから、そっとその顔を窺ってみたら眼からポタポタ涙を垂らしてたッけ。

昨夜の夢に出て来た親爺もそんな恰好してただ泣いてたよ。俺が戦死したら親爺は、きっとああやって泣くに違いない、と思ってネ……」

「俺は兄妹五人の三男だが、やっぱりおやじやおふくろのことは時につけて思い出すことが多いから一人ッ子の貴様はさぞかしだろうな」

ラエはオーエンスタンレー山脈を中に挟んでポートモレスビーの敵航空基地との距離は約三五〇キロに過ぎない。三月十三日のモレスビー攻撃に随伴した零戦は三機だったが、翌十四日には長駆してオーストラリア東北端のホーン島に陸攻八機零戦十二機で進攻し、邀撃して来た敵機八機を撃墜したが、わが方も二機を失った。この日の戦果はP40八機（内不確実二）だったが、西沢一飛曹はそれを自分だけでやってのけた。さらに三月二十八日のモレスビー攻撃でも西沢一飛曹は五機協同でスピットファイア三機を墜としている。五機協同とは味方機五機の連携空戦で止どめは西沢がさしたことを言う。

いっぽうラバウルに残された沢井一飛曹は来襲する敵機の邀撃戦で、三月十二日から三十日の間にP40など敵機のうち七機を撃墜している。

この年の三月末におけるラエ、ラバウル所在の四空戦闘機隊の保有兵力は零戦十機、九六艦戦十一機だった。第一線の兵力とは思えないお寒い状態だった。沢井一飛曹も西沢一飛曹もその頃は専ら零戦で戦っていた。

対峙する連合軍は三月十八日の時点で、戦闘機P39三十三機、P40九十機、戦闘爆撃機P40D五十二機、爆撃機B17十二機、その他の爆撃機二十七機がオーストラリアにあって常時出撃可能の状態に保たれていたのである。いま太平洋戦を顧みるとき、第一の敗因は航空戦力の圧倒的な彼我の差にあったことを認めざるを得ない。なかんずく戦闘機隊の兵力の少なさが致命的となった。このため戦闘機隊の出撃は過重となり搭乗員の疲労はつぎつぎとベテラン搭乗員の消耗を呼び、かくては制空権をわが手に奪い取ることが出来ず、艦爆艦攻は途中敵機に阻止されて効果を挙げることが出来なかった。

昭和十七年四月一日、連合艦隊は航空隊の改編を行ない、ラバウルの四空は陸攻だけの航空隊として残したけれど戦闘機隊はそっくり台南空に編入してしまった。

この台南空は昭和十六年十月一日に戦闘機専用部隊として台湾の台南に新設され二十三航戦に編入されたもので艦戦五十四機（別に補用十八機）陸偵六機を定数とした大部隊だった。開戦直前の実働兵力は零戦四十五機、九六艦戦十二機、陸偵六機、別に零戦十六機、九六艦戦数機を二十三航戦司令部に分遣していた。開戦時台南空は比島方面および蘭印作戦で華々しい活躍をしたから知名度は高い。その後この部隊は二十五航戦に編入されラバウルへの進出を命じられた。

台南空の零戦隊にはエース坂井三郎一飛曹（操練三八期、のち中尉。最終撃墜記録六十四機は西沢広義一飛曹――昭和十九年十月二十六日、ミンドロ島上空で戦死、死後中尉――の八十七機につぐ）笹井醇一中尉（兵校六七期、撃墜二十七機）宮崎儀太郎飛曹長（撃墜十三機）吉野さとし飛曹長（撃墜十五機）太田敏夫一飛曹（操練四六期、撃墜三十四機）など錚々たるベテランが犇いている部隊だった。このうち宮崎、吉野の両飛曹長は西沢や沢井の先輩で宮崎は乙飛四期、吉野は同五期である。

台南空の司令斎藤正久大佐（兵校四七期）飛行隊長の中島正少佐（兵校五八期）以下歴戦の台南空の連中がラバウルに乗り込んで来て四空戦闘機隊を併合したのは昭和十七年の四月十六日で、花咲山が噴火して空から灰を蒔き散らしていた時でもあった。この頃の海軍航空隊は負けることを知らなかった。いきおい搭乗員達の顔はみな明るかったし、高松宮宣仁親王が四月には軍令部第一部長福留中将らとともにマニラ、シンガポールなど新占領地を視察されている。特筆すべきことは、殿下や軍令部高官の培乗機には護衛の戦闘機が一機も配されていないことだった。当時制空権は完全に日本側の手中にあった為にできたことではあろうが、いまからは考えられないことである。

昭和十七年七月二十八日、大本営は陸海軍中央協定に基づきポートモレスビーを攻略するとともに、東部ニューギニアの要地を戡定《かんてい》する方針をかため、七月二十一日にはブナに上陸した十七軍の横山先遣隊は、モレスビーに向って陸路による進撃を開始しており、南海支隊主力も近くブナに上陸して横山隊を追及する予定だった。

一方ソロモン群島のガダルカナル島には七月六日に海軍の設営隊がルンガに上陸し、十六日から飛行場設営作業を開始していた。

敵側はわが軍のガ島上陸以来、飛行機による偵察だけを繰り返して来たが、七月末からは攻撃に転じ、整備中の飛行場は連日敵の大型機の爆撃を受け始めた。そして遂に八月七日には空母三、輸送船二十三を含む八十二隻の艦船部隊を繰り出してガ島およびツラギに上陸を果たし、ほぼ完成したガ島の飛行場を占領してしまったのである。ガ島とツラギに上陸した連合軍の兵力は米海兵第一師団約一

九、〇〇〇名だった。
　当初わが作戦当局は、連合軍の兵力を過小評価するという錯誤をおかした。この為奪回のための兵力を小出しするという失敗を重ねてしまう。ソロモンの戦闘は日に日に激化していき、果ては泥沼にはまってしまったのである。

　八月七日の当日、ラビ攻撃のために待機していた台南空の零戦十八機は、事態の急変に急遽攻撃目標をガ島ツラギ沖の敵空母に切り換え、陸攻二十七機を直掩して洋上の敵艦隊の攻撃に向った。ラバウルからガ島までは片道で約一千キロある。三三〇リットルの増槽を装着しても、ガ島上空では約十分ほどしか空戦は出来ない計算となるし戦闘機としては前例もない長距離の出撃だった。飛行隊長中島正少佐指揮の零戦十八機は、午前七時五十五分にラバウルの東飛行場を発進した。途中一機が脚の引き込み不良で引き返した。

　西沢一飛曹は第一中隊第一小隊の二番機として指揮官中島少佐機にぴたりと蹤いていた。第二中隊は河合四郎大尉（兵校六四期）指揮の五機、沢井一飛曹は二番機、第三中隊は笹井醇一中尉（前出）指揮の六機で第一小隊二番機に太田一飛曹、第二小隊長は坂井三郎一飛曹だった。僚友西沢一飛曹の言った言葉通りに西沢沢井の両一飛曹がまた一緒に翔んだのはこの日が初めでそして終わりともなったのであった。

　ひる前にガ島上空に達した攻撃隊は、敵空母を発見できずツラギ沖に集結中の敵艦船に目標を再変更した。だがこの時ガ島上空には米空母ワスプ、エンタープライズ、サラトガから発艦したグラマン

Ｆ４Ｆワイルドキャット、ＳＢＤドーントレスなど約六十機が上陸部隊の上空を警戒中だった。零戦隊がこれを見逃すはずはなかった。零戦十七機は直ちにこの敵機群に殺到、たちまち激しい空中戦となった。だがグラマンＦ４Ｆは所詮わが零戦の敵ではなく搭乗員の技倆も台南空の猛者《もさ》達の前には歯が立たなかった。あっちでもこっちでも黒煙の長い尾を曳いて墜ちていくのはグラマンばかりだった。

西沢一飛曹は得意のひねり込みと垂直旋回で六機を叩き落とし、笹井中尉五機、太田一飛曹四機、坂井一飛曹はＳＢＤ艦爆二機を含む三機を、沢井一飛曹もＦ４Ｆ三機を墜とし、戦果は四十三機撃墜（内不確実七）を算えた。わが方は零戦二機が未帰還だった。零戦十七機で六十機の敵機群に殴り込みをかけ四十機を墜としたのである。この頃の台南空の練度と闘志はまさに恐るべきものだったといえよう。

だが大活躍の西沢機もついに被弾を免れなかった。火は発しなかったが操縦が思うようにいかなくなった。西沢は突嗟に自爆を決意し、体当たりする敵機を求めて反転したが、すでにそこには敵機の影もなかった。やむなく再反転して以後機を騙し騙し北上してブーゲンビル島北端のブカ飛行場に不時着して辛くも一命を拾った。

坂井機も敵弾三発を見舞われた。そのうちの一弾は、坂井の右眼の上部を掠めて後頭部に貫ぬく重傷だった。出血甚だしく右眼は見えず朦朧となりながらも長駆一千キロ、三時間半の苛酷な飛行を坂井は精神力で頑張り通し辛うじてラバウルに帰投することを得た。

とに角零戦一機は敵戦四機と格闘しなければならなかったのである。そして沢井一飛曹もこの日ついに還らなかった。わが未帰還二機の内一機は他ならぬ沢井一飛曹だったのである。

その沢井一飛曹の最後の飛行に飛び立つ時の模様がラバウル基地に遺っている。

沢井一飛曹は出撃の前夜からの下痢で夕食も朝食も摂っていなかった。胃の腑をからッぽにしての出撃だったから、気遣った後輩の搭乗員が出発間際に握り飯を作って沢井機に駈けつけた。

「沢井一飛曹、握り飯です。せめてこれだけでも持っていかれたら……」

「ありがとう。だが片道一千キロの飛行《フライト》だ。燃料節約のためには少しでも軽いほうがいい。折角だがそれは帰ってから頂くよ。それにしても握り飯か……懐しいな。地方にいた頃親爺が弁当に、よく握り飯を作ってくれたことを想い出すよ。梅干か鰹節を入れて海苔で包んだお握りだったが、あの握り飯のうまさは今でも忘れられん。もう一遍食いたい思いだがラバウルと東京じゃ、思ってもどうにもならんな……」としみじみとした口調で言い、あとは口を歪めて笑って見せた……。

坂井一飛曹の傷は意外に深かった。このままでは右眼失明の虞がある、という軍医の意見で内地へ送還されることになった。

八月七日のこの空戦以降、ガ島をめぐる空戦は日ごとに熾烈となった。敵はグラマンF4Fが戦闘機群の主力となっていたが、空戦ではつねに零戦の方が優位を保ってはいても連日の出撃で零戦搭乗員の疲労は漸くその極に達しつつあった。ためにエース級の宮崎、吉野両飛曹長は六月に戦死し、先任搭乗員坂井一飛曹は戦傷で八月に内地へ送還され、笹井中尉は八月二十六日、太田一飛曹は十月二十一日にそれぞれ未帰還となってしまった。

東部ニューギニアの戦線も含めて八月から十月末の三ヵ月間に台南空の挙げた戦果は、撃墜二〇一機（内不確実三十七）であった。これに対し戦死した零戦搭乗員は三二名に達し、その中には沢井一飛曹や前述のエース級の人達が含まれている。海軍の少数精鋭主義も結構ではあるが予科練を倍、三倍採っておれば……とそのことが惜しまれてならない。それがこの戦いの戦勢を分けたのだと思えば一層この思いは強くならざるを得ない。

十一月一日、台南空は二五一空と改称され内地へ帰還して部隊の再建を図ることになった。昭和十七年末、豊橋基地（台南ではない）で部隊の再建にとりかかった。司令には小園《こぞの》安名中佐（兵校五一期、終戦時厚木空司令）が昇格し、飛行長に中島正少佐（前出）飛行隊長向井一郎大尉（兵校六三期）が任命された。

どうやら再建がなったのは昭和十八年四月で、五月には再度ラバウルに展開することになった。この時の二五一空の零戦搭乗員は分隊長四人、分隊士六人、下士官兵六三人の計七三人だったが、その中で実戦の経験を持っている者は西沢広義のほか一〇名に過ぎなかった。

戦時中、人々の口の端《は》にのった予科練といえば乙飛七期と甲飛の三期が最も多かった。殊に零戦隊にあっては西沢広義中尉のほかにも杉山輝雄少尉（二五三空）の知名度が高い。この二人に及ばずと雖も零戦隊では七期出身の者が常に戦力の中核をなしていた。精兵をすぐった真珠湾攻撃には、この期からは艦戦、艦爆、艦攻と実に二〇名が参加している。いっぽう甲飛三期はこの攻撃に四九名を出しているのは当時艦隊乗組みの者が多かったから、と考えられる。この両期は開戦時、すでに海軍航空第一線の戦力と見做されていたことは紛れもない。勿論零戦隊のみならず松浪清らの艦爆、陸攻では植竹保治、丸岡虎雄（爆撃手）、艦攻の牛島静人等、マレー沖海戦でプリンス・オブ・ウエールズとレパルスへの攻撃で未帰還となった鹿屋空の中島勇壮、浜空で唯一人の生残りとなった飛行艇電信員の高野正など、この七期は多彩且つ精強揃いだった。異色なのは長野一敏少尉が、昭和二十年六月二十六日に、特攻ロケット桜花の何度目かのテスト飛行の際に神ノ池飛行場で殉職していることであろう。いまこれらの勇士たちの戦いざまを叙していることはできないが、勢い戦死者も多く二〇四名中、実に一六八名が戦死し生存者は僅か三六名に過ぎない。甲飛三期の二六〇名中戦死者二二三名、生存者三七名というのと好一対で、これだけでもこの両期がいかに重用され奮戦したかが偲ばれよう。因《ちなみ》にガ島戦半年間のわが海軍機の損失は二〇七六機にのぼり、搭乗員の損耗は昭和十七年に一一四八名、同十八年二四九五名を算えた。損失の戦闘機は一一二〇機、攻撃機三二九一機、その後のソロモン戦一年間に九六九七機となり、ソロモン戦一年半の損失機数は一一、七七三機に達した。ソロモン戦がいかに過重であったかが分かるであろう。この戦いによってわが海軍はその主戦力を喪失するに至ったのである。

沢井健一一飛曹戦死の報が父親の富さんの許に届いたのは、戦死の日より二ヵ月経った十月の半ばだった。その時、だが富さんは健一が予想したような泣き方はみせていない。何日も何日も、ただぼおーッとした状態でいた、という。人間は極度の虚脱状態に陥ると泣くことも出来ないものらしい。

空襲があったら、らおの箱車なんかほったらかして逃げて下さい。空襲を甘く考えたら大変なことになります。私のいまの気懸りは明日のことやこれからの戦闘のことなんかではなく、ただただ父上様のことのみです。出来たら一日もはやく田舎に疎開して下さい。生活費は先日お送りした金を使って下さい。なお本日二百五十円を同封します。その後父上様に、と貯めたもので月々支給される航空加俸を貯めたもので、十円五円一円紙幣ばかりだったのですが、それでは送るのに嵩張るので主計さんに頼んで百円紙幣に代えて貰いました。私のことなら海軍にいるから何の不自由もありません。帰る家がなくとも父上様さえご無事なら私には帰れる処があることになります……

遥々とラバウルから寄越したこれが健一の最後の手紙だった。


「おい」と浅妻のいが栗が女房に声をかけた。

「らお屋の爺さん、このうちさっぱり姿を見せねえな」

「そうですね。去年の十月頃に来たッきりだから……患ってでもいるのかしら……」

「家《うち》ァ慥か本所の菊川町とか言ってたなァ」

「予科練にいった息子さんの階級が上がって、家から部隊に通えるようになる日を愉しみにこうやって働いてるんだ、と言っておいでたけえど……」

「莫迦ァ言え。いまは戦争中だぞ。まして予科練出と言やァ、この戦さの中心になって戦ってるんだ。営外居住など許されるわけはねえだろう」

「そうですか……小父さんも気の毒に……もう一階級上がれば、その時がくるんだ、なんてにこにこしてたのに……」

　浅妻の老夫婦がそんな会話を交わしてる頃その富さんはよそ行きを着て水天宮の都電の停留所で電車から降りるところだった。

　長年棲みふるした菊川町の路地裏の長屋を畳み、亡妻やすのの兄の大槻伝平をたよって千葉県の山武郡の村に富さんが疎開することになったのは昭和十九年の秋口だった。一人息子の健一が戦死し、もはや帰ってくる者とてない家を守ってたって仕様がない、と考えた揚句の疎開だった。東京におればなにかにつけて亡き健一のことが思い出されてつらく、戦時中の東京の暮らしもひどくなりさがる一方だったたし、何もかもがいやになった富さんは、東京から遁げ出したい一心だった。東京を去るにあたって富さんは、八百政の二階に羽左似を訪ねた。

　八百屋もその頃は、もう売る野菜もなく配給日以外は雨戸が閉《た》ててあり半開きの一枚の雨戸を押しあけて中にはいると、店の中は雑然たる物置き場と化してしまっていた。

　羽左似は蒲団にくるまって寝ていたが、富さんの声を聴くとよたよたと起きて来た。

「若旦那、静江さん……奥さんの姿が見えねえが……」

「私がこんなだから、軍需の縫製工場に働きに出てるのさ。夕方には戻ってくるから富さん、ゆっくりしていっておくれ」

「あの奥方が工場にねえ……さいですか……」

「あれにも苦労ばかしかけて……でも愚痴一つこぼさないのが、かえって不憫でね……」

富さんにも静江に対する強い思い出がある。健一の戦死の公報の届いた十数日後のことだった。七ツ屋の出逢いではなく、こんどは都電の通りを歩いていると静江さんが声をかけた。

「あら、らお屋の小父さん……」

「……」

「小父さんしばらくね。ここんとこさっぱり見えないから、どうしたのかッて噂してたのよ。元気ないわねえ、どうかなさったの……」

「健一がネ、倅がネ、戦死しちめえました」

「えッ」と静江は眼をみはり、やがて富さんを見詰めるその眼に涙が溢れ出した。

「あんなに息子さんの帰りを待っておられたのに……小父さんも到頭一人ぼっちになったのね」と静江は嘆じつつ、涙をぼろぼろとこぼした。それは不幸な者同士に通じ合う涙だった。その時の静江の流してくれた涙を富さんは忘れられない。こんども別れを惜しんで泣くに違いないと思えば、いっそ会わずに行った方がいいとも思い、富さんは口実を設けて無理にも辞去することにした。

「いけないよ富さん、折角別れに来てくれたものを、そのまま帰したと聞いたら静江に私は掻き口説かれちまうじゃないか。頼むから富さん、静江にも会っていっておくれよ」

羽左似は、もはや腕をのばして引きとめる体力も気力もなく、それこそ掻き口説くばかりだったが、嗚咽のようなそんな言葉を階段を降りながら富さんは背中で聴いた、その足で深川のいが栗を訪ねていった。

「おお、らお屋の小父《おっ》さんじゃねえか。おまさん、ここんとこ、さっぱり姿をみせねえからどうしたんだろ、何かあったんじゃねえか、て今日もさんざおまさんの噂ァしてたんだ。よく来つくれたね、さァ上がっとくれ」

手をとらんばかりのいが栗だった。居間に通されると富さんは浅妻の夫婦を前に、正坐したままでいきなり切り出した。口調も紋切り型だった。

「お静さんてえ女《ひと》は旦那、思やァ気の毒な女《ひと》なんです。あの女《ひと》はネ旦那、奥さん、小学校の頃寄ってたかって虐められた、てえます。芸者家の養女てえことと、女の子のくせしてズロースをはかねえで赤い腰巻してやがる、てえこんでいびられたんでさァ。芸者屋のおかみて者《もん》も、少しは心くばりしてやったらどうだ、と言いてえよ。持ってくる弁当のおかずは、いつもいつも沢庵か味噌漬と決まってるから、〝やーいやい、沢庵芸者が腰巻めくっておしッこ、しゃァしゃァ〟なんて悪態つかれ……いくねえ話でさァ。でもあのお静さんは、いくら意地わるされたっても泣かなかった、てえからじッと堪えてたんでしょうが根性のある子だったんでしょう。それがあんまし可哀そうだからッて、お宅の正雄さんがいつも庇ってやんなさった。ロン中を切り鼻血を流しながらもそのいじめの餓鬼大将に武者振りついてった、てんだ。偉えや、屋根屋のふんどしじゃねえけど、つくづくと見上げたもんだとあっしゃ思いますよ」

「旦那ァ、きせるのらおを折っちゃァいけませんよ。らお折っちまったら雁首も吸い口もただの金具ンなっちまうじゃねえか。だからおは金輪際折っちゃならねんですよ」

「らお屋さん、お前《ま》さん、正雄に頼まれて来なさったね」といが栗が、きつい眼を据えた。

「とんでもねえ。誰に頼まれなんぞするものか。この大変《てえ》なご時世に、他人《ひと》さまのことなぞ構っておれるか、てえのがいまどきの世の中でげしょう。国が生きるか死ぬかの騒ぎィやってちゃ国民一人一人のことに構っちゃいらンねえのかも知れねえが、病人はたまったもんじゃねえ。正雄さんときたしにゃァ、そりゃもう痩せ細っちまって……」

「あの、もし、そんなに悪いんですか」とかみさんが、おろおろ声で訊ねた。

「悪いなんてもんじゃありませんよ。まだ今日明日の問題じゃァないけど半年さきは見えねえ、とあっしは思いますよ。見ちゃいらんねぇし放っちゃおけねえから、あっしは、こうやって来つみたんだ。正雄さんを病院に入れて上げて下せえ、頼んます。そして決してお静さんと引き離さねえでやって下さい。お静さんはあの正雄さん大事に、いちずに尽していなさるんだ。そんな女《ひと》を引き離したら何をしたっても正雄さんはおしめいになります。あっしゃァ明日は千葉に疎開していく身だが、あのお二人のことが気がかりでたまらねえから、いっそ旦那《だん》さんの顔の見おさめも兼ねて、とこうやって来つみたんです。誰に頼まれて来たわけじゃねえんで、誤解しないで下せえまし」

それだけ言うと富さんは「お邪魔しやした。それじゃあっしはこれで……」と腰を上げたから夫婦が押しとめ、言葉の揉み合いの結果は浅妻の夫婦が都電の停留所まで送ることになった。

「うちの正雄のことでわざわざ来つくれて富さん、ありがとよ。お前《ま》さんを送ったらその足で正雄のとけえ行ってみるよ」と電車を待つ間にいが栗は言った。

「そうしてやって下せえやし。旦さんにとってはあの正雄さんは掛け替えねえお子だ。正雄さんが生きてるうちに、するだけのことは旦さん、して上げて下せえ。あっしは子の面倒みてやりたくも、健のやつはもういねンです。いまのあっしは、健にこうもしてやりたかった、ああもしてやれたら……の悔やみばかしでさァ。でもね、いまの旦那の言葉で東京の地に思い残すこた何もなくなりやしたよ。ありがてえこんです。わざわざ来た甲斐があった、てもんだ」と言って富さんは洟をすすり上げた。東京の地も敵機の空襲に侵され始めていた。生きることが東京に棲む人達にとって試練となりつつあったのである。

——富さんがその東京に戻って来たのは昭和二十一年の夏だった。戦争が終わって満一年が経っていた。

東京が空襲でひどくやられた、ということは疎開先の千葉の田舎で聴いてもいたけれど、その破壊の跡を眼にした時、富さんは声も出なかった。

焼け残った三河島の木造二階建ての、まえには軍需工場の工員寮だった一室にもぐり込むことができ、担ぎ屋をやったり自由マーケット（闇市）の露店の手伝いに出たり、工場の雑役の臨時雇いになったり、と転々とした揚句に富さんは、またもとのらお屋に還って箱車を牽くようになった。

もはや刻み煙草を喫う人は稀な存在となっていた。そういう時の流れに棹《さお》さして富さんは、ぴゅーッとか細い汽笛を吐くらおの箱車を牽いて戦後の変貌甚だしい州崎、深川、菊川町、森下町、水天宮、とむかしの領域を丹念に拾って歩いた。生計は、初めのあいだはなかなかに立ちかねた。それでも老い先短いこの身に、どっちみちおなじ苦労ならば……と、富さんはこのなりわいに固執した。続けていくうちにはぽつぽつと得意さんも出来て来た。多くは富さんとおなじ、先の長くない爺さん達だった。

巻煙草を喫うのに一本をわざわざ三分の一にちぎり、それをきせるの雁首に詰めて喫う頑固者たちだった。「たばこの烟りは、てめえのきせるを通して、はじめて味が出るものよ」とその人達は、きせるを大事にした。

浅妻のいが栗と羽左似の父子《おやこ》が、あれからどうなったか、を富さんは知らない。

浅妻のたばこ屋のあったあたりの焼け跡を、いくら捜してみても浅妻姓の表札の家はなく、水天宮の裏の八百政の一帯も焼けてしまっていた。もともとが富さんにとって深いつきあいの人達ではなかったからそれ以外には捜す手がかりとてなく、生死の確認もとりようがなかった。だがこの父子《おやこ》のことを富さんはいつまでも忘れられないでいる。

昭和三十年、富さんはまだ箱車を牽いていた。

戦後のこの国の復興のテンポは、それこそ眼を瞠るもので、焼け跡には立派なビルが次から次と建ち、そのうちに都電の軌道は取り払われて道路は広くなり、広くなった道路は絶え間とてない自動車のラッシュだった。そんななかを富さんのらおの箱車はよたよたと独り行く。

〃親の代からゆっくり歩いつ来たんだ。そんな日本だったたぜ。なのによ、今ンなって走れ、走れ、てえやがる。おかしくッて走ってなんか行かれるか……〃

道路はどこもかしこも舗装されたから轍《わだち》のあととてもなく富さんの箱車は昔のように、ことこと、という音も立てなくなった。〃おい、そうやって黙ってねえで、頼むからことこと、とか何とか文句ゥ言っつくれよ。おめえとは一つ仲間のらお屋じゃねえか……〃

話し相手のない富さんは、ぶつぶつと背の箱車にそんなことを語りかける。〃あーあ、都電も走らねえ東京になっちめえやがったぜ。未練はねえや〃

昭和三十年の東京に、らお屋は富さんを含めなお五〇人が算えられた。

江戸の昔に粋な稼業として始まったこの稼業も、幕末から明治大正昭和の三代を連綿と生き続けて来たけれど、昭和の戦後十年に至り愈く燃えつきんとしていた。長かったその生涯の余燼が、富さんらの手によってていま、細々とくすぶっているのに過ぎない。

富さんのいまの月収は実働月二十四、五日で二万円から二万五千円である。らお一本三十円、一日三十本から四十本の商いがあり、材料費としては竹代一本三十銭、炭一日六十円をみれば足りた。この時期の大学出の初任給平均一万五千円に較べ、やや高いといったところ。

東京の下町に祭や縁日が復活した。その日がくると、まるで灯りに惹かれる虫のように富さんの脚はそこへ吸い寄せられる。健一がまだ子供だった頃にも富さんは、祭だ縁日だといえば欠かさずつれていったものだった。じゅうじゅうと鉄板の上で音立てて焼く焼そばの屋台の前に足をとめ、親子揃ってその焼そばに舌鼓をうった。刻みキャベツを支那そばに混ぜ、油で炒めソースをかけて焼き、その上にこまかく刻んだ紅生姜と青海苔をかけただけのしろものだったが「うめえか」と訊くと「うん、とってもうめえ」と健一は頬弾ませながら答えたものだった。あの頃の屋台の焼そばときたら、そりゃァうまかったぜ、と富さんはいまにその味を忘れられない。その後台所にも立つようになった富さんは、その焼そばを屋台風に焼いてもみたけれど、どこの加減か、どうやっても屋台の味を出せずに終わってしまった。おんなじ材料を使ってなぜあの味が出ないのか……首を傾げるばかりだった。戦争まえの貧しかった生活がいろいろと思い出されもするが、それにも拘らず昔はよかった、という思いばかりがいまの富さんには強い。

月に五日とる休みの一日を富さんは、靖国神社にお詣りにいき、一日を亡妻やすののお墓の掃除に費やす。その墓には健一の名も刻んであるけれど遺骨はない。ガダルカナルの決戦に敢然と立ち向い、その身を愛機とともに散らした沢井健一一飛曹の遺骨箱にはいっていたのは素姓も知れない二片の石《いし》塊《ころ》だった。だが健の墓詣りをするために俺は惜しくもないいのちをこうやって永らえているのだ、という思いがいつも富さんにはあった。そして帰る家がなくとも父さんさえご無事なら私には帰れる処があることになりますと書いて寄越した健の手紙を思っては眼頭を熱くした。

ほかに富さんは毎月一度、顔見知りの葬儀屋にいって、火葬や葬式の費《かか》りについて金額を確かめ直すことを忘れない。そしてその金だけは富さんは常に肌身から離したことはない。だがインフレの止まらない時世だからそうやって毎月確かめ直す必要があった。

〝死んだら人さまのお情けにたよって送って貰うしかねえ俺だが、せめてその費《かか》りだけは誰にも迷惑かけちゃならねえから〟とその金を布帛《きれ》の袋に入れ、袋の口に紐を通して富さんは首にかけている。その袋の中に自分の氏名本籍とワンルームアパートの住所、埋葬して欲しい墓の所在が書いて入れてある。

昭和三十一年八月の某日、富さんは三、四十坪ほどの焼跡の空地にらおの箱車を牽き入れると弁当をひらいた。塩鮭一と切れ、うずら豆少々、それに沢庵が二た切れの昨日、一昨日とまるっきり同じ内容の弁当だった。

箸をつける前に「健のやつがもう少し生きてさえいてくれたら、健の嫁が作ってくれたはずの弁当なのに……」と富さんは思った。「健のやつも思えば、つくづく可哀《けえ》そうな奴だった。嫁も貰わずと、家庭料理の味も知らずと戦死しちめえやがって……」つい愚痴がこぼれる。

戦前には二十分ほどで済ませた弁当も、いまはその倍の時間がかかった。弁当の蓋をした富さんは、ゆっくりと頭上の空を見上げた。抜けるような蒼い空に、白い雲が二つ三つと浮いていた。〝今日もまた斯《か》くありき〟の思いだった。しかし〝明日もまた斯くあらん……〟の思いは、いまの富さんにはない。

「どっこいしょ」と声をかけると富さんは箱車の梶棒をとった。

富さんとは一つ仲間のラオの箱車はよたよたと行く。「俺の人生てえのは結局一人ぽっち……」富さんは口の中でこの文句を繰返す。それは背の箱車にではなく己れ自身に対して語りかけているものだった。

ブランの樹は残った

――玉砕したブナ戦の兵たち――

あらい縦皺の走る幹の周りは凡そ二メートル、梢の高さは十メートルもあろうか、亭々とそびえるその樹は、逞しく四方に枝を張り出し、そこに菱形に似た葉をいっぱいつけていた。一見、日本の欅を思わせもするが、植物に詳しい佐世保陸戦隊の某兵士は「ぶなのごたるばってん、葉の違うとるもん……」と首をかしげるばかりで、日本を遠く離れて来た眼には、出遭う樹々に見馴れぬものが多く、結局何という樹なのか、解る者はいなかった。

剣持《けんもち》一水はその樹にのぼっていき、海の方に向って張り出した枝の最下段に腰をおろした。そこからは島の海岸線が一望でき「こりやァ見張所にもってこいだぜ」と剣持一水は下にいる亘理《わたり》一水に言った。しかし彼は見張りにではなく、その枝に長いロープをかけて即製のブランコを作ってしまったのである。剣持一水がそのブランコに乗って漕ぐと、紫いろした小さな毬のような花が、菱形の葉合いからほとりほとりと降り、花の散ったあとにはそこはかとない甘い香りが残った。

この剣持一水は、横須賀海兵団にはいった当座のころ、寝台のハンモックを盛んに漕いで隣のハンモックにぶつけ、寝ていた兵隊を墜落させ教班長から手ひどいバッタの制裁を受けたことがある。縦であれ横であれ、揺れることの好きなのも話を聴けば、海軍にはいる前はサーカスの空中ブランコに乗っていた曲芸師だった、というから「道理で……」とみんなが嗤った。

「おい、だいさん、やってみるか」

剣持一水はある日、ブランコの傍に来た亘理一水を誘った。「眼ェつぶって、こうやって漕いでみねえな、東京が見《め》えてくるぜ」

「まさか……」と亘理一水は鼻を歪めた。

「まさか、なもんか……嘘ァねえ。ほんとに東京がめえてきやがるのよ。請合うぜ」

そういうと剣持一水は眼をつぶってまた漕ぎ出した。

「あ、浅草だ。こりゃァ六区の大正館じゃァねえか。なになに……青い山脈、水島道太郎、月丘夢路……待てよ、この映画は俺がまだ東京にいた頃に見たやつだぞ。それをいまンなってまた蒸しかえしてかけてやがるんだ。内地も、どうも益々もの不足のようだぜ」

「おい、大正館はいいからそのなんだ、すこうしこっちィずらして観音さまの境内を見っくれねえか、人出はどうだ、鳩はいるけい、鳩は……」

「ハト、ハト、ハトのポッポけえ。こりゃァ変ちくんなりァがったぞ、……そこでハト、ハトいうから一足とびに吉原《なか》へ来ちまったようだぞ。おい、おい、こっちィ来てあれを見てみろよ。え、いい女じゃァねえか。ほれ、あの手前の格子の向こうにいる女よ。あんなに色の白いところは何だぜ、新潟か秋田か、寒《さぶ》い地の女に違いねえな。畜生ッ、俺を見て笑いやがったぞ。とほッ、しびれるッちゃァねえや」

「おい、そんなにいい女けい」と亘理一水は、つい釣りこまれて訊いた。

「いい女か……てえもんじゃねえ、ぶるぶるッと、こう身顫いしたくなる女よ」

「女優でいえば誰に似てる……」

「そうよなァ、さしずめ花柳小菊てえとこかな。顔《めん》も眩《まぶ》いが、こっちィ見るあのしなの婀娜っぽさッたらねえぜ。あ、二の腕ちらりと簪に手え触れた、お、おッ、俺をよびやァがる……」

亘理一水はその女見たさに無理に交替してブランコに乗り、えっさえっさと漕ぎ立て両眼を閉じたが、これはいつまで経っても東京の風景も女の姿も出てはこず、ただ瞼の裏がちかちかするだけだった。

「おい剣の字、まるッきし何も見《め》えねえぞ」

「何もめえねえ……だと。そいつあ変だな。おい、いい女と逢おう、なんて助平ごころを起こしたら駄目だぞ。この、なんだ、ブランコに乗ったら無心無慾にならなくちゃァいけねえな。そうならなくッちゃァ見《め》えてはこねえよ」

「ちょッ、とほうもねえ。禅坊主じゃァあるめいし、無心無慾になんぞなれるけい」

自分でブランコを漕ぐよりも剣持一水の見るのをわきから聴いた方が手ッとりばやい、と気づき亘理一水はブランコからおりた。

だがこんどは剣持にも東京の空は遠いらしく、なかなかめえたとは言わない。樹の枝に懸けたロープの軋みが喘ぎはじめた。

「おい、どしたい。何かめえたか……」

「うーむ、まだめえねえ……待てよ、あの女にもう一と目という思いが心の隅にあるからかな。えーい、いい女を見ちまうと、いつも決まってこうなりァがる。おほん、おほん」

「どしたい剣の字、おほん、おほんと発すりゃァめえてくるのけい」

「うーむ、まだまッ新《つあら》だ。おほん、おほん」

「なんだ、最初《はな》の話と様子が違うじゃァねえか……めえてくるまでには、いろいろと仕掛けがあるようだな」

「そこが、そこが謂わば、値打ちの、年季てえやつよ」

そこへ下から破壊班の吉田一等兵曹が上がって来、この二人を見て「こらッ」と怒鳴った。

剣持一水はブランコからとびおり、二人とも直立不動の姿勢をとった。主を失ったブランコがカラカラと揺れている。そのロープの一本に手をかけて吉田一曹は獰猛な面構えで二人を見据えた。からのブランコは、いやいやをするように歪《いび》つに揺れつつ、ひっそりと停まってしまった。

「きさま達ァ、この忙しいのにブランコなんぞに乗りやがって、一体どういうつもりだッ」

「はい」

「何がハイだ。ここは南の最前線、行こか戻ろかオーエンスタンリー越えて、日の丸立てたやモレスビー……え、その作戦基地に身を置きながらだ。まして眼と鼻の先のガダルカナルでは、昼夜を分かたぬ攻防戦が続いちょるというのに……きさま達は暢気にブランコなんぞで遊びやがって……」

悪いやつに見つかったものである。吉田一曹は部隊の下士官の中でも名だたるパッキンだった。融通のきかない、うるさ屋なのである。

「自分達は、単なるブランコをしておったのではないんであります」

亘理一水がコチコチになって答えた。

「なんだとォ……ブランコに乗ってやがって単なるブランコでない……この野郎、よくもぬけぬけと……」

吉田一曹のどんぐり眼が三角にとがった。

「はい、自分達はブランコを漕がせて、射撃の要領を自習しとったんであります」

「射撃……何の射撃だ」

「はい、対空対船対戦車、動くものに対する照準の呼吸を自習しとったんであります」

「ふざけるな、ブランコが対空射撃の的《まと》になるか……空翔ぶ鳥を標的にしたとでも言うんだらともかく……」

「はい、しかし鳥は自分らの休憩中の都合のいい時には翔んで来てくれんのであります。それで考えた末に、かかるブランコをこさえ動く標的としてみたんであります」

「……」

吉田一曹はなお猜疑のまなざしで二人を見ていたが、「よし、その真面目さは一応認めるとしよう。だがな、戦さはきさまらの考えているような、そんな、なまやさしいもんじゃァないぞ。ブランコの自習が実際の役には立たんことは戦争が始まればすぐと分かる。いいか」というとすたすたと行ってしまった。

「射撃の自習たァ大当たり……うまくこじつけあがったぞい」と剣持一水は、吉田一曹の姿が見えなくなると、けらけらと声を立てて笑った。勤務を交替した休憩時間なのだからブランコに乗ろうと不都合はないはずなのだが、集団生活の軍隊の不自由さは目慣れないことをやると叩かれることだった。だが射撃の自習という亘理一水の当意即妙の言いのがれは、パッキン一曹を沈黙させ、以後剣持のこのブランコは黙認の形となって兵隊達は、いつかこの樹をブランの樹と呼ぶようにさえなった。ブランコのある樹ということからそう呼んだのだが「目標ブランの木の左五度……」とか「ブランの木まで早駈け、かかれ」といった工合に、いつか訓練にまで使われるようになった。軍隊とはおかしな処である。

そこはニューギニア島の南東部、オーストラリア領パプア北岸の小港の町ブナという処であった。オーエン・スタンリー山脈を挟んでポートモレスビーの恰度反対側にあたる。

ポートモレスビーは、ニューギニアの政治、経済、交通、通信の中枢であったばかりでなく、豪州北東防衛上の要衝でもあり、そこには整備された三つの飛行場と良好な泊地とがあった。しかしパプア水道の対岸にはタウンスビル、クックタウン、チャータースタワーズ、ホーン島などに敵の航空基地があり相当数の米、豪機が集結していたからこれらを制圧しない限りニューギニア東端を回り五〇〇浬も西航して攻略部隊がポートモレスビーに取りつくことは困難だった。ポートモレスビーを窺うわが企図に対し、敵は機動部隊と所在基地空の陸上機をもって阻止をはかり、かくて生起したのが昭和十七年五月六日から同八日に及んだ珊瑚海海戦だった。

第四艦隊司令長官井上成美中将は第五航空戦隊（司令官原忠一少将）に対し兵力部署を発令した。この当時は日本軍が連戦連勝していた頃で、この第五航空艦隊というのは、開戦直前に編成された謂わば二線級の戦隊で、翔鶴、瑞鶴が中心母艦だった。この五航戦でアメリカの主力空母群を撃とうというのだ。この時の井上長官のスケジュール表には、五月三日ツラギ、同十日ポートモレスビー攻略に続いて十五日、ナウル、オーシャンを攻略する、となっていた。

第五航空戦隊の空母は、妙高、羽黒の第五戦隊を伴い珊瑚海を行動中に、アメリカの主力空母レキシントン、ヨークタウンを率いるフレッチャー少将の空母群と会敵したのである。五月七日、日本の艦上機は敵の駆逐艦シムスと給油艦ネオショーを撃沈したが、米軍も輸送船団の上空直衛を行なっていた小型空母祥鳳を沈めた。翌八日の午前八時、日米の艦上機はほとんど同時に相手空母を発見した。日本の一二二機とアメリカの一一二機は互いに敵空母に殺到した。世界の戦史上空母対空母の決戦はこれが初めてであり、日本はレキシントンを撃沈しヨークタウンを大破し、翔鶴が損傷し駆逐艦菊月を喪った。海戦は断然日本軍の優勢のうちに進みフレッチャー提督は退却せざるを得なかった。三万トンの空母レキシントンの喪失は一万二千トンの小型空母祥鳳の損失とは較べものにならなかったけれど、日本はこの海戦で喪った搭載機八十機の搭乗員の補充と、損傷を受けた翔鶴の修理に数ヵ月を要することとなり、敵の陸上基地を攻撃する余力はなくなり、ポートモレスビー占領作戦は中止せざるを得なくなった。前線搭乗員の補充の如何は航空兵力の層の厚さの問題につながる。艦隊主兵の体質の日本海軍には先天的に航空兵力の層は浅く、そしてこの航空兵力の彼我の層の格差が、この後の戦争の推移を左右したのである。

ヨークタウンの損傷は大破で沈没寸前のものだったがその後の昼夜兼行の修理作業で、驚いたことに一ヵ月後のミッドウェー戦に参加しているし、日本以上に喪った搭乗員の補充も数日間でアメリカは配備しおわっているのである。結局日本海軍は、戦闘には勝っていても頽勢は歴然たるもので、これでは勝ち戦さとはいえない。

六月から七月上旬にかけ二式陸偵によるたび重なる偵察と写真撮影の結果、ブナ、ココダ間に自動車通行可能と認められる道路が発見され、その先のスタンレー山脈を越えてポートモレスビーに至る道路も、また概ね自動車の通行が可能であると認定されたから、大本営は急遽陸路からのポートモレスビー攻略に作戦を切換えた。ブナの占領はこのために行なわれたもので、昭和十七年七月二十一日、南海支隊所属の福山の陸軍歩兵第四十一連隊を主力に、佐世保鎮守府第五特別陸戦隊の月岡部隊が協同して上陸し、四十一連隊は挺身隊をココダに向け急進させ、主力もこれを追って二十八日、ココダ守備の豪州軍を夜襲し、二十九日朝までにココダ市街および飛行場を占領した。それは昭和十七年八月七日の米軍のガダルカナル島上陸に先立つ僅か半月ほど前のことであった。

以後日本軍は、山本大佐指揮の歩兵四十一連隊がココダを中心に防備陣を張り、安田義達大佐（海兵四六期）指揮の横須賀第五特別陸戦隊と佐世保第五特陸の一部の海軍部隊が、これはブナの防衛に任じた。そしてこの安田大佐は、太平洋戦における海軍の、卓抜した指揮官の一人だったのである。

ブランの樹は、ブナ泊地を眼下に見おろす丘の上にあり、五〇メートルほど離れた処に櫓作りの見張所があって、その稜線上には大砲や高射砲の陣地があり、それはことごとく擬装が施されてあったから内側から見る眼には、かえってもののしさがあった。兵站部は丘の背後にあり、戦闘指揮所は丘の中腹をくりぬいた洞窟にあった。眼と鼻のガダルカナル島で日米両軍が死闘を演じていても、ここは九月の上旬までは敵の接触はなかった。だがそれは戦争の急湍に裾を噛まれる岩の上にあるブナの、束の間のやすらぎに過ぎなかったのである。

「ブランの樹のよ、ブランコに乗って眼ぇつぶって漕いでたらよ、日本が見えて来たぜ。剣持の言ったとおりだ。懐しいたらなかったぜ」と軽部一水が吹聴している。折角のブランコなのにも拘らず剣持以外に、これに乗る者はほとんどなかったのは、子供っぽいという大人の含羞《はにかみ》の為か、あるいはそんな日本人のとり澄ました気質のせいかも知れなかった。

「おい、その見《め》えた日本てえのは、もしか浅草じゃァねえのか」

亘理一水が話の輪の中に割り込んでそう訊くと「浅草は見えんかったが、横浜《はま》がよう見えよったわ。山下公園、港の大桟橋、元町、伊勢崎町、それに三横《さんよこ》の造船所（三菱横浜造船所）までも、たっぷり見えたぜ」

軽部一水は名を都々郎《つつお》といい、横浜野毛の住人で親代々の花火師だったところから新設の応急兵器製作班にまわされ手榴弾などの製作に従事していた。この製作班が製作している応急兵器というのはつぎのようなものだった。

手榴弾　ココダ方面の戦闘で回収した小銃弾の薬莢を使い、撃針で雷管を叩き四秒で作動する。

擲弾筒　高度四五〇メートルの対空用および距離二〇〇メートルの対地用、時限信管を装着。

棒地雷（対戦車用）　長さ一メートルのパイプにＴＮＴ火薬を充填、時限信管を装着。

棒地雷投擲器　右の地雷を一〇〇メートル投擲する。

百粁爆弾攻撃砲　砲身は酸素ボンベを活用し、周囲を鉄材で補強し装薬を使用、約一〇〇〇メートルとばし爆発。

標的　ブリキ箱（五〇糎四方、厚さ五糎）に黒白火薬を充填し導爆薬により埋没百瓩爆弾に接絶、射手が標的を撃ち抜くことにより爆発する。

応急兵器製作班はブナの町の接収した修理用造船所と既設の工場を製作場にしたから軽部たちはそこに毎日通っていた。これは安田大佐の発案によるもので、戦闘が始まれば守備隊の火器は不足するだろうことを見越してこれを製作して備蓄した。のちにこの火器類はすこぶる有効な働きをすることになった。

軽部一水は部隊の人気者だった。さっぱりした気性で戦友の面倒見がよく、骨惜しみをしない、とあれば仲間の信望は集まろう。しかし部隊中の人気者たり得るには、ほかにも人の眼を惹く理由がなければならない。
ブナに展開して以来、たびたび催される部隊の演芸会で、軽部一水はきまってカッポレを踊り、その絶妙のおかしさでいつも人気をさらった。
〽かっぽれかっぽれ塩茶でかっぽれ、甘茶でかっぽれヨウイトナ、ア、ヨイヨイ。沖のくらいのにサッサ白帆が見える。あれは紀ノ国ヤレコノコレワイサ蜜柑船ジャエー
豊年じゃ満作じゃ、明日は旦那の稲刈りで小束に丸めてちょいと投げた、投げたサッサ、投げた枕に科《とが》はない、オッセッセノコレワイナ、コノナンデモセエ
ねんねこせえねんねこせえねろてばよう、ねろてばよう、お里の土産に何もろた、でんでん太鼓に笙の笛、ねろてばようねろてばようねろてば寝ないのか、この餓鬼ゃホイ
軽部一水は着ている服の上衣をするりと脱ぐと裏返して即妙に赤ん坊に仕立て、それを横抱きして身振りおかしくあやしてみせる……
このカッポレについてはすでに、三田村鳶魚翁の入念な考証がある。翁によればカッポレはオランダ語のKopple、英語のCuple、仏語のCoupleの訛ったものだろうとの推量である。「横浜へ来た異人さんが嫖遊の酒間に妓輩の手を執って、カップルカップルと叫びながら踊った。唄は何でもよろしい。妓輩の機転がその座を賑わす」とある。なるほど、それでこの歌のもつ歌詞の混雑性やアドリブ性や尻取り性もどうやら分かる気がする。

軽部一水がお得意のカッポレを踊る時、声のいい亘理一水が歌を歌い、ブランコの剣持一水がヨウイトナ、ヨイヨイと合の手を入れた。三人は、だからカッポレの人気スタッフでもあったのである。ところでスタッフの一人、剣持一水は最近とみに元気がなかった。いくらブランコを漕いでも東京が出てこない、と肩をすぼめているのだった。

「シロトの軽部に横浜が見《め》えて、クロトのおめえに東京のめえねえべら棒があるもんじゃねえ。どしたんでえ、一体全体《てえてえ》……」

「とほうムねえことん、なりゃァがったぜ……この節ァ夢さえめえねえのよ。世は闇だァ……溜息ばかしよ」

「東京はどうでも、吉原にいたあの別嬪はどうなったい。花柳小菊に似てるとかいう女よ。その後ちらとでも顔見せに来たけい」

「むむ滅相もねえ、うれしがらせといて、それッきしよ。あの女に逢ったばかしに、東京てえものが出てこなくなりゃァがったのよ」

剣持も亘理も東京の下町に育っている。剣持は名を佐次郎といい父親は威勢の鳶職だった。その親鳶と意見が合わず、家を飛び出してサーカスにはいった。亘理は名を大造、これは隅田川畔の船宿の三人兄弟の長男だったから早くから船頭を覚えて隅田川を上り下りしていた。泳ぎが達者で少年の頃から河童の異名をとった。

軍隊には軍隊用語というのがあって、それで用を足すのだが、仲間うちの殊に同郷の間柄では、くに言葉も使われこの二人の場合は江戸の訛りを遺す東京下町言葉でのやりとりだった。戦後のいま、下町でも古い生まれの人でなければ、こんな訛りの言葉を使う人はいない。

　この時期の守備隊は連日の塹壕掘りに追いまわされていた。夕食後、剣持一水の姿が見えないので、亘理一水は探しに出てみた。丘への道を辿ってブランの樹の傍までくると、ブランコに乗った剣持一水のシルエットが淡い月の光の下に影絵のように揺れている。

「こお剣の字、夜でもおめえは、やっぱし眼えつぶって漕いでるのけい」

　やっぱりここだった、と思い亘理一水はそう声をかけた。返事はかなり経ってから返って来た。

「おおそうとも。いま東京の上野公園にいってたのよ。懐しいッたらなかったぜ」

「おい、するとどけい、東京がめえたのか、いかったじゃねえか……剣の字」

「西郷さんの銅像の下ン立ってると、不忍の弁天さまがおいでなさって、そいでもってよ、話いしたんだ」

「それで弁天さまは、おめえになんちったい……」

「これ剣の字よ、そもじはお国のためとはいえご苦労のことであります。東京へ帰りたがっておでのようなれど、それは叶いませぬぞえ。そもじはそこから、もっと遠い処へ行かねばなりませぬぞえ、とのたもうた」

「ふんふん」

「いくら弁天さまの仰せだからとって、これぱっかしは素直に聴けるもんじゃァねえから、もしもし弁天さま、とそういったら弁天さまァ、ゆめゆめ疑うなかれ、あなかしこ、あなかしこ、てえ鈴を振るようなお声とともにすうーと掻き消えなさって〝夜でもおめえは、やっぱし眼えつぶって漕いでるのけい〟とかなんとか、この唐変木、てめえが割り込んで来たんじゃねえか……台無しだ」

「そうけい、そりゃどうも、とんだ邪魔ァしちまったな。済まねえ……」

「いま頃謝ったッてもあとの祭りよ……それにしても、くそ縁起でもねえご託宣だぜ。こんどお眼ンかかったら一番に言ってやらざァ……もしもし弁天さま、この前のあのお告げてえものは、あっしとしちゃァお受けするこたァ出来やせん。勝ってくるぞと勇ましく……じゃァなく、このあっしてえものは、帰ってくるぞ、と誓って国を出て来ておりますんで……その固い誓いのとおりに、どか東京へ帰《け》えしてやっておくんなせいやし、おたのもうしやす」

「おお、そう言ってやれい。ことと次第じゃ弁天さまだろうと何だろうと構うこたねえ、尻《けつ》ぅまくってやれ。ところで剣の字、不忍のその弁天さまは、どんな容子の弁天さまだったたい……」

「そりゃァおめえ、仮りにも弁天さまだァ、容子はいいに決まってらァな。太りじしてえところが福の神だ。二重瞼の眼が何ともやさしくッてよ、年の頃なら二十七八《しっぱち》、年増だから縦縞のお召がよくお似合いだった」

「おい、すると何けえ、不忍の弁天さまは縞の着物を召してお出ましンなるのか」

「そうよ……弁天さまだっておめえ、永年日本に棲んでりゃァ縞の着物ぐれえは着なさろうぜ」

「縦縞の着物で、そいでもって衿は黒か……こいつァいいや、あははは」と亘理一水は鼻をブランの樹の梢に向けて笑い、剣持一水はおほん、おほんと発してブランコを漕ぎ出したのは、消えた弁天さまの幻影を追わんとしたのかも知れない。だが剣持はその後二度と不忍の弁天様にまみえることはなかった。アメリカ軍の攻撃が始まったからで戦闘の始まった十一月十九日は、この翌日のことだったのである。神やホトケは人《ひと》一人一人の運命（生死）の鍵を握っておられるという思いは、漠然たるものであっても、戦前の日本人には一様にあったことを断っておかなければならない。

その日ブナの空は早朝から戦爆八十機の敵大編隊に制圧された。敵機は飛行場に対し反復攻撃を繰返したが、安田大佐は対空射撃を禁じ敵の思うままにさせた。

このブナの飛行場は、地上勤務員だけが常駐し、ラバウル基地からの友軍機が、たまに飛んで来て遊撃用基地として一時的に使用する程度のものに過ぎなかったけれど、この日の爆撃で使用不能となった。

昼少し前から敵の艦砲射撃がはじまり、それが終わると二十数隻の上陸用舟艇が白波を蹴立てて海岸に殺到して来た。安田部隊は高射砲の砲口を水平か、又はそれ以下にして一斉に狙い撃ちした。その弾幕をくぐり抜け、辛うじて上陸を果たせば、海岸線に向って掘られた無数の蛸壺から狙撃されて、アメリカ兵は、ばたばたと斃れていった。

沖合いからこの様子を眺めていた艦艇群に突如二十機の日本の戦爆機が襲いかかり輸送船三隻沈没、二隻大火災となると敵は後続の上陸を断念して引き返してしまった。この二十機は安田大佐の急信で、ラバウルから急遽飛んで来た海軍機だった。

夕闇がおりる頃、海岸にはもはや一発の銃声もなく、波間には擱坐したり捨て去られた十数隻の敵の舟艇が、寄せる波に嬲られ、浜辺にはアメリカ兵の死躰が散乱し、それらの骸の死を点検して歩く日本兵の肩に、まだ消えやらぬ硝烟が靄《もや》のように重たくたゆたっていた。

敵兵の死躰を見て歩く日本兵は、誰も敵がこれで攻撃を断念した、とは思っていなかった。明日は我が身がこうなるのかも知れぬ、という想いが兵の脚を重くしていた。

安田司令がブランの樹のブランコに乗ったのは、この日の戦いのあとだった。ブランコに乗った、といっても司令自身が乗ったのではなく同行の副官を乗せて漕がしたのである。副官鈴木大尉は、命ぜられる通りにブランコを漕いだ。

「もっと強く……」「それ以上後ろへはひけんか……」という司令の声――遠くから見るとこの二人の将校は、巡察の途中に見つけたブランコでしばし息抜きをしているかのように見えたが、安田司令のブランコの揺れを見る眼には探求する時の真剣さがあった。

蹴りが大きければその反幅もまた大きく、かくてブランコの運動は均衡を保つ。反復運動の範囲外には決して出ることのないブランコの軌道は、島嶼の攻防戦そのものを思わせた。安田大佐は以後の戦闘に、敵が押せばそれと同じ集中力で押し返す方針に徹してブナの攻防戦を戦ったのであった。ブナの場合、それは根くらべの戦闘とならざるを得なかった。物量と闘魂との凄じい戦闘が、かくて始まったのである。

「敵さん、懲りずにご再来」と鈴木副官が鼻を上空に向けて言ったのはその翌る朝だった。

爆音の程度からは十機前後と思われたが、沖合いに忍び寄った敵艦隊はその時、砲口を揃えつつあったのである。ブナに対する第二回目の攻撃が始まらんとしていた。

兵力を倍増した敵は、航空機の絨緞爆撃という傘をさして上陸には成功したが、その夜のわが夜襲で大混乱に陥り、つづく翌朝の銃剣突撃の総攻撃に大悲鳴を上げて潰走してしまった。陸軍部隊八〇〇名の増援隊がこの総攻撃に参加したが敵は兵力一万以上を投入していたのである。飛来の敵機はブナ南東二五浬の地点に新設された基地からのものだった。これに対しラバウルからの友軍機の来援は第一回攻防戦の時以後は全然姿を見せず、漸く攻防戦の終わり頃になって、それも僅か数回程度の攻撃で終わってしまっている。このブナに対するアメリカ軍の上陸作戦は十三回に及んだ。安田部隊は、うち十二回の攻撃をことごとく撃退し去った。海空陸のいずれの支援もない中での、恐るべき強靭さといえよう。

効果的だったのは応急兵器製作班の作った標的と称する地雷だった。蟻の道のように張りめぐらしたこの即製地雷は、射手が標的を撃ち抜くことによって爆発する。アメリカ兵は随所に吹きとばされた。勿論安田部隊は応急自製の火器を主に戦ったものではない。ポートモレスビー攻略作戦用としての弾薬火器糧秣など、ある程度の集積がここブナにはあったから安田部隊が戦闘に投入できた火器弾薬の量は、ガダルカナルの戦場と較べれば比較にならぬほど豊富だった。勇戦奮闘の鍵の一つがそこにあったといえる。

敵の来襲のない日には安田司令は全陣地をまわって、防備の補強や配置替えを指示した。アメリカ軍はこっちの抵抗線を記憶していて、次回の攻撃にはその虚を衝いてくるから、こっちとしても陣立ては絶えず新たにしておく必要があった。大がかりな新陣地の構築などは戦火のない日を選んですることになるから、兵の労役は戦争をしている時よりもかえってきつくなる。その兵の汗の吹き出た肩を敲くようにして安田司令は、このブナを敵にとられたら我が軍は袋の鼠となりラバウルの維持も困難となるから、断じて守り抜かねばならないことを熱ッぽく言ってきかせた。

戦火の絶え間のそんなある日の昼食に、豚肉のふんだんにはいったカレーライスが出た。お替りも出来たのでみんな、満腹の腹を鼓して大満悦していた。午後からは亘理と剣持は塹壕掘りの作業だったが、軽部は工場にいくというので途中まで送っていった。その帰り道のことである。

「とんだ大盤振舞いだったじゃねえか、今日のひるは……お替りも自由とはどんなつもりかのう」

「大《だい》さん、おめえも俺とおんなじことを考えてたのかい。俺が思うに、次回の敵さんの攻撃は空前絶後のものとなろうから、いまのうちに食えるだけ食っておけ、てえ貧乏人の親ごころじゃァねえのかい」

「違いねえ、多分そんなところだぜ」

「俺はのう大さん、カレー食うたび想い出す、過ぎにしサーカス小屋のあの味を……と歌ってもみてえ思いがあるのよ」

「……」

「サーカスじゃァ週に一度はカレーライスが出たもんよ。そのうまさッたらなかったぜ」

「剣の字、おめえのいたサーカスはいま、どうなってるい……」

「どうなってるものやら……この間《あいだ》うちは朝鮮の全羅北道の全州とかいう町にテントを張ってたっていうけど、男衆《し》は次から次に軍隊に召集されて、残ってるのは女と年寄りばかしてえから碌な芸は見せられめい。スターといえばさっちゃんぐれえだろうから……」

「さっちゃんてえのは女けい」

「うん、わがサーカスの若手の看板スターよ。脚が長くッて色の白い、黒い眸のぴちぴちした何とも素敵な娘《こ》だぜ。新潟の生まれよ。俺の相方《あいかた》でよ、一緒に空中ブランコでさんざ手と手え握り合ってた仲さ」

「するとさっちゃんも、そのライスカレー食ったのけい」

「そうとも……あのカレーの辛さ加減ときたしにゃァ天下一品だったぜ。これぱっかしは一度それを食ったもんでなけりゃァそのうまさは分かるめい。さっちゃんはな、めしの時にはいつも俺の隣かに前にいて、自分の皿から大きい肉を拾い上げちゃァ、いつも俺の皿に分けてくれるのよ。それがまるで当たり前みていによ。このうち長い長い手紙をくれて、佐次さん、一日もはやく帰って来て……また一緒に空中ブランコの出来る日を私はひたすら待っています、と書いて寄越したッけ……」

「剣の字、おめえ、そのさっちゃんと世帯を持とう、と言い交わしたのけい」

「そんな約束はしてねえ」

「この前《めえ》、ブランコでおめえが見た吉原の女、花柳小菊に似てるとかいう女と較べて、そのさっちゃんは……」

「そりゃァ吉原の女の方が縹緻は上だが、こいつァ何とも気心が知れねえ。そけえいくとさっちゃんは気心が知れてるうえに新しいタイプの美人に違いねえのが値うちよ。夫婦約束こそ交わしちゃァいねえけど、そこは以心伝心、そんな約束をするのも野暮てえくれえのもんよ。何てッたって人様の見上げる空中を飛び交って、いのちの手と手え握り合ってた仲だ。阿吽《あうん》の呼吸てえものがなけりゃァ勤まるめい」

「佐次郎にさっちゃんか、いい取り合わせだのう」

このブナと指呼の間にあるガダルカナル島で日米の死闘が繰り返されていたことはすでに書いた。ガ島戦の第十七軍（司令官百武晴吉中将）参謀のつぎの報告がある。アメリカ兵の戦いぶりが書いてあるので参考までに掲げる。

一個連隊三〇〇〇名のうち今日戦闘しある者六、七〇〇名に過ぎず。全体として現在の戦闘員は四三〇〇名なり。而も一ヵ月に一五〇〇名を損耗す。陣地構築により頑張りおるも日に砲爆撃により四、五〇名の損失あり。戦闘に堪ゆる者三分の一以下、残りは戦傷病者なり。脚気、マラリア多くその被害は砲爆撃による二、三倍に達す。

アウステン山より西部の陣地にある六〇名の重患者をジャングル内に残しあり、これが担送に三〇〇人を要し、戦力消耗を恐れて残置しあり。過般の船団輸送は六、七〇％揚陸したるも弾丸は五分の一なり。平定量の食料を与え二十二日分なり。敵の攻勢もあり本月末まで維持し得るや否や疑問。今後の攻略には先ず一個師団を入れ、西部陣地を奪還し、一ヵ月後さらに一個師団を注入、これらとともに充分に附属部隊、兵器弾薬を揚陸準備するに非ざれば成算なし。

攻勢の今後を放棄し生存のため西方に避退せんとすればその方途は多々あり。敵は贅沢するをもって直ちに進撃する等のことはなし。斥候等も一〇名以上一〇〇名ぐらいのことあり。当方弾薬少なきをもって陣地にて沈黙、敵の接近を待ち急突せば大悲鳴をあげて潰走するを常とす。兵個々の戦力は下劣なるも火力には堪え難し……


ブナ来攻のアメリカ軍もおよそこれとおなじ程度で、なかんずく日本兵の斬り込みをいかに恐怖したかは想像以上のもので、そのためアメリカ軍は常識以上の弾丸を雨注して日本兵の鏖殺《おうさつ》をはかった。

十一月二十一日、この頃ブナ戦は苛酷をきわめ一進一退の死闘を繰り返していた。連合艦隊司令部はこの日、陸軍の今村均第八方面軍司令官、加藤鑰平《りんぺい》参謀長以下の参謀達と、参謀本部兼任の十七軍参謀辻政信中佐を招き、ブナ戦に対する陸海軍作戦会議を開いた。地上戦は陸軍が主役であって海軍はその作戦を輔《たす》ける立場にある。

席上辻中佐は、二十一混成旅団（仏印駐在部隊で一個大隊の歩兵を主幹とする小兵団）を月末までにブナに注入し、これとは別にマニラにある六五旅団を急送して脅威となっている南方新飛行場を奪取する、という作戦構想を打ち出したけれど、辻中佐のこの用兵策について宇垣纏連合艦隊参謀長は、後日戦藻録につぎのように書いてその無責任ぶりを非難している。

辻中佐のいう第六五旅団は、バタン攻略の精兵と聴きしに実情は、年輩三十歳以上の召集者多く、旅団長は蒙古より飛来、大隊長は中佐なるが士官学校出身者は他の幹部に無き状況なり。バタン攻略の初期大損害を蒙り補充したるものにして装備もまた第三装備に過ぎず。加うるに「戦争は既に終われり」と統治的気分を最大に発揮しつつあるマニラ市方面より来れる者、精兵と聴きてブナ方面に注入、大なる活躍を期待しありしに全くの相違、唖然たらざるを得ず。斯くの如き部隊をいくら増強して頭数を揃えんとするもこの難局を打開すべくもあらず。中央の考慮を求む……

辻参謀には由来、ノモンハン事件このかた、手近かの兵を呼んで来ては兵力数だけを揃えて当面の作戦に間に合わせる習癖があった。辻参謀の機敏な対応のそれが実像だった。彼は自信あり気な景気のいい弁舌でこの時も海軍を烟にまいたのである。ブナ戦を難局と真剣に考えていた海軍が、のちにそのいい加減さを知って激怒したのは無理はないといえよう。それ以上に海軍にとってショックだったのは今村中将のこの席における発言だった。今村方面軍司令官は言う。ガ島とブナでは陸軍も海軍も両面作戦となるし、ブナ救援も大部隊を同時に注入する方法がなければ維持は困難となろう。この際はラエ、サラモア（ともにおなじニューギニア島にありブナの北方にある）を堅持することにしたらどうか……今村方面軍司令官はブナの見殺しはやむを得ない、といったのである。

ガ島もブナも、苦戦となった原因は、海上輸送が敵の増設された基地航空機群によって徹底的に阻害されたことにありさらに地上軍も敵の空からの攻撃で火網が寸断されたことにあった。これに対し日本の航空隊はどうか、と言えば同方面の制空戦を担当したラバウルの海軍第十一航艦の参謀長酒巻宗孝少将が述懐したつぎの談話でその実情を窺い知ることが出来る。

今日の苦境をあらしめたのは、一にわが航空技倆の低下によるもので、天候不良のため作戦目的を達し得なかった、などといってもつまりは技倆の低下の結果なんです。現在のわが搭乗員の技倆の水準は、開戦当時の三分の一以下に落ちた、といえます。新到着の戦闘機隊の現状を例にとりますと、搭乗員六〇名中零戦に乗ったことのない者が四四名もいるんです。九六戦にしか乗ったことのない連中で、ですから到着より再訓練を施さなけりゃならないんです。先日ブインにいた熟練者がムンダの上空警戒に出向いた留守に、敵機の来襲を喰い、やむなくこれらの連中に交戦させたんですが、ひどいもんで戦闘機が爆撃機に墜とされるんですから……だが士気だけは旺盛ですよ。九月末から十月の移動で、指導的立場にいた熟練者を持っていかれたのは、現地の部隊にとっては右腕を持っていかれたような痛手で、人事の移動はよほど考えてやるべきだと思います。今日このままでは局面の打開は出来ません。来襲機を局地で撃破せんとするのではなく、進んでそのもとを叩くしかありません。ある時期、戦闘機一〇〇機が揃ったらこの手がうてます。しかし現在ラバウル、ケニアンにある戦闘機は各二〇機に満たないのです……

これは連合艦隊参謀長宇垣纏中将への述懐だった。聴けば何ともお寒い話で、これでは輸送船団の上空直掩など出来るはずもなかったであろう。ミッドウェー戦で練達の搭乗員五〇〇名を一挙に爆死させたことの後遺症がいかに大きかったかが分かるであろう。

ブナに対するアメリカ軍の攻撃は、あいつぐ失敗にも懲りず執拗に続けられ、回を逐うごとに兵力を倍増し、支援の砲爆撃のボリウムをあげた。その敵機群は、すでに使用不能の飛行場に決まって爆弾をおとしていく。飛行場に何発爆弾が投下されたかを勘定するのは亘理一水の任務だった。

○月○日　本日のアメ公の無駄使い、二五〇瓩爆弾○○発、うち不発弾○発。

亘理一水はそう手帳に書きとめ、その数を口答で安田司令に報告に走る。そして思った。

〝アメ公も無駄をやってるが、その弾数を一々報告させる安田司令も無駄なことをやるもんだ……〟

だが口には出さなかった。

アメリカの南太平洋部隊総指揮官ハルゼー中将は、ブナの攻略戦にいつまで経っても成果を挙げられないでいる麾下の将兵に、ついに特大の雷をおとした。

「駄目な坊や達、何をやっておるのか……ブナの日本兵はひと握りの人形に過ぎんのに、まだ排除が出来んということは、これはもはやアメリカ海兵隊そのものの名誉の問題である。クリスマスまでには、どんな犠牲を払ってもブナを占領せよ。これは絶対的な命令である。いいか」

そのあとでこうもいっている。「坊や達よ、日本兵を殺せ、もっと殺せ、殺し方が足りんのだ、徹底的に殺せ、うんと汚いやり方で、日本人が顔をそ向けるようなやり方でやれ」

上陸戦も回を重ね第十三次のアメリカ軍が上陸してからのその砲爆撃は狂気の限りとなった。昼夜を措かざるその砲撃は、一日一〇〇〇発に達したが、攻撃開始前には三十分間に驚くなかれ、実に二〇〇〇発も撃ち込んで来たのである。一方安田部隊は十二月十一日になると高角砲二門のみとなりその残弾も僅かに一五〇発となっていた。

「敵機の本日の飛行場に対する投下爆弾二五〇瓩九十三発、うち不発八、報告おわり」

亘理一水は泥だらけの顔で報告した。

「了解、長いあいだご苦労であった。以後飛行場への投下爆弾数は報告しなくてよろしいぞ、亘理一水」

安田司令はその日やっと、無駄とも思われた亘理一水のその任を解いた。そしてねぎらいをこめた眼で亘理一水を見ながらこうつけ加えた。

「いずれの日か、ブナのこの飛行場を友軍機が再び使用する日の為に、投下弾数と特に不発弾数を把握しておくことは、飛行場整備のため必要であるからやって貰ったのだが、もうよろしい。大へんご苦労であった」

すでに戦況は、この日までいかなる難戦にも堪えて確保して来た海岸線と飛行場だったけれど、海岸はあとからあとから上陸してくるアメリカ兵でいっぱいとなり、その尖兵《せん》（本隊の前方を警戒してさきに進む小部隊）は飛行場目がけて弾丸を雨注しはじめた。

敵に押されればそれ以上の集中力で押し返して来た安田部隊の戦い方だったが、押してくる力に対して押し返す力の量が極度に劣り、もはや均衡を保つことは物理的に不可能となってしまった。安田部隊は抵抗線のいくつかを放棄して後退せざるを得なかった。

敵の爆砲弾の嵐に、塹壕にこもってじッと堪えること数時間に及ぶと、日本軍陣地から何の応酬もないのは、全滅したか逃げたのであろうか……と疑いつつ、そろりそろりとアメリカ兵が近づいてくる。機を見て日本兵が不意に躍り上がり銃剣を構えて突撃するとアメリカ兵は悲鳴をあげて逃げ出す。逃げるのに邪魔な小銃は打ち棄てて逃げていく。蒼くなって逃げ戻ったそれらの兵は、後続の一隊と交替する。交替した新手の隊は、さっそくに砲撃の砲列をしく。日本兵は再び塹壕の中で、またまた砲撃の嵐に只管《ひたすら》に耐える……という繰り返しで、攻めるアメリカ軍は一日かかってやっと二メートルか三メートルに過ぎない前進を果たして、また後続の隊と交替していく戦況だったが、すきざみの圧迫に安田部隊は日に日に兵員を損耗しその抵抗線は縮小の一途となった。

十二月二十八日、安田司令は鉛筆書きの頼信紙を通信の下士官に手渡した。

「敵の集中砲火により陣地逐次破壊せられ守兵克く反撃を反復し、時々肉弾を以て敵に多大の打撃を与えつつあるも、戦況の大局より判断し、ブナ確保も今明日に迫れるを認めざるを得ず。顧みれば交戦四十日余、軍人軍属を問わず克くその尽すべきを尽せり。此の間上司の指導、航空部隊の協力並びに陸軍の協同感謝に堪えず、遥かに皇国の隆昌と各位の武運長久を祈る」

無線機の鍵を叩き終わって通信下士が顔を上げると、安田司令は「暗号書一冊を残し他の機密書類をすべて焼却せよ」と書いたメモを副官の鈴木大尉に渡していた。口答で命令せず筆命にしたのは通信の邪魔にならないための気配りで、それはまた安田司令その人の人柄でもあった。

この訣別電を打ち終わって五分後に、直属の南東方面艦隊司令長官草鹿任一中将からの命令電がはいった。

「貴隊は所在陸軍部隊と協同、ブナを撤退し、ギルワ地区に至り同地を防守すべし」

これよりさきの二十二、三日頃、山本連合艦隊司令長官は、安田を殺しちゃいかんぞ、何としても全員を救出せよ、と声を大にして司令部を督励した。そして二十四日に安田司令よりの「最後の段階に進みつつあるも隊員掉尾の勇を奮わんとす」の電報に接するや「海陸軍は貴隊の救援に全力を尽しつつあり、奮闘せよ」と長官名で打ち返させている。

草鹿電が打電された頃、ブナ近傍にあった陸軍の山縣兵団は行動を起こし三個中隊を東進させているが、その程度の援助兵力で敵の重囲から安田部隊を脱出させることはまったく不可能なことで、安田隊としても命令は聞き流すほかはなかった。

二万を越す第十三次のアメリカ軍を迎えた時の守備隊の、戦闘に堪え得る兵員は、協同の陸軍部隊を合わせても五八五名を算えるに過ぎず、この一個大隊ほどの兵力で優に一個師団の敵を迎え撃つことは無理だった。縦深陣地は次から次と撤退せざるを得ず、訣別電を発した翌日の二十九日には、敵は戦車を先頭に立てて守備隊の本部近くまで迫って来た。

カッポレの軽部一水が戦死したのはこの時だった。

安田部隊の将兵は、応急兵器製作班製の棒地雷をふるって果敢に敵戦車の前進を阻止していたが、軽部一水はそれだけでは間に合わずと見、自らの手で作った百瓩爆弾攻撃砲を急射して敵戦車と応戦中に、飛来した砲弾の炸裂に五躰を吹きとばされた。

一進一退の死闘を繰り返しつつ、ブナの守備隊は昭和十八年の元旦を迎えた。すでにまったく敵重囲下の袋の鼠だったが、それでも黎明時には全員に水筒のフタ一杯宛の酒と二〇個宛の餅が配られた。

一人二〇個の餅は、祝い食としてのほかに携帯の戦闘食ともすべきものだった。火と見れば敵は撃ってくるので、飯盒炊《すい》さんは、塹壕の中で百目蝋燭の炎で気ながに煮るほかはなかったし固くなった餅もその蝋燭の焔先《ほさき》で焼いた。剣持は餅を食いちぎり、食いちぎり、ぶつぶつと独りごとを言っては涙を流していた。

「軽部は大莫迦だァ。死ぬまで、骨惜しみしねえ大莫迦だァ……」

泣き虫小僧が泣き泣き餅を食ってる図だが、百目蝋燭を火器作りの課業の合間に作りつづけて残していってくれたのも、その軽部だったことを思い、誰もが軽部に哀惜の想いを馳せていた。生き残って餅を食った将兵はこの時僅か八〇名に過ぎず、戦争の苛烈さがひとしお身に沁む元旦だった。

安田司令はこの全員に手榴弾を一個ずつ渡し自らも一個を持ち「本隊は二時間後に一団となって最後の突撃を行なう」と告げた。

「今まで、みんな、よく頑張ったが、最後のひと押しが残っている。渡した手榴弾は戦況に即して有効な殲滅弾たらしめよ。決して自決用などに使ってはならんぞ。ご苦労であった、の言葉は本官はあの世で言うであろう」

手榴弾は此処で製作したものではなく日本軍の正式な手榴弾だった。打ちつづく激戦で将校はそのほとんどが戦死していたから安田大佐は八〇名の先頭に立って突撃する構えだった。

時々失敗をやらかし、ドジだが憎めない愛嬌者で〝じゅうしまつ〟の綽名で呼ばれる信州出身の百姓小松一水は、安田司令の訓示を聞くと、ほおーッと溜息をつき、「ありがてえなし。これでハァやっと楽にツンなれべいちゃ、のい……」そう言って隣の兵の顔を窺った。

はやく戦死して楽になりたいと思う気持ちは兵隊の誰にもあった。〝じゅうしまつ〟は機会さえあれば靴をぬぎ、靴下をとり素足で地面を歩きたがった。そうやっていると故郷《くに》の山道を踏んでるようだ、と眼を細めた。

「ちょッ、山道を踏んでる……笑わせるねい。おめえの踏んでるのはどじで山道なんかじゃねえだろうに……」と口の悪いのが冷やかしても、じゅうしまつはにこにこしていた。

安田司令はそのあとで副官の鈴木清隆大尉と亘理一水を呼び、最後の状況報告のためギルワに行くことを命じた。用意周到なこの司令は、こんな時の為にかねてから水練の連絡係を数名詮衡してあったが、打ち続く激戦で下士官の連絡要員は戦死を遂げてしまい、代りに亘理一水が当てられたのである。重囲下のさなかの元旦に、全員に餅が配られたのもその周到さのたまものに他ならない。

亘理一水は鈴木大尉に同行、ブナを脱出することとなった。表向きは同行だが、鈴木大尉と亘理一水のうちどちらかが辿り着ければ……という意図に他ならない。敵の重囲下を運よく突破し海岸に出ても、ボート一艘用意してあるわけではなく、冬の海を泳いで島の海岸線沿いに東上し、敵艦隊の眼にとまらぬようにギルワまでの五粁を泳ぎ抜かねばならない。そんなことが出来るか、と言いたい任務だった。

あたりはまだ暗く、闇を透かしてやっと相手の顔が見える程度の鈍《にび》色の世界だった。すでに兵は本部前の広場から各自の持ち場に散りつつあった。亘理はそういうなかからやっと剣持を捜しあてた。

右手に手榴弾を左の手に餅五個を持っていた。亘理は剣持の眼を見ながら両手の掌《ひら》を開いて、にゅッと差し出した。

「なんだ……」と剣持の眼が訊いた。

「やるよ、貰っちくれ」

「だけどそいじゃァだいさん、おめえが……」

「俺には用はねえんだ。餅もまだ八個持っている。これが、ひょっとして、血路をひらく糧《かて》になるかも知れねえじゃねえか、貰っちくれ」

「いいのけえ、ほんとうに……」

そんなやりとりのあと剣持は両手を出して亘理から手榴弾と餅を受取った。その時のわずかな手の触れ合いが、この二人の永遠の別れとなった。

剣持の横に腰をおろした亘理は、剣持の耳許に口を寄せるようにして囁いた。

「剣の字、おめえ、下手に死んじゃァつまるめい……不忍の弁天さまに言いたかったことがあろうに……それを言わずに死んでどうするい。さっちゃんにも手紙を書くこった。戦争から還ったら世帯を持とう……それも書かずに終わっちゃァ幕はおりめいに……手紙は俺が預かっていってギルワか、ラバウルから郵便で出してやるぜ」

それを聞くと剣持の片頬がゆるんだ。

「おお、違いねえ。弁天さまやさっちゃん初め言い残した言葉は、かずかずあらあ。でえいち俺が死んじまったら、さっちゃんはそれこそ絶望するぜ……でもよ……」

「でもよ、たァ何だ」

「でもよ、弁天さまはおめえはもっと遠い処へ行かなきゃなんねえとのたまったぜ。全員戦死して俺一人助かろうとは考えちゃいねえよ。どうでも死ななきゃなんねえとあれば、せめてその時はアメ公の前で十の字にトンボ切って死んでやらァな。拍手喝采で幕、てえのも考えつみりゃァ、この俺の死に方にふさわしい、とは思わねえか」

そんなことを言って剣持は立上がると、爪先を立て両腕をたいそうに曲げ、ピエロのするような滑稽な踊りを踊った。鈍色のなかだったから踊る剣持の表情までは、笑っていたのか泣いていたのか、亘理には見えなかった。それがこの二人の別れだった。生きて使命を果たさんとする者とここへ残ってなお戦う者との覚悟の違いの際立つ別れだった。

全員集合の号令がかかった。剣持が手紙を書く間も、それを亘理が待つ間も、もう二人にはなかった。

鈴木大尉らの脱出を掩護するための陽動作戦で、部隊は直ちに攻勢をとることになった。攻勢といっても八〇名の兵員に出来ることは闇に乗じる作戦しかなく、それは肉攻による斬込み以外にはなかった。

散発的な小銃の音とわァッという日本兵独特の喊声が、鈍色の大気を引き裂き、アメリカ軍の土砂を浴びせるような自動小銃の響きが吼え立てる。その中を敵の包囲の網の目からこぼれ落ちるようにして二人の人影が縫っていく。右に走り左にとび、時に地面に伏して匍匐《ほふく》しながら二人は漸く海岸に出た。敵の背後に出てみて二人は、その重包囲の規模に驚かされた。十数日前まで海岸線はつねに我が方に確保されてあったのが、いまは何処もかしこも敵兵で犇めきかえっていた。おまけにあのふんだんな火器や戦車を擁していながら沖合いの船との間をひっきりなしに小艇が往復しているのは、さらにその上に弾薬兵員を揚陸しているのである。それを遠目に見ながら〝何てやつらだ〟と亘理大造は呆れもし、またおかしくもあった。

鈴木大尉につづいて亘理一水が黒い海中に身を躍らせた時、首をすくめる冷めたさがあった。その冷めたさにどうやら慣れた頃、たぶたぶとただ一色に黒かった波間に、白いしぶきが跳ね、やがて刷毛ではいたような不透明な明るさが、鼻の先に少しずつひらけていった。泳ぎ始めてから一時間ぐらいが経っていた。

敵を斃さねば生きられぬ戦場に「剣の字、生きるんだ。決して諦めちゃァならねえぞ」というぎりぎりの思いをこめて渡した手榴弾と餅だったが……と思った。だが駄目かも知れない。あの剣持には死以外の何が用意されているというんだ……。

「おい、大丈夫か」と頭を並べて泳ぐ鈴木大尉が訊く。かなり息が上がっている。

「自分は大丈夫であります。副官こそお疲れでしたら、私の肩に掴まって頂いても結構であります」

「そうか、その分なら心配はないな。戦況を詳しく伝えねばならんからネ。その戦例戦訓が、爾後のわが作戦に寄与すること大とのお考えから司令は、我々を遣わされたんだから、どんなことがあってもギルワの友軍陣地には絶対に行き着かねばならんのだ」と鈴木大尉は喘ぎ喘ぎ言った。

「はい」とは返したものの亘理大造はこの時、鈴木大尉のそれとは違う思いの海を泳いでいた。

いままでいた部隊から一人離れて亘理大造は、その部隊の行末を醒めた思いで考えていたのである。

玉砕から外された亘理はこの時、兵隊の生死について訳が分からなくなっていた。

軽部一水の戦死は、戦争の結果であるとしても剣持や小松ら八〇人の戦友達がこれから迎えるであろう死は、軽部の死とは違っているように亘理には思えて仕方がない。剣持たち八〇人は死ぬべき運命の者として振り分けられた者のように、大造には思えて来て、そのことが無性に腹立たしい思いを誘う。その生死の振分けをしたのは軍の統帥部なのか、それとも運命というものなのか、またはそれこそが戦争というものであるのか、大造にはよく解らない。だがどっちにしても、人の生死を振り分けるような専断は、それがどんな人であろうと、神であろうと許せない、という気持が強かった。

やみがたき望郷の想いを、一筋のブランコに託して朝な夕なに、千々に揺れていた剣持佐次郎の切ない心根《ね》を、弁天さまは解っていなさったのか……。

七時間後、鈴木大尉と亘理一水は北ギルワの海岸サナナンダに泳ぎつくことが出来た。海から上がった鈴木大尉は半死半生だった。

陸軍歩兵四一連隊の拠るココダへはそこからさらに東行しなければならなかった。そしてここも敵の重囲下にあり、この部隊にもすでにラバウルへの後退命令が下されていたのである。上陸した二人の陸路行は、文字通りの決死行に他ならなかった。二人は木の枝を折りそれに蔓を張って弓を作り、それを護身の武器として、何とか友軍の陣地に辿り着くことが出来た。このあと四一連隊のラバウル転進作戦は成功し、亘理大造は思わずも生還を果たすことが出来たのである。

宇垣中将の戦藻録からブナ終盤戦記載のものを拾う。

十二月二十日

ブナ方面は十八日以降、敵は総攻撃を開始したるが如く、飛行機と陸上部隊との協同の下に攻撃活溌なり。之に従って我が損害も増加しつつあり。安田司令は何ら弱音を吐かず。壮なる哉。

十二月二十二日

ブナは連隊本部、陸戦隊本部ともに敵弾の集中を受け暗号書一冊を残し、機密書類を処分せり。危機まさに迫る。敵の跳梁意のままなるに対し、我航空の援助皆無なるはもってのほかなり。いま別の眼を開きて物を見、施すべき事を為さざれば時機を失すること火を見るより瞭なり。陸軍戦闘機はすでに十八日ラバウルに到着しあり。海軍機の活動も不可能に非ざるものを如何にも遺憾千万なり。

十月二十三日

ブナは昨日敵の戦車五台及猛砲撃により遂に海岸を奪取せられ、飛行場西北方より進撃せられんとしあり。これに対し航空協力なきに痛憤し、朝食時注意を喚起せるに、午後の電報によって十一航艦は今夜敵陣地の攻撃命令を出せるを見、聊か意を安んじたり。今後連日夜間のみならず昼間の協力を強行を要す。

十二月二十四日
　ブナ守備隊長より最後の段階に進みつつあるも隊員掉尾の勇をふるわんとす、との電あり。その気や豪にして死闘まさに壮とすべし。長官よりこれを多とし、海陸軍は救援に全力を尽しつつあり、奮闘せよと発電す。よく持久来援を待ち得るや、はたまたこれを土産に殲滅戦となるか、まさに戦局の分け目というべし。
　昨夜中攻をもって敵陣地及びドブヅル飛行場を攻撃せり。猶本日午前陸軍戦闘機をもって二回攻撃を実施せるはず。
十二月二十五日
　一昨夜は飛行機による敵陣地及飛行場攻撃、昨日午前は陸軍戦闘機による二回の協力及び昨夜の攻撃に対しても何の音沙汰ブナより達せず。或いは……と疑えるに夕刻に至り電あり。敵戦闘機六機上空にあり、砲撃熾烈なりという。なお健在なるを祝す。
　同地陸戦隊の行動に対し、総長（軍令部総長）よりお褒めの電あり、それを伝え奮闘持続せよという外なし。
十二月二十六日
　ブナ方面敵砲撃猛烈なるも依然持続しあり。
十二月二十七日
　ブナは敵兵の猛撃により高角砲陣地善戦、ついに全滅す。押し寄せたる兵力僅かに三〇〇、遺憾の至なるも、我戦力のほどこの一事により察知すべし。

十二月二十八日

（安田大佐の訣別電を載せ）悲壮の極、一大恨事なり、嗚呼、と宇垣は絶句している。

十二月二十九日

夕刻ブナ電、敵戦車四台陸戦隊本部に来攻しつつあり。暗号書表を焼く。ついで通信機を破壊す（一七一〇）の情況に接す。ギルワよりの東進部隊の来援は今夜なるべし、うまく収容するを得ば可なるも極めて至難と思う。今後同方面は陸軍電に依るの外はなし。

十二月三十日

ブナ方面は吉か凶か、情報来るべくもあらず……

十二月三十一日

陸軍情報に基きブナ陸軍は海軍陸戦隊と合し、飛行場西端よりブナ部落を確保し激戦中。マンバレーに上陸せる陸軍部隊は舟艇機動によりギルワに到着、その四五〇名はブナ救援に前進との電ありたるも旧聞に属するなきやを疑う。

ソロモンに煤掃き残す今年かな

宇垣中将の現存する戦藻録は、昭和十八年一月一日より四月二日に至る重要な部分が欠落している。これは元連合艦隊先任参謀たりし黒島亀人少将が、極東軍事裁判証人として出廷した際、該期間のものを証拠物件として提示するためにご遺族より借受け、それを国電車中にて紛失したことによって生じてしまったのである。黒島氏の不注意の責は重いといわざるを得ない。この落丁のため、ブナ失陥当時の安田部隊の状況は窺い知ることができない。

ブナ陸戦隊の最後の八〇名が、安田大佐以下全員玉砕を遂げたのは、一月三日とされている。太平洋戦争における最初の玉砕だった。大本営では安田義達大佐の抜群の功を賞して、即日二階級特進して海軍中将に任じた。

――ブナ占領の米海兵隊に、クリスマスの七面鳥の肉が配給されたのは一月三日の夕食の時だった。ハルゼー提督の厳命で、ブナ攻略の日まで攻撃に参加した部隊だけはお預けを喰っていたのである。しかしアメリカ兵達は、堅くなったその肉に歓声をあげるよりも、日本軍が残していったブランの樹のブランコに群がっていた。

〝ヘーイ〟〝ヘイッ〟と声を立て立て、子供のように取りはしゃいだ。日本兵と違い、アメリカ兵には陽気な遊び心があり、眼下の丘の麓を緩慢に走りまわり日本兵の屍躰を集荷している数台のトラックとアメリカ兵の戦場掃除の作業が蟻の作業のように進められていたけれど、ブランコに興ずるその兵隊たちを咎める者はただの一人もいなかった。

亘理大造はその後ラバウルの陸戦隊に転じ、のち横須賀海兵団に転じて三曹に進級し新兵教育の教班長をやって戦争を終わった。

家に戻った彼は、ひどい飢餓の時期を彼なりに必死になって生きることで精一杯だった。空襲で家は焼けていたから、廃材を寄せ集めて応急に建てたバラックと焼失から免れた家業の和船一隻のほかには何もなく、三人兄弟のすぐ下の弟は陸軍にとられ、フィリピンで戦死を遂げていたし末の弟はその前に病死してしまっていた。父親の親船《おやせん》は寝たきりとなり母親のおよしだけが相変わらずの口喧し屋ながらも一人甲斐甲斐しかった。そのおよしに焚きつけられて大造は、和船で隅田川を下った。和船でも焼玉が取りつけてあったから櫓を使う必要はなく、母親に指図されるままに利根川に出、農村地帯に分け入りそこで食料の買漁りをやった。買付けはおよしの独壇場で、大造は取引の済むのを待って、いもや野菜を舟に運び込み船底に並べて上を筵で覆った。陸路では汽車に持ち込んでもトラックに積んでも、厳しい検問が行われたけれど、川を上下する船までは警察も手がまわらなかったし、水上警察も油を節約して検問に出てくることはなかったから、折角買いつけたものを途中で取り上げられる嘆きをみたことはなく、自家用に供する以外の物は闇値で他にも分けてやって利ざやを稼ぐことが出来た。何度か繰返しているうちには、およしの手を藉りずとも大造一人で一切合切がこなせるようになった。

ある時、嘗ての船客から乞われて大造は船を出した。だがこれも舟遊びなどではなく食糧の買出しの為の船だった。何升かの米や薩摩いもや大根、鶏卵などを買うことが出来、大満悦のていの船客もその頬はこけ、どう見ても昔あった鷹揚さも風流気もなく、また焼玉の調子を気にしいしい船を操る大造にも、いなせな船頭の俤はまるでなかった。

「ほお……一人二十個の餅かえ……」と頬のげっそりこけた船客は、大造の話に眼を丸くした。

「最前線の、しかも敵の包囲下にあってねえ……」

「なァに、いま考えつみりゃァ兵一人三個ずつのつもりが、打続く苦戦で五〇〇人いた兵隊が正月には、たったの八〇人に減っちまったから二十個も渡ったんだと思いやすよ。残りものに福、てえあれでさァ。それにしても旦那、日本から離れて遠いニューギニアに来てても、日本人てもなァ、正月には餅を食わなきゃァなんねえんですかねえ……」

「そりゃァおまえ、日本人の習慣だから仕様がねえやね」と船客は答えた。〝のぞみ〟という配給の煙草の葉をライスペーパーなる紙に巻いて、頬のこけた船客は、膝の上でいとも器用に巻煙草を巻いて作っている。たちまち十本になった。それに火をつけてふうーッと煙をはいた。前には口付きの敷島しか喫まぬ旦那だった。

餅を食わずに死んだ軽部都々郎と四百十数人の戦友たち、餅を食って死んだ剣持佐次郎や小松十姉妹たち、餅を食っても死なずに生き残った俺は何だったのだろう……と大造は不思議な想いだった。国民の食う米を取り上げてはソロモンの海底に無闇やたらと沈めていった戦争のつけが、戦後のいま国民総飢餓となり、生きるために必死の思いで買い出して来た米の一粒まで政府は血眼になって没収している狂おしい世であった。生き残ったのが悪い、といわんばかりの政治だと大造には思われて仕方がなかった。

大造には、戦後の疎《うと》ましい日本を生きる、という自覚などはなかった。ただ本能的にその日その日を食って寝るだけの、ただそれだけの毎日を送っているに過ぎない。中国人が戦勝国顔をし、朝鮮人が威張りちらすのを眼のあたりにすると、何のために俺たちは戦って来たのか、と懐疑せずにはいられなかった。

「大さん、莫迦げた戦争は、もう済んじまったんだ。いつまでくよくよしたって始まるめいよ」とその船客に言われ「そうでんすよねえ。くよくよしてるわけじゃァねえが、何ともどうも、世の中のわけが解らなくって……」と大造の返す言葉は、やっぱり歯切れが悪かった。

「こう大さん、いやな戦争のこたァ忘れて、川の上だ、賑やかに、どうでい、カッポレでも歌っていこうじゃァねえか」と頬のこけた客は言った。

「いいスねえ。そいじゃァ旦那はお歌いなせえ、俺は合の手を入れやしょうよ。はーい、ヨウイトナァ」

客はつっかえつっかえカッポレを歌い、大造は船べりを敲いて伴奏にした。

何とか歌い終わると「あははは」と頬のこけた客は笑い「いまどきカッポレなんぞを歌う奴ァありゃァしめえ。この広い東京でも私とおめえくれえのもんだろうよ」と言って「あははは」とまた笑った。

亘理大造が上野不忍池の弁天さまにいったのは、その翌日のことだった。戦後まる一年が経っていた。

この時大造は、戦前の浴衣をひっぱり出して着、兵児帯を結び素足に草履をつっかけて出た。防空壕に入れておいて焼失を免れた貴重な衣類の一つだった。左の袂がぼたぼたと揺れているのは、北ギルワの海岸サナナンダの海岸で拾って持ちかえった砂をいれたからだった。

ごたごたした闇市のあいだを抜けて上野の山にはいると、ここは浮浪者や戦災孤児たちの巣だった。

「もし、大さん」と人群《ご》みから声をかけられて振返ると「いやだよ。やっぱし大さんじゃァないか」

としゃしゃり出て来たのは柳橋の年増《おんば》芸者とん吉だった。

「いやだよ、はこっちの科白だぜ。おめえ、まだ生きてたのけい」

「生きてたのけい、はふん、とんだご挨拶さま、さんざ可愛いがってあげたのに……」

「それで何けい、やっぱし柳橋から出てるのけい」

「それしかこのあたしにゃァ出来ねえものを……きまってるじゃないか」

「そうか、景気はどうでい」

「キャバレー、バーにとられて島は閑古鳥だわよ。たまに来るお客は唐変木ばかり……憎いッたらありゃァしない。戦争に負けたんだから仕様ないけどさ」

茶店を捜して床几に腰をおろし、とん吉年増と、ところてんをすすり合った。

「見ろやい、このところ天の皿には箸が二本ついてるぜ」

「ほんとにそうだこと……一本箸ですする人はいないのかねえ……野暮ッたいたらありゃァしない」

そういうとん吉は髷《まげ》を結い、アッパッパーを着てサンダルをつっかけていた。いくら物のない、情緒に欠ける時世とはいえ、仮りにも芸者のくせして、とんちきななりィしてやァがる、と大造はさっきから見ていた。

「大さん、おまえ船宿は廃業《おやめ》かえ」

「まだ廃業と決めたわけじゃァねえけど……」と大造は言い、ところ天のおかわりを言った。ところ天に割箸ではなく丸い塗箸が添えてあるから勝手が悪いけれど、話の間を合わせるためお替りをとったのである。

「俺がよ、海軍でカダルカナルのこっち、ブナという処でアメ公と戦争してた時、一緒に戦った戦友に剣持てえのがいた。こいつァサーカスで空中ブランコに乗ってた曲芸師よ。それから軽部てえのは横浜の野毛に棲む花火師だった。それから十姉妹てえ綽名のやつがいて小松が本名だが、これは信州の百姓だった。みんな戦死しちまったけど生きて帰ってりゃァそれぞれに曲芸師、花火師、百姓に戻ってたはずだ。俺ァ隅田川の船宿の倅だ。その伝からいきゃァ船頭やってなきゃァならねえことンなる。だがよ、戦争に負けたこのご時世じゃァ船宿てえわけにはいくめいよ。十姉妹の小松は別としても、サーカスの曲芸師だ、花火師だが、このご時世にいくらむかしの稼業だからとってそれがやれるけえ。せんに通用してたものが通用しなくなっちまったんだ。今日は昨日に通じちゃいねえし明日も見《め》えねえという闇の時代よ。闇の世ならいっそ闇屋やるしかねえじゃァねえか」

「あーあ、いやな世の中だねえ。お座敷に出りゃァ三味や手踊りを積んだ芸者を掴まえてダンスを踊ろう、てえのさ。むやみにダンスなんかされりゃァお茶屋さんだって迷惑だよ、畳がすり切れちまうじゃァないか……奴《やっこ》さんやカッポレを踊らせて愉しむ粋なお客は、東京にはもういないのかねえ……芸者がワルツやクンパルシータ踊って何のトクがあるんだえ……ダンスしない芸者は、芸があってダンスする芸者は、芸がないんだよ。ダンスしないとん吉姐さんは芸を持ってる芸者の見識からなのさ。大さん、分かる……」

「おおそうともよ……そんな客には剣突くわしてやるがいいぜ」

「芸者がお客に剣突喰わせたらどうなるかねえ……」

「けんちんしゃん、と洒落てえとこだが、おめえはとん吉だからけんとんしゃんだ。それでもさまにはなるぜ」

「ちょいと……しとのことだともって、からかうよ、このしと……悪い大さんになっちまったこと。芸者がお客に剣突喰わせたら、二度とお座敷には招んで貰えないんだよ」

「そんなら何もゼニの為だともって御託《ごたく》なんぞ並べるな」

「あーあ、いやだ、いやだ。この先行く末はどうなるのかねえ……」

「誰の行く末だ」

「あたしさ、決まってるじゃァないか。ついでに大さんのことも、それからも一つ、この国の行く末も……あたしゃ、つくづくと、やり切れないよ」

「この野郎、俺のことを到頭ついでにしゃァがった……」

とん吉は伊藤すず子というのが実名で年齢《とし》は大造より四つ上だが、深川の同じ町内に育った幼な馴染みだった。三味線のうでは相当なもので、柳橋界隈ではとん吉姐さんで通《とお》っていた。遊びにいってもいいか、と訊くからああと大造が言うと「よかった。そいじゃ、やなあさっての午後二時にお邪魔するわ」ととん吉は両掌をちょんと合わせるように敲いた。

とん吉と別れた大造は、草履の裏をざばざばと音立てて不忍池の方へ下りていった。喧嘩に行くときの歩き方だった。

縦縞の着物を召して剣持佐次郎の瞼の前に現われたという弁天さまの社《やしろ》には、一〇人足らずの参詣人がちらほらといたが、どれもつまらなさそうな顔で、さして広くもない境内をそぞろ歩いている。

ざばざばと草履の裏を鳴らして社殿に直行した大造は、おや……と眼をみはった。

何だい、こりゃァ……板壁で囲っただけと見られるお堂には、板の継ぎ目にべたべたと古新聞を貼って目継ぎにしてあるのが、さっき見て来た浮浪者のように汚ならしい。福の神の弁天さまともあろうこれがお社《やしろ》けえ……という唖然たる思いだった。

「もしや、この弁天さまァ、焼けなさったんですけい……」と大造は、手近かにいる参詣客の一人に訊いてみた。

「はい、何日《なんち》の空襲かは存じませんが、焼けましたそうで……」と見るからに品のいい爺さんのその参詣客は、入歯をかぽかぽいわして教えてくれた。

「へえ、するてえと、この弁天さまも戦災者てえわけだ」

「さいです。焼夷弾で焼けたあとがご覧の通り……何ですな。神さまも、仏さまも、どうも戦争には、かたッきしいけませんようで……」

大造は一度立った社殿の前を離れ、境内を歩いた。弁天さまも戦災者と聴いてからは、来た時の気負いがみすみす萎えていく妙な気持だった。剣持に代って、どうでもなじってやらざァ……という気負いは、うたかたのように消えてしまい、顔にあった険の隈《くま》もなくなっていた。望郷の想いに心を揺らしながらブランの樹のブランコを漕いでいた剣持の、その切ない願いをここの弁天さまは聴いてやることができなかった。神もホトケもない、それがあの戦争だったんだ、と大造が思い知ったのはこの時だった。境内を一巡して来た大造は再度社殿の前に立った。

「もし、弁天さま、俺はニューギニアのブナにいた、剣持佐次郎の戦友で、亘理大造てえもんです。本日こうやって参《めえ》りやしたのは、あの折のおめえさまのご託宣について、文句の一つも言いに来たんだが、弁天さまよォ、文句はもうなしにしやすよ。あんたさまが剣持にお告げになったこたァ嘘じゃァなかったし、それに剣持が戦死したのは、弁天さまのせいなんかじゃァねえてことが、よッく解りやしたんで……」

そういうと大造は十円貨《だま》を二つ、賽銭箱に投げ入れた。

弁天さまの境内を出た大造はゆっくりと不忍池のほとりを歩いた。すさみ病んだ水がおりを浮かべ、池はいぎたなく酔いどれていた。「やれやれ、ひでえもんだ」と呟きながら池の面《も》を見ていると、新たな悔悟の澱《おり》が心に浮かぶ。

なんで剣持からサーカスのことを、もっとよく訊いておかなかったか……という悔やみだった。サーカス、サーカスときかされるだけで、何という座名のサーカス団なのかも知らずじまい、そこにいるはずの、さっちゃんという娘《こ》に、剣持の最後の様子を伝えてやることも出来ない。他人の生活に根掘り葉掘り立ち入ることは、日本では昔から野暮といって嫌われた。だがその野暮をやらなかったばかりに大造は、剣持のために何一つしてやれないどじを踏んでしまったのである。剣持の父鳶《おやとび》の名前も、何処に棲んでいるのかも一切が不明のままだった。

「剣の字……済まねえ、どじ踏んじまって……」という思いで顔を上げた。すると一瞬チカチカとなった瞼に、ブナの丘のあのブランの樹が、鮮やかに浮かび出て来たのである。

「や、ブランの樹……おめえ、この俺に遥々と会いに来っくれたのけえ……ありがとよ。おう、おう、枝の菱形の葉がそよいで……懐しいなァ……」

大造は瞼のブランの樹に、うなずいてみせた。

「ブナのブランの樹のおめえのブランコは」と大造は呟いた。「眼《め》えつぶらねえと何も見《め》えてはこなかったが、ブランの樹はこうやって眼えあけてても、はっきり見《め》えるぜ。剣の字、こりゃァどういうこった……」

だがブナのブランの樹は、ほんの数分で瞼の裏からその姿を掻き消してしまった。あとは眼をつぶってもあけても再び出てはこなかった。大造はそこから去り難い思いだった。池畔の柵を跨いで中にはいった。弁天さまの奥殿に投げつけるつもりで持って来たサナナンダの砂を、袂の裏をかえして池の中に棄てた。それを餌と間違えたのか、うす汚れた鴨が一羽、あたふたと泳ぎ寄って来、怪訝そうにうろうろと脚を掻いてその辺を廻りはじめた。澱んだ池面《も》に、小さな波紋の皺が寄った。その鴨に向って大造は声を出して言った。

「こう……おめえ、餌がもらえるあてが外れて悪いことしちまったな。だけどもよ、何だっておめえ、こんな小汚ねえ池に棲んでるんだ。おめえには翼《はね》てえもんがあるじゃァねえか。その翼《はね》で翔んでって、もっとましな処へ棲みゃァいいものを……」

そういう大造の呼びかけに鴨はそっぽを向いて、くるくると餌を求める動きをやめようとはしない。

「そうか、おめえはどんなに汚くなっても、やっぱり三千世界に此処しか棲む処はねえんだな……そんならよ、おい鴨さんよ、よっく聴くがいいぜ。人《しと》をあてにしちゃなるめい、自分の力で餌はとるこった。それで生られねえ時ァこれはしようがねえのさ」

生死の運命を超えた極限の戦争をして来た者の、どうにもならない思いがそこにあった。

はぐれ雲、山の端《は》に

――ある古豪丙飛の戦譜と戦後――

一

肩からリュックサックをおろすとき小男は〝おいさ〟と言った。奇妙な突張りのある歪な形のそのリュックを河原の石の上に置くと、蝶が一羽、その中を覗いてもみたげに、まとわりついて舞う。小男は腹這いになって川面《かわも》に丸い顔を突き出した。

お滝はそこからはいくらも離れていない下手《しもて》にいたが、菜ッ葉を洗う手を休め、その小男のすることを見ていた。

小男は片手で迅い流れに堰をし、口をひょっとこ口にして、ちゅうちゅうと音立てて水をすすった。器用な飲み方にお滝は、うまい芸でも見せられた時のような舌のまき方をした。水を飲み終わると小男は身を起こし、その場にあぐらをかいてから舌を鳴らして「ああうめえ」と言った。

水を飲んでから「うめえ」というのに何とも間があき過ぎて、その間抜けさがお滝にはおかしかった。

「もし、あんだは、そこの飯場のお人かの」と男がお滝に訊いた。

「そんだよ」

「飯場では、人手は足りてるようかね」

「さあ……現場のことはおらァ、なんも知らねすけ」

「雇って貰うべい、とやって来たんだども……」

「現場のことはハァ、おら知らねえけんじょ、仕事は随分ときついらしくてなし、いい図体の若い衆《し》が次から次とやめていぐから、人手はハァ欲しいんでねえろか……」

お滝はせっせと菜を洗いながら答えた。男は一・五メートルにやっと、という小男で年齢《とし》も、もう五十の坂と思われた。

「山の仕事なら、なんぼきつくもおらァ勤まるだい」男は嗄れ声だった。

「夕方には監督さんも戻ってだから、その時分にまた来てみさっし」

お滝は洗い上げた菜を笊に入れると腰を上げた。飯場にはいる時、お滝が何気なく振返ると小男は大きなリュックサックをゆらゆら揺すりながら、あとから蹤いて来ていた。

夕方来てみさっし……とは言ってみたけれど、これから三時間の余も時間をつぶす処などこの辺にはないのだ、とお滝は思いかえし、人足部屋の上り框《かまち》に腰をおろすように言い、ふかしたさつまいもの残りを皿に載せて「よかったらお上がりやんせ」と持っていき、それから洗濯ものを取りこみにいった。戻ってみると、五、六本あった皿のいもはきれいになくなっていた。

男は風呂の水汲みをしてくれた。桶を二つ天秤棒の両端に吊るし、さっきの川におりて汲んでくるのだが、桶の水を風呂桶にあける度びに男は「おいさ」「おいさ」と声を出した。一日の仕事の中でお滝は、この風呂の水汲みを一番難儀にしていた。それをやって貰ったのでお滝は義理を感じ、監督の久米が戻って来た時「山の仕事なら何でも出来る、いうてなが、川の水の飲み方みても年季の入った飲みッぷりすけ、嘘ではねえようだいね。それになんぼか、いい人のようだすけ……」と小男のために一生けんめい口添えをした。

「山の仕事は、初めてじゃねえ、ちゅうがか……そんなら枝うちはでけるか、生木《なまき》は担げるか」と久米は訊いた。

「へえ、でけます。たいていのことは、でけますらい」

「何ちゅう名だ」

「薄田《うすだ》、言うなが、何処でも田なしで〝うす〟と呼ばれておりやんした」

「うすか……」と呟いた久米の頬が一瞬ゆるんだ。

うすのろ、うす莫迦のうすを連想して、なるほど、近いや、と思ったからだった。

「頼んだわけでもないのにハァ、風呂の水汲みしてくれやンした。天秤運ぶ腰もしっかと決まってるし、躰のわりには力もあるようだから……」とお滝は久米に茶を運んで来て、さらに助言した。

「うす、山の仕事はきついわりには取り分は少ねえぞ。ここに寝泊りして三食喰って一日五百円。まあ仕事のこなせる工合によっては取り高もふやすけんじょ、当分はそんなとこだ。はいった以上、仕事がきついと音《ね》を上げたり尻《けつ》割ったりするでねえぞ、うす……」

久米は早速、田なしでうすと呼んだ。

その夜から雨になった。飯場の男たちは花札賭博に耽るあり、猥談に車座になるあり、酒に酔うあり、とさまざまだが、うすだけは一人弾き出されたようにリュックサックを膝に、板壁に倚りかかってこくりこくりやっている。

「よォ、あんたァ、そったらことしてねえで、寝るなら寝るで蒲団敷いて寝たらいがっぺさァ……」

と顔の長いのが声をかけた。

うすは顔を上げ「だども」と言った。「蒲団さ敷いたら邪魔ンなりやしょう」

「それはそうだいね」と長い顔の男が、長い顎を振って頷いた。

雨は降りつづいた。一日か二日なら時に骨休めともなろうが、来る日も来る日も閉じこめられると飯場の気分は妙にぎすぎすしてくる。窓の下で手帳を繰り繰り頻りと計算していた世帯持ちの男が「あんと、いやはや謝まっちまったなやい。これだば、あとを目一杯稼いだとて、おら家《げ》はやり繰れるもんではねえちゃ。嬶ちゃんの溜息が聞えるよんだ」と長嘆息した。日給取りばかりだから、現場に出ないことには金にならない。そのことで誰もが苛立っているのだった。

そんな中に新参のうすだけは一人、屈託なげに動きまわっていた。掃除、薪割り、じゃがいもの皮剥き、風呂の水汲みと、言われたわけでもないのにお滝の仕事を手伝ってまわる。風呂の水汲みを終え、びしょ濡れになった合羽を脱ぐと顔からぽたぽた雫をたらして上がって来たうすに、酒癖のわるい俊《とし》が藪から棒にからみついた。

「やい、この雨男の貧乏神野郎め。おめえ何の遺恨で此処《こけ》へ雨を持ち込みあがったでい」

眼が据わっている。

「俊やん、無茶は言わねえこんだ。何もこの人が雨降らしているわけじゃあんめえした……」と顔の長いのがそう言って俊を遮った。

「いんにゃ、何処から来たか知らねえこのうすのろ野郎が、この山さ雨え持ち込んだは紛れもねえんだ」

俊はしかし、血走った眼をうすに据えたまま吠えつづける。「このやつが、ここを出て失せねえ限り、この雨はあがらねんだ。やいッ、どうするつもりだ」

「そう言われれば、そうだいね」とこの俊の言葉に相槌うつやつが現れた。花札博奕の負けがこんで、三月《みつき》さきまでお先まっ暗の吉《きち》やんだった。「俊やんの言う通りかも知れねえ……ほれ、よくあっぺに……そいつが来ると決まって天気になる、そいつが来ると必ず風が吹く……奇妙なこんだがそんな天気男、雨男はいるもんだ。うすさァが雨男だってこた俊やんの言う通りかも知れねえス」

すると飯場の男たちはそれぞれにうなずき、咎めるような眼でうすを見はじめたのである。山の男達は迷信や縁起をかつぐ者が多かった。

うすは知らん顔して自分の荷物の前にいってあぐらをかいだ。しかし俊は執拗だった。立ち上がると縺れる足をふんばってうすの前に来て仁王立ちした。みんなの目が一斉に、そこに集中する。

「やい、言い分があるなら言ってみろやい。そでなげりゃァ荷物をまとめて、とっとと出てうせろ」

「おらァ雨男なんかじゃねえ。出てもいがねえ」とうすは嗄れ声ではっきりと言い、さっとリュックサックを背のうしろに匿した。

「このやつ、ほざくでねえぞ。何と弁解しようと、おめが雨男だちゅうこんは、紛れもねえンだ。出て失せねんなら、かっくらわして叩き出すぞ。おッ死《ち》にてえか」

俊がそう凄んだところに監督の久米が、お滝に背を押されるようにしてはいって来た。

久米はさッと駈け上がり、いきなり俊の襟首を掴んでその場に引き倒した。

「こん畜生、酒ばし喰らってやがるで到頭頭がいかれァがった。俊ッ、下《くだ》らねえ世迷いごと言って騒ぎを起こしてみろ、叩き出されるのはおめえの方だぞ」

そんなことがあって以来、飯場の男たちは、うすが身に替えても庇っていたリュックサックの中味に、こんどは興味をそそられたようだった。

「うすさん、そのリュックには何《あに》がへえってるだい……」と顔の長いのが訊いている。

「着替えのシャツやふんどしや何ぞだ」

「うすさん、それだけじゃあんめえした……その妙な形に、突っ張ってるは何だいね」

「これは鋸《ノコ》」

「ノコちゅうがは、木を伐る鋸のこつか」

「んだ」

「すると手鋸だいね。おまいさ、いまどき珍しいものさ、持ち歩いてるでねえか」

「……」

「うすさん、おまいさが大事にしていなさるは分かるが、どうだろう、その鋸を貸せとは言わねから見るだけ見せて貰えねえべか」と割り込んで来たのは、今月やりくりのつかない世帯持ちだった。

うすは迷惑だという顔で黙りこくっている。だが、どっちみち無聊をもてあましていた飯場の連中だったから〝見せろ〟〝見せろ〟となってしまった。うすは仕方なくリュックから大事な鋸を取り出した。鋸は布でつつんである。布をほどくと新聞紙が幾重にもあり、さらにその下に油紙があって、油紙を剥いでいくと広幅の木挽鋸がやっと肌身を現わした。

それは荘重な銀色の光を冷めたく放ち、柄の部分は、使い込んだ手垢が一種の光沢となって長い年季の歳月を語っていた。

見るものは一瞬、その格調の高い名品にひとしく息をのんだ。

「これはした、ハァ大《てえ》した代物《しろもん》だわや」と感嘆の声を発したのは、偶々来ていた頭《かしら》の半蔵だった。

喰いいるような眼で見ている。

「うす、おまん、これで木を伐るだか……」

「へえ、でもここんとこずうーと、ついぞ使ったことはねえす」

「ほん、そりゃそうだいね。こんなものでぎしこぎしこやってたら、大ぶりな樹なら一本伐るのに弁当持ちでかからにゃなんねえわさ……いまは一にも二にも生産性の世の中だすけチェンソウでぶるぶるッとやらざァおいめえに……第一《でえいち》こんな古鋸さ使ってたでは、疲れて身がもつめえ。大《て》え《え》した代物《しろもの》らしいなが、今日《こんち》じゃお呼びじゃねえだいね」と負け博奕の吉が放り出すような口調で言った。んだ、んだとなっておおかたが散っていった。しかし半蔵だけは熱いその視線を一人、鋸から離そうとはしなかった。

「うす、おまん今まで、山じゃァどんな仕事さやっていただい。正直に言ってみろ」

「まあ枝うち、それから搬出《かつぎ》、下草刈り……」

「その鋸で、どったら樹さ伐った……」

「杉か檜だか、みんな尺どまりのやつばかしすけ……大材は伐らしちゃ貰えなかっただ。伐らしてくれろ、と頼んでもおめにはまだ五年はやい、というだよ」

話を聞いていた飯場のみんなが笑い、半蔵も頬を歪めた。

二

そこは群馬県中之条町から北にはいった処で、バスの走る道路に面していた。道路わきの広場には輪台《りんだい》と称する丸太の枠組みがいくつも並び、山から採伐して来た杉はその輪台に寝かされ、樹皮を剥ぎ防腐剤を注入されて一定の時間が経つと電柱材として出荷されていく。

飯場はその輪台の並ぶ作業場の奥にあったから、通いのお滝は木屑の柔かい堆積の上を朝に夕に踏んで通った。木屑の甘酸っぱいこの匂いは、人間の持つ哀しみの醗酵する匂いかしら……とそこを通るたんびにお滝は思った。

お滝の亭主は妻子三人を捨て近くの町の人妻と駈け落ちしてしまい、その後の行衛はいまだに不明だった。そんな不幸に見舞われた直後に勤めた製糸工場は、霰の降るような間断ない騒音に容易に馴染めず、その上女ばかりの世界は、不幸を負った者をかえって噂のたねに据えるようなところがあって、思いやりのない陰湿な世界だった。その後にかわったここでの仕事は、家事の延長みたいな仕事だったから気負いもいらず、男たちが仕事に出ていくとお滝一人だけの世界となって誰に気兼ねもいらず、給金もまえの製糸工場より余程多かった。

初めのうちは、気の荒い山男ばかりの飯場だから、とお滝はいつも身を固くしていた。油断や隙をみせたら、いつ押し倒されて手籠めにされるか分からないという、女特有の被害妄想からなかなか抜け出せなかった。しかし男達は時に猥褻な言葉を投げてからかうか、せいぜいもんぺの上からお尻を撫でるくらいで、それ以上の行為に及ぼうとする者はなかった。それでもお滝は一対一になることだけは極力避けるようにした。だがうすだけには、お滝はそんな警戒心を持ったことはなかった。

そもそも地肌の色がそうなのか、それとも仕事の汚れでそうなったのか、その辺も曖昧な煤《すす》けた色の肌をうすはしていた。眼鼻立ちだって、どこかたがのゆるんだ感じがあったし、あどけなくも見える眼の色に邪気はなかった。言われもしないのに風呂の水汲みや薪割りをしてくれるのも、別に根胆あってのことではないことを、お滝は判っていた。お滝はうすを〝小父さん〟と呼ぶようになった。うすを見ていると、そんな呼びかたが自然と出てしまうのだった。

「小父さんは世帯もったことはありやんすのけ」

「ああ、まえに一度だけ、そんなこともあっただよ」

「そんで小父さんの家族の衆《し》はいま……」

「おらにゃ家族はいねぇんだわ」

「そう……小父さん、一人ぽっちがか……」とお滝は頷いてはみせたものの、うすは本当のことは隠しているのだ、とおもった。水汲みや薪割りや時には芋の皮剥きまで、頼みもしないのに手伝ってくれるのは、家族を持った者のいたわりの心がさせることだ、とお滝には解っていたのである。「この小父さんは、きっと人には言えない悲しいわけがあるんだわ……」

雨が歇むと待ちかねて飯場の男たちは山にはいった。

長雨に祟られて仕事の予定はひどく遅れてしまい、よほどピッチをあげないと納入先との契約の履行はむつかしかった。殊に山からの搬出作業が渋滞して久米も頭《かしら》の半蔵も青息吐息だった。

うすの山での仕事は、伐り倒す木の枝打ちや、伐り倒した木の搬出だった。樹に鋸を入れるのは半蔵以下のれっきとした職人達に限られていた。技倆の序列は、山で働く男達の世界にはまだ根強かった。山の掟は一級の技倆を有し豊富な経験を積んだ者がボスでなければならず、ボスは仕事の段取りや手順をつけ、男達個々にノルマを課した。そしてここの飯場の場合、ボスは四万《しま》の半蔵だった。仕事が過重で疲労の度を超えるようなことがあっても、文句を言う者はなかった。何故ならボスは、山の男達の作業の限界を弁えていてノルマを課している筈だから、それに堪えきれずに音《ね》をあげるのは恥だ、という意識と根性が山の男たちには共通してあったからだった。しかし久米にせっつかれると半蔵は、つい限界を超えたノルマを課してしまい、そのために病人や怪我人が続出し、かえって仕事の見通しを暗くしてしまった。

現場管理の久米は、もともとは山の仕事には素人だったし、この土地の者でもなかった。だからかえって拘束されない自由な構想で仕事を進めることが出来たともいえる。久米の率いる山男の集団は、技倆的にも経験の面からも決して他の集団に勝る構成ではなかったけれど、出荷能力は抜群の実績を誇っていた。

去年の実績に予想伸び率を掛けたものが今年の出荷目標となり、今年のそれは更に割増しを施されて来年に引き継がれ、昭和二十年代後半の経済の高度成長下に年々に数字は膨らんでいった。その伸び切った予想数量で納入先と契約を交わしたが、それは半蔵などの頭ではとうてい弾き出せないような数字だった。もともとが限界を超えた数量だったうえに、思わぬ長雨が誤算となって久米は苦境に立たされた。渋川の本社に顔を出す度びに出荷の遅れを目の敵にして催促される。

その夜も久米は、半蔵をはじめ現場の小頭《こかしら》達を集めて、長い時間かかって協議を重ねた。差し当たっての急斜面からの搬出作業にどの程度の人員をあてたらいいか、が議題の中心だった。久米は、この際は他の作業は一時中断し全力でこの作業にあたるべきだ、と言った。能率の集中化で乗り切ろうという考えだったが、この作業は危険を伴うから熟練者だけでやるべきだ、と半蔵が異議を唱えた。「狭い危険な処さ、むやみと人数だけを集めたってもハァ、事はすまねえのす。怪我人の山ァ見るのがおちだいね」

　結局伐木の出来る一級の技倆の者全員で、ということになったが、それではいかにも人数が足りな過ぎる。半蔵は次級クラスの中から一人、また一人と足したが、ふとうすを使ってみべい、と言い出したからみんなびっくりした。久米も意外な顔をした。

「半蔵さん、いくら何でもよォ……うすは半端人足でねえらか。ましてこの前雇ったばかしで、この山には慣れてもいめえ。そったら者をあじょして……」

「いんね久米さん、うすは半端なやつなんかではねえス、あのやつの仕事振りさ見ればそれは解る。一番信頼がおけるだいね。使うとすればこの際はうす以外にはねえ」

半蔵は腕組みしたまま、賽を投げるような調子で言い切った。

　その時うすは、鍵の手の土間を距てた作業員の大部屋で、負け博奕の吉の肩を揉んでいた。

「おいうす、水さ持《も》って来てくれなんしょ」と奥の方から酒癖の悪い俊が、酒やけの赭ら顔をねじ向けた。「水か、あいよ」とうすは気軽に応じ立っていく。半端人足級の新参者だから古くからいる男たちは、使わなければ損みたいにしてうすをこき使った。だがうすは骨惜しみもせずと、易々としてこき使われていた。

　そこへ半蔵がはいって来た。いまから呼ぶ者は、明日急斜面の搬出作業に出て貰う。よしかね。技倆経験のある者から選んだが、特別に危険手当として日給のほかに千円が一時金として加算されるだい。呼ばれなかった者は全員麓で積み込み作業だ。それでは呼ぶから」と告げ一人一人名を読み上げ最後にうすの名を読むと途端に騒然となった。

「半蔵お頭《かしら》、何でうすが呼ばれなきゃなんねえらい。空身《からみ》でも立ってらんねえような処の作業が、間違ったってうすなんかにでけるわけはあんめいシタ……脚さ、かっ折《ぼ》るか、下手すりゃおッ死ぬべに……第一《でえいち》、うすが可哀そうでねえらか」と俊がもつれる舌で抗議した。

「俊《とし》、しゃらッくせえぞ。他人《しと》のことを心配する前に、おのれの心配さするこんだ。酒ばし喰らってねえで、ちったァ仕事に身い入れなけりゃ駄目だぞ。いつまでたっても一丁前になれねえで、よく酒が飲めたもんだ」

俊は四万の半蔵に拾われてこの仕事にありついたいきさつがあるから半蔵には頭が上がらなかった。

その夜、更けてから山にはまた雨が降った。明け方には歇んだが、急斜面での搬出作業は一段と条件が悪くなった。それでも作業は強行された。果たしてうすは半蔵がにらんだとおり、この難作業を無難にこなした。怪我したり事故を起こしたのは、経験豊富な熟練者のなかに起こってしまい、一人が肩をつぶし、一人が脚を折り、そしてうすとともに選ばれた連中のなかからも三人の怪我人が出た。半蔵も久米も蒼くなった。

この事故は当然ながらつぎの伐木作業を困難としてしまった。切羽詰った半蔵は、ふと思いついてうすを呼んだ。

「うす……おめさは樹を伐ってた、と言っただいね」

「へえ、言いやした」

「そんでえ、明日やってみろ。うまく伐れたら久米さんに話して本職人としての待遇になおしてやッから……」

「……」

「どうしたうす、何故よろこばねえ。何故黙ってるだい。おまんにとっては又とねえチャンスでねえらか……」

「そったらふうに言わッても、おらァ……」

「どうした。やるのか、やらねえのか」

「やってもいいど、それにはお頭、条件が二つありますらい」

「条件……なんだ、言ってみろ」

「先ずは黙って、おらの流儀でやらして貰いてえのッす」

「おお、いいともよ。傍《はた》からあれこれ口出しはしねえ」

「それからこのおらのことを罷めさせたりしねえでけさい」

「おお、失策《しくじ》っても大目にみてやっぺよ、罷めさせたりはしねえから心配するな」

この話は飯場の男達に一人残らず知れ渡った。新参の半端人足のうすが、こともあろうに電動鋸《チエンソー》を持たされることになったのだから大騒ぎとなった。

「全体どうなっちまってるでい。半蔵頭《かしら》のやることも訳は分からねえが、あのうすときたしにゃ、もっと訳が分からねえ。半端か半丁前かと言ってるうちに、いきなり一級の仲間入りでねえか……」

と言ったのは、負け博奕でお先まっくらの吉だった。鋸を持つ一級の職人はみな通いだから、この飯場に暮らす者のなかには一人もいなかった。

三

ぞろぞろと山の男たちがうすのまわりに集まって来た。訳も分からなくなったうすの本当の実力を、しっかりと確かめに集まったのである。持ち場に帰れ、と四万の半蔵が何度声を涸らして散らしにかかっても、こんどばかりは男達は従順ではなかった。「この後のために」とやりくりのつかぬ世帯持ちの健作が面をおかして言った。「どうしてもうすさの仕事を見ておきてえから……」

倒す樹の枝うちは、その健作とお先まっくらの吉と顔の長い和則《かずのり》の三人が当てられた。うすに割り当てられた樹は十本だった。

「うす、解っちゃいようが、コッちゃサ倒せよ」と半蔵は指示した。

「いんね、おら、そっちゃサには倒さねえス」

するとうすは頭《かぶり》を振った。

「あんと……こっちゃサ倒さねえで、どっちゃサ倒すでい」

「あしこだ」

うすが指した方向は、林道を挟んだ樹林の密生地帯だった。

「あんだと……」半蔵は仰天した。

なるほど、若しそこへ倒すことができれば以後の搬出作業は林道が利用でき、もっとも容易ではあろう。しかし伐り倒された樹は必ず密生林の樹々と衝突を起こして駄目になることも間違いなかった。

やっぱり北側の急斜面に倒すほかはない。

「うす、無茶すッでねえ、やめろ」

「半蔵さん、おらの流儀で伐らして貰えるんではなかったがか……半蔵さんは嘘こいただな」

「嘘をついたわけではねえど、みすみす樹をおシャカにしたんではおいめいに……」

「樹は一本たりと痛めねえ」

「そったら、うす、手品《てずま》みてえなことが出来るわけはあんめいちゃ……やめろ」

「そんだばやめるど、そのかわり樹はもう伐らねえ」

何ごとにも素直だったうすが、俄かに依怙地となり、そのうえ、その言い方には妙に自信と貫禄が感じられる。半蔵は半ばその貫禄に押され、もう一度、うすが倒すという密生林に眼を凝らした。

樹林にはところどころに僅かばかりの間隙があるけれど、そこに倒すことはどう考えても不可能と断定せざるを得ない。

「うす、おめえ、樹を痛めねえで、ほんとにあしこに倒せると言うがか……」

「へい、出来ねえこつは、おらァやらねえだい」

「そいじゃまあ、一本だけやってみろやい。失策《しくじ》ってもまあ、大目にみてやッがら……」

そう決まるとうすは顔を上げて空を仰ぎ、風向や風の強さや樹林のたたずまいや距離などをいちいち勘の中に入れはじめた。ゆっくりと時間が流れ、自動鋸《チエンソー》には手を触れようともしなかった。しかし一旦うすがその自動鋸《チエンソー》に手をかけるや、うすの伐りかたはまさに鮮やかの一語につきた。うすの伐り倒した杉の樹は、中空に半弧を描き、それは寸分の狂いもなく樹林の疎間の空地に、まるで魔術がかった倒れかたでぴしッとおさまったのである。地鳴りした周辺の樹々の葉が微かにさやいでいるのは、倒れた樹が触れたのではなくそこの空気を截った時に生じた葉のさやぎに過ぎなかった。

見ていた山の男達は、腹の底から絶賛の声をあげ、四万の半蔵は蒼ざめた頬の肉をひき攣らせて茫然と立竦んでいた。

「半蔵さん、まだ伐ってもよしかね」とうすがけろりとした顔でその半蔵に訊いた。

「うすさァ頼むだば。伐って伐って伐りまくってけさい。ハァどんどんと、一本残らずだ」としゃしゃり出てそう言ったのは半蔵ではなく総監督の久米だった……。

その日飯場に戻って来たうすは、いままでとはまるで勝手の違ってしまった飯場のしらじらしさに戸惑った。誰一人、うすに声をかける者はない。俊までが眼を伏せて、うすと視線の遭うのを避けている。

「吉さ、どれ、また肩を揉もうよ」とうすの方から誘いをかけてみたが「むむ滅相もねえ……知らなかったこととは言え、おら、つくづくと罰があたります」と吉は、それまでいた場所から一尺もとび退《さ》がり、両膝揃えて畏まってしまった。

一方、監督の久米はその頃、仕事の途中から何も言わずに帰ってしまった半蔵の四万《しま》の家に押しかけていき、その半蔵と深刻な話を交わしてる最中だった。

「久米さん、どか俺をこの仕事からおりさせてけさい」と半蔵は言う。「あのうすサのような名人は、この上州は愚か甲信越の山々にかけても二人といるもんではねえス。そんな名人を二流三流に過ぎねえこの俺が、どうして使えます。技倆経験の上《じょう》なる者が頭《かしら》となるのが俺たち山の仕事衆《し》の掟でありやすど。ここの頭《かしら》は、もはやうすサでなげればなんねえのす」

「半さん、おめえ、あに言うだい。いいか」と久米は膝を進めた。「左甚五郎も五郎正宗も、もうこの日本にはいやしねえだいね。名人がいねえちゅうこつは、そういう名人を日本はもはや必要でなくなったからでねえか。半さん、おめさ、ここんところをよっく考えてみるこんだぞ。うすサは木を伐る名人かは知らねえが、会社の要求にあわせて山全体の仕事を切りもりでける人ではあんめいちゃ。会社はそったら技《わざ》の名人よりも会社に忠実で人をうまく使って能率をあげる名人を欲してるだいね。それはうすサでなく半サでなければなんねえ」

「慥かに山の仕事は昔と違ってぎやした。まえはこんなに山の樹を伐りまくることはなかったしそんな体制もなかったから……だからちゅうて、俺達山の仕事衆《し》の掟だけは変えらんねえだい。頼むから久米さん、この俺をおりさせてけさい」

「山の仕事のかたちが変わって来たんでねえか、山の衆も心を変えていかねば時代に遅れる、と俺は思うだが……要するにハァ、うすをおめサが使わなげりゃいいのでねえか。うすは今日かぎり客分として扱うことにしべえよ。この俺の手許に置いて俺が使うから半サはどか、今までどおりにやってくれなんしょよ。おめサと俺が相談してうすを何処に手伝わせるかを決め、俺からうすに指図すッから……そうすればおめサとうすの関係にも問題はあんめいちゃ。そういうことにすっぺよ」

結局そういうことになった。今まではうすはこのような場合、すぐ馘首《くび》になって山を追われた。理由は量産一点張りのいまの山の仕事の新体制にとって古い仕来たりを墨守しようとする今までの名人は、もはや不用というより邪魔な存在と化しつつあったからである。久米が敢てそうしなかったのは、山の現場の危機的にも近い作業の遅れがあったからである。

うすの飯場での起居の場は、翌日から久米の使っている部屋に移された。久米も時々は自宅に帰らず飯場に泊まることがあったからそんな時にはうすと顔つき合わせて過ごすことになる。うすはもう飯場の誰かれに用事を吩附られることはなかったから手持無沙汰となりいつからか樫の角材にこつこつと鑿《のみ》をふるい始めていた。こつこつと無心に彫り続けるうすの、その手許を久米は横目に見ていた。

「うりゃ、うすの左甚五が何やら彫ってるだいね。狸にしては、あるべき大睾丸《きんたま》がねえぞいした……これはもしや、女《め》狸の旅《みち》ゆき姿……変わったもんをこの名人サは、彫りあがるでい……」などと思い、飽かずに久米はうすの手許を見ていた。

四

山の仕事は目にみえて捗っていった。厄介なところは、うすに要るだけの助手をつけて任せておけば何とかなったし、作業は先へ進むことができ、やがて絶望と思われていた遅れを奇蹟的にも取り戻すことができたのである。その日は早仕舞いで、日のうちに飯場に戻ってこれたのも、それだけの余裕が生じた証拠だった。

「おや小父さん、今日は早かったんだね」とお滝はトラックから降りて来た大勢の衆のうち、うすだけに声をかけた。お滝は恰度風呂の水汲みにいくところだった。

「お滝さん、それ、こっちい貸しなさろ」

そう言うとお滝の肩から天秤を取り上げてすたすたと下の川におりて行くうすのその背に、お滝は後光を拝むような気持で心の中で掌を合わせた。お滝も当然うすが山仕事の大名人だったことを聴いて知っていた。意外だったけれど、そんな素振りはおくびにも出さず、半端人足の俊や吉などの吩咐にへいへいと従っていたうすのこれまでを思って、その奥床しさに頭の下がる思いだった。

仕事納めの日、お滝は居残りをして酒の燗や料理運びをした。

うすは此処に来た時とはまるで天地の相違で、久米の隣の最上座に席を占め、通いの職人衆も飯場の男達も挙って献盃にうすの前に行くのを見て、お滝は何故か溜飲の下がる思いだった。

納会の翌日、飯場の連中は荷を纏めてそれぞれに帰るべき処に帰っていき、間もなく飯場にいるのはお滝とうすの二人だけとなった。そこへ本社から電話で、うすに明日会社にくるようにと言ってきた。電話を受けたのはお滝だった。

「小父さんに本社に来てくれろというのは来年の契約のことだよ、きっと……小父さんは大そうな技倆《うで》のお方だから、来年は現場の衆《し》に指図する人におなりだよ。会社でも大切にするはずだから、小父さんももう何処へもいかずと此処に落着きあんせよ」とお滝は浮き浮きといった。能ある鷹は爪を隠すというけれど、その鷹にうすを置き換えお滝はうすの代りにこの後のことをいろいろと空想してみせた。

「うむ、そったらことになったら、おらもこの町に部屋を借りべえよ」とうすはしわがれ声でしわぶくように言った。

だが本社にいってみると褒賞金を呉れたにも拘わらず、来年は雇わないと言われてしまったのである。

「おらァ、どこでも嫌われるから……」

飯場に戻って来たうすは、最後にぼそぼそと溜息をつくようにそう言った。

かけがえもない立派な技倆を持ち、よく働いたうすが何故罷めさせられなければならないのか、お滝にはそれこそ訳も分からなかった。うすが此処へ来た最初の頃、飯場で俊にからまれた時のことをお滝は思い出した。その時の俊の無法な絡《から》みにも似た会社の仕打ちのように思われた。昨日空想を並べたてた時みせたうすの戸惑ったような笑顔が、思えば哀しかった。

「小父さん、これからどうおしやすえ……何処かあてでもあんなさるがか……」

「歩きながら考えてみッぺえ。ほれ、犬も歩けば……という諺もあるでねえか。いつもそうやって、やって来ただよ」

「あたしネ、製材所の旦那を知ってんですよ。小父さんのこと頼んでみますよ」

「お滝さん、心配してもらってありがてえなが、山で食《や》って来た者《もん》は山を離れちゃ生ぎてはいけねえだい」

「……」

「お滝さん、頼みがありやす。今晩ひと晩だけお滝さん家《げ》に泊めて貰えねえだろか」

「いいですよ……今晩だけと言わず、いつまで居たって小父さん、いいすけ」

「彫りかけてたもんが、もう少しで仕上がるだよ」

その夜こつこつと鑿で木を彫る音が、いつまでもしていた。

朝食も昨夜と同じようにお滝の家族と一緒にとった。食卓にはゆうべのご馳走の名残りが添えられていた。食後学校にいくお滝の二人の男の子に、うすは五千円ずつ渡そうとした。そんな大そうな金を出されて二人の子は、手をすっこめてもじもじしている。

「小父さん、大切なお金だすけ、気持だけ頂かせて貰いますよ」とお滝が言うと「とってくれるとおらの思い出ンなるだいね。だから頼むよ、取ってけさい」とうすは頭を下げた。お滝の顔色を窺う子供達はお滝が承諾を与えると二人の子は交々に手を出し、頭を下げた。うすは、よかったという笑顔で二人の子を見た。その子達が学校に行ってしまうと、うすは明け方に完成した件《くだん》の彫り物を持って来て茶袱台の上に載せた。「これはお滝さんに上げるもんだ」

「あら、お地蔵さんね、笠かぶった……」

「そんだァ、笠かぶった笠地蔵さだ」

「まあいいお顔だこて……やさしいお顔……でも笑ってはいなさらねえだね、何やら悲しげな眼の感じは……」

お滝は手にとってひとしきり賞《め》でてから仏壇の棚にそれを据えると燈明を上げ、ちんちんと鐘を鳴らして両掌を合わせた。

「さあ、それでは出掛けねばなんね」とうすは言った。嗄れ声て、なんて悲しい響なんだろう、とお滝はその時初めて気付いた。

「小父さん、何も今日出ていかなくも……せめて二、三日なりとゆっくりしていかッしょ」

だがうすは、はやリュックサックを抱えていた。お滝は大急ぎで握り飯を握ってうすに持たせ、簡単に身繕いするとバスの停留所まで連れ立った。山仕事が終わったから飯場は来年の春まで閉鎖されたのである。その間お滝は失業保険でやっていくことになる。毎年そうしているのだった。

「小父さん、もしいい働き口がなかったら、うろうろしてないで、いつでも此処さ戻ってくるとええがね」

バスを待つ間にお滝はこの同じ文句を二度繰返したけれど、うすはもう戻ってはこないだろうという気がした。

渋川駅行きのバスが来、女の車掌が扉をあけたがうすは乗ろうとはしなかった。「小父さん、この次のは五十分も間があるんよ」

「おらはバスには乗らねえだい。いつも歩いてくだよ。お滝さんが乗るのか、と思っていたに……」

「あら、そうだったの」と二人はバスがいったあと顔見合わせて思わず笑ってしまった。

「わざわざ送ってくれて悪かったいね。じゃあ」とうすは言い、それから小さく〝おいさ〟と自らに声をかけて歩き出した。使うこともない手鋸が歪つな恰好に形を曲げている特大のリュックサックを背負い、腰には木鞘におさめた鉈をぶら下げたうすの風体《ふうてい》は、ここに来た時とまったくおなじだった。

「あの手鋸を使う立派な技倆《うで》があるばかりに、何処からも受け容れられない小父さんなんだ」とお滝は思う。不幸はそんな小父さん自身の所為じゃない。それは私の場合とおんなじだけど、そんなら小父さんの場合、罪は一体どこにあるのか……考えてもお滝には解らなかった。

うすは下り勾配の切り通しの道をひょこひょこと歩いていった。見送っていたお滝は急に駈け出し、うすと肩を並べると一緒になってその道を歩いた。後ろ髪ひかれる思いというのであろうか、別れがたい気持がそうさせたのである。

切り通しの両側の崖からは、さらさらと小やみなく砂がこぼれ落ちていた。拡幅されたばかりの切り通しなので、まだかたまらない崖の土層から砂が落ちるのだった。それはこの崖も哭いてくれているようにお滝には思えた。

切り通しをおり切った処がバスの次の停留所になっていた。そこでお滝はもう一遍うすに別れを言った。「小父さん、いいとこなかったらさっさと此処さ戻ってくるがええがね」とお滝はまたそれを言った。

触れ合った程度の縁なのに、とおもう。だのにいつまでも心に残るうすという人柄の余韻に、お滝は涙の滲《にじ》む思いで咽《むせ》んでいた。身の上を語り合わなくとも不幸な者同士に通じ合う、いたわりの心なのだろうか。

お滝はいま来た道の、こんどは上り勾配を戻りながら、あら、いけない。あのお地蔵さん、どうして笠なんかかぶっておいでやんすのか……大事なことを訊き忘れてしまった、と思った。お滝は立ちどまり、もう一遍うすが去っていった方を見送ったが、うすの姿はすでになく、そこから見える初冬の上州の山なみにはどれも雲が低くかかっていた。そして山にまつわる雲々の群れから外れたところに、ぽつんとひとつ、はぐれ雲が浮いていた。そのはぐれ雲の形は、ゆくりなくも、うすが遺してくれたお地蔵さんの笠に似ていた。その雲が国境《くにざかい》の山々の端《は》にかからんとしていた。うすは若しかしてその雲のかからんとしている山に向って歩いていったのではなかろうか、とお滝はふと思った。

五

鹿野至が『笠地蔵』というこの小説を読んだのは戦後も十年経った頃だった。笠地蔵は筆者が若い頃に書いた短編である。読んで鹿野は名人樵夫《きこり》のうすに妙に惹かれるものがあった。うす名人の最後に吐いた言葉、「山でやって来た者《もん》は、山を離れちゃ生ぎてはいけねえだい」がその当時海上自衛隊にいた鹿野の心を強く打った。この言葉は我が身に置き換えると、「空でやって来た者《もん》は空を離れちゃ……」となる。

鹿野至は大正十年四月十九日に長野県のいまの伊那市に生まれた。家は代々の農家だった。昭和十五年、徴兵の適齢に達し海軍を志願して同年六月一日に横須賀海兵団に入団した。優秀な成績で海兵団を卒《お》えると矢田部航空隊にまわされ整備兵となったが、鹿野は整備でなく自分も翔びたいと思った。翌十六年二月に飛行適性検査を受けてみると合格し丙種飛行予科練習生となって土浦航空隊にはいることができた。丙種飛行予科練習生としては第三期、飛練は第一八期である。同年七月二十一日に赤トンボの飛練の教程をおわり百里原で実用機教程に進み、さらに九州の大村空に移って戦闘機の訓練を積んでいると太平洋戦争が始まった。名にし負う厳しい訓練の海軍航空隊だったが、ここ大村空でのそれは、大戦争が始まった所為もあってか、いままでの何処の航空隊よりもひどく殊に鹿野たちは佐藤大尉という兵校出の士官にしごかれ通しで、「俺は此処を遁げたいよ」とぼやく同期も一人や二人ではなかった。機種は複葉の九五式艦戦で一八期の練習生は総勢で三〇名だった。

やっと大村空を出ることになった。鹿野は第一航空艦隊司令部づきとなり臨時第一航空基地隊の富高基地へ行くことになった。同期揃って隊門を出ると回れ右して一八期の連中は声を揃えて〝ゴリの莫迦野郎！〟と怒鳴った。ゴリとは、しごきの佐藤正夫大尉の綽名だった。

佐藤正夫大尉は兵学校六三期、ごつい顔の顎から頬にかけて一面に貯えたひげ面がゴリラに似ているところからゴリさんと呼ばれていた。口先だけでなく、やたら鉄拳をふるう蛮勇の士官で一八期で佐藤大尉の拳骨を貰っていない者はただの一人もない、というからすさまじい。

さて富高基地づきとなった鹿野は程なくこんどは築城空に移ったが昭和十七年十一月十七日に、空母瑞鳳に乗り組むことになった。

初めての空母乗組みに胸はずませて着任してみると、飛行隊長として一同の前に現れたのは大村空でさんざっぱらしごかれた佐藤正夫大尉だったから新任の一行は唖然となった。〝またか〟と唸るように声をあげたのは飛行予科練習生の時以来の鹿野の親友前川吉郎だった。

「またか、とは何だ」

佐藤大尉の地獄耳はその声を逸早く捉えていた。

「はい、また大尉にお世話になります。光栄であります。よろしくお願いします」

前川はよどみなくそう返した。

この瑞鳳は排水量一万二千トン、艦の長さ二〇一メートル四三、主機タービン二基、出力五万二千馬力、速力二八ノット、兵装は十二・七ミリ連装高角砲四、戦闘機十八機に予備機三機、攻撃機九機を搭載した。昭和十年六月に潜水母艦として起工したが進水後空母に変更されて昭和十五年十二月二十七日に横須賀工廠で竣工されたものだった。

瑞鳳に乗り組んで一と月が経った。佐藤大尉は相変わらず口うるさく叱言を喰わない日は一日とてなかったけれど、どうしたことか、あの得意の鉄拳をふるわないのだ。鉄拳の常習者がぴたりとそれをやらないことは、かえって気味がわるい。「へんだな。どうなってんだ」

鹿野と前川は首をひねってそんな言葉を言い合った。

ある日、錬成飛行訓練中に、佐藤大尉機は僚機と接触するという事故を起こしてしまった。一機は空中分解し、一機は錐揉みになって墜ちていった。落下傘が一個だけ開くのが見えた。大尉機は空中分解だったから落下傘で脱出したのは僚機の乙飛八期出の下士官だ、とみんな思い「惜しむべし、ゴリ大尉殉職す」と前川吉郎がいとも荘重な口調で言うとそこにいた者は、よかったよかったと言わんばかりに頷き合った。

落下傘降下した者を救助すべく艦から救助艇が出された。ところが救助されて還って来た落下傘の主を見て一同は唖然となった。殉職死したはずの佐藤大尉だったからである。

「憎まれ者、世にはばかる、か……」

鹿野は舌打ちするように呟いていた。

だがこの接触事故の原因調査に際し当の佐藤大尉は、その非はすべてこの自分にあります、と主張し続け僚機には一点の非もなかった、と断言し通した。それが艦内の評判となった。そしてこの事故が大尉の気持を変える転機となったのか……以後の佐藤大尉はそれまでと違って部下の声をよく聴くようになり部下の個人的な相談ごとにも積極的に乗るようにさえなった。叱言や鉄拳が飛ぶなどは、まったくなくなってしまった。

〝鬼がホトケになったとサ〟と前川が口ずさむのを鹿野はにこにこしながら聴いていた。

その親友の前川が空母翔鶴に転任していった直後の昭和十八年一月に、瑞鳳は呉を出港した。行く先はラバウルだった。瑞鳳に課せられた作戦目的は、ガダルカナル島撤退作戦の間接護衛というもので艦隊はガ島の北方海面に行動し十日間の任務を果たしてトラック島に引揚げた。鹿野たち艦戦隊はトラック島で約一ヵ月の凄まじい即戦の訓練を積まされた。そこへ「第二航空戦隊瑞鳳戦闘機隊はラバウルに移動し、ニューギニア増援の陸軍部隊の護衛につけ」という命令が来た。

トラックの竹島基地からラバウルは一〇〇〇カイリの南方にある。戦闘機隊は直ちに飛び立った。一〇〇〇カイリを翔破してラバウルに着くと翌日から作戦開始だった。船団の護衛、ガ島攻撃、飛来する敵機の迎撃戦等々、休む間もない忙しさだった。そんな日のある朝、艦爆隊と瑞鳳戦闘機隊に〝搭乗員整列〟の号令がかかった。甲飛一桁台の某氏は「搭乗員整列の経験のない者は、飛行機隊員だったとは言えない」と筆者に語ったことがあるが、この号令は出撃前の緊張の整列なのである。小隊ごとに整然とならぶ攻撃隊員の一人一人の顔に視線を配った山本五十六ＧＦ（連合艦隊）長官は、しばらくして重たげにみえる口をやっと開いた。

「祖国の運命は諸君の双肩にかかっている。すでにＺ旗は掲げられた。諸君の卓越した技量に全幅の信頼をおいて、ポートモレスビーの攻撃を命ずる。日ごろの腕を十分に発揮してもらいたい」

そのあとに盃が配られ全員で水盃を交し、続いて飛行隊長佐藤大尉の指示は「いいか、絶対に編隊を離れるな。死んでも蹤いてこい。よし、かかれ」だった。

この〝かかれ〟の声に全員はさっと散って愛機に走る。それは毎度繰り返される動作だったけれど、今朝は山本長官の言葉を受けただけに、ひとしお気合いがかかっていた。

陸攻四十数機を直掩し編隊はオープン湾、キンペ湾を右手に見て飛ぶ。南海岸のガスマタが見えて来た。ここからソロモン湾を横断するとニューギニアで、そこはもう敵地である。戦闘機隊は全員が見張りに全神経を傾けて飛ぶ。ワードランド岬が、そしてブナが見えて来た。正面に攻撃隊の行く手を遮るように立ちはだかるのがスタンレー山脈だった。

飛行高度七千メートル、マスクから流れてくる酸素をうまい、と鹿野は思った。山を越えると、とつぜん前方が開けて広大なやし林のみどりが山越えの眼にとび込んで来た。やし林の続く彼方にサンゴ海がひろがっているが、モレスビーはまだ視認できない。その時だった、異様な気配を鹿野は背後に感じた。殺気というものだったろうか……鹿野は反射的に後ろを見て、どきりとした。Ｐ38二機が、いままさに機銃を発射せんとしているではないか……鹿野の心臓は一瞬鼓動を停止し、全身の血が一気にひくような感をおぼえた。咄嗟に翼をバンクして「敵機発見」の合図を味方に送ると落下増槽のノブを力いっぱい引いて増槽を切り離し、反撃の態勢にはいる。二機のＰ38は後上方から仕掛けて来た。機銃を速射して来たが鹿野たちは敵機の腹の下にもぐり込んだので敵の弾道は右後方にそれた。弾《たま》が当たろうと外《そ》れようと、Ｐ38はそこに長居することは自らの墓穴を掘るにひとしいから零戦の頭上すれすれに急いで退避していった。

鹿野はその敵機を追いたい衝動に駆られた。多分他の機もそうだったであろう。しかし味方陸攻の傍から離れることはできない。たった二機で味方の大編隊に攻撃をかけて来たＰ38は敵ながら天晴れだ、とその闘魂を賞《め》でてもやりたく、それだけに追っていって空戦したかったけれど、ぐっと下腹に力をいれてその衝動をおさえ、見張りに神経をそそいだ。約五〇〇メートル下方を飛んでいる陸攻は、何ごともなかったように、一糸乱れぬ編隊でこれはひたすらにモレスビーを目指している。ふと下方に四機編隊のＰ38が、遥か下方を右から斜めに我が針路を横切っていくのが見えた。

そしてほぼその直後に、目指すポートモレスビーの広大な敵飛行場が見えて来た。陸攻は緊密隊形をとり爆撃進路にはいっていく。

さッと緊張感が全編隊をつつんだ。当然敵もだまってはいない。敵戦があっちから二機、こっちから三機という工合に陸攻目懸けて突込んでくる。それを追い払って陸攻に手を触れさせないのが直掩戦闘機隊の役目だから機を逸せず零戦が出ていくと、零戦の強さを知っている敵機は零戦との空戦を避けて遁げる。それを深追いできない歯がゆさがあったが、ここでも陸攻の傍を離れることはできないのだから仕様がなかった。

飛行場上空には無数の高角砲弾が炸裂して身を寄せる隙とてない。〝畜生ッ、盲滅法に撃《う》ってきやがる〟と鹿野は呟いていた。だが地上砲火に怯じていたのでは始まらない。佐藤隊長の左手が挙がった。直掩戦闘機隊はその合図で陸攻を抱くように援護しながら弾幕のなかに突込んでいった。爆撃が開始された。陸攻の腹を離れて地面に吸い込まれていく爆弾は、やがて見えなくなる。だが一瞬置いて地上で大爆発する。その途端に吹きとぶ格納庫、炎上する飛行機など、壮絶な一大絵巻に鹿野は思わず息をのむ。〝やったァ、やれ！やれ！〟

その時だった。不意に左手から敵戦が襲って来た。P38四機だった。小隊は機首を左にひねって、すかさず反撃に移った。ダダダッとわが一番機の機銃が火を吹くと敵の一機がポカッと分解した。鹿野は照準器に敵の一番機を捉えて二〇ミリ機銃の引き金をひいた。手応えを感じた時、敵一番機に白煙があがった。つづいて下から突き上げてくるやつを躱してまわり込み、一撃を加えたがこれは無念にも当たらなかった。P38が黒煙をふいて墜ちていく。他の誰かに射たれたのだろう。忽ちにしてP38の影は一機も見えなくなった。

この時陸攻は爆撃を終了して大きく左旋回中だった。帰路につこうとしているのだった。

このあと攻撃隊は送り狼のＰ38を随所に墜としながら再びスタンレーを越えるべく高度を上げた。あとを振返った鹿野の眼に、モレスビーの上空に朦々たる黒煙が天に冲しているのが鮮明にやきついた。

この日、爆撃の効果以外に空戦でＰ38三十数機を撃墜している。わが方の損害は陸攻六、戦闘機三が未帰還だった。

昭和十九年一月の移動で鹿野は空母瑞鳳から築城空にかわった。ゴリさんこと佐藤大尉以下の全隊員や、出撃の度びに〃シカノサン、カナラズカエッテキテクダサイ〃と手先信号を送ってくれた機づきの整備員の盛んな帽振れを受けて鹿野は瑞鳳を降りた。

築城航空隊は同年二月二十日に五五三海軍航空隊と名称がかわった。翌三月になると鹿野はさらに横須賀海軍航空隊に転出し、四月十一日には海軍三〇二空隊に転じた。三〇二空の司令は小園安名大佐だった。めまぐるしい転任につぐ転任だった。理由は戦力の落ちた各航空隊が熟練の搭乗員を取り合ったためであろうか。この頃戦勢は、緒戦の頃の圧倒的な勢いはミッドウエイ戦で逆転し以降防戦一方に追い込まれつつあった。敵は占領されたフィリピンの奪回を策していることは明らかだった。思えば鹿野は山本ＧＦ、古賀ＧＦ、豊田ＧＦ三代を通して前線で戦って来たのである。

ある日、小園司令は近くマリアナのロタ島に隊は移動する、と告げた。だがその予定は急遽変更となり鹿野たちは硫黄島経由でサイパンに、サイパンからヤップ島経由で四月にはフィリピンのダバオに来てしまっていた。そこからマニラのマバラカットに進出したのが四月の十一日だった。

十月十七日、米軍は遂にレイテ湾口のスルアン島に上陸した。この日寺岡謹平中将（兵校四〇期）に替り大西滝治郎中将（兵校四〇期）が第一航艦長官として台湾からマニラに着任した。同日夜GF（連合艦隊司令部）は捷一号作戦を発令した。同月二十二日には、シンガポールの対岸リンガ湾の泊地にあった栗田艦隊が出撃、いっぽう第三航空戦隊（瑞鶴、瑞鳳、千代田、千歳）と第四航空戦隊（伊勢、日向、隼鷹、龍鳳）を直率する小沢治三郎中将（兵校三七期）の機動部隊は囮部隊となってハルゼー提督の率いる敵の機動部隊を釣り上げるための行動を起こした。敵将ハルゼーはこの陽動作戦にまんまとはまり、小沢艦隊を追ってついにルソン島エンガノ岬東方でこれを捉えた。その間に栗田艦隊と西村艦隊、志摩艦隊がレイテ湾内の敵艦隊を撃攘するという作戦だった。（実際には栗田艦隊の謎の反転でこの作戦は未遂に終わった）

小沢艦隊がこの時空母に搭載していたのは全軍合わせて、ただの一〇八機に過ぎなかった。前記の空母四のほかに航空戦艦二、軽巡三、駆逐艦八を伴っていたけれど、対するハルゼー艦隊は空母一〇に満載の六百数十機と、戦艦六、重巡二、軽巡七、駆逐艦四四であった。この兵力差では戦争にならない。出撃していく搭乗員に小沢中将は「攻撃後は母艦に還らず各機ともニコルス基地か他の陸上基地にいけ」と指令し地図を持たせている。攻撃機が帰還する頃は、洋上には日本の空母はもはやいないだろう、という予測の上での指示だった。果してその通りとなった。小沢艦隊の全空母が沈んだ十月二十五日のこの海戦を世上ではエンガノ岬沖海戦とよんでいる。鹿野たちの飛行隊長だったゴリさんこと佐藤大尉もこの時戦死を遂げている。二〇〇機以上の敵の第三波の空襲（二隊の機動群）に対し迎撃したのは三〇機足らずの艦戦隊だった。そのなかに佐藤大尉もいたのである。

いっぽう大西中将の第一航艦では十月二十日に関行男大尉（兵校七〇期）以下二四名の特攻隊員が選定されたが、その殆んどは予科練甲飛一〇期で、ほかに予備学出の士官数名が選ばれた。鹿野たちはこの特攻機を直掩して飛んだ。比島戦特攻機の出撃は二十一日以降十一月五日まで相次いで行われた。全神経を二つの眼にこめて飛ぶ鹿野上飛曹には、空母瑞鳳のことや佐藤大尉を偲んでいるひまはなかった。ただ心の隅には「俺もこれが最後の飛行《フライト》になるのでは……」という思いが、いつも煙《けぶ》っていた。

比島沖特攻戦の顕著な戦果は、何よりも特攻という戦法の新しさと同時に直掩した零戦の奮闘を挙げねばならない。鹿野上飛曹は直掩の特攻機が敵艦に体当たりするまで傍を離れず阻止せんとする敵戦を命がけで叩き墜として来たのであった。

本土で戦闘第三〇一飛行隊（のちの三四三空）が新設されたのは、この年の十二月二十五日で、海軍歴戦の戦闘機搭乗員を主軸として四国の松山で編成された防空戦闘隊で司令は源田実大佐（兵校五二期）だった。鹿野至上飛曹にも命令が届き鹿野がマバラカットから空路帰国したのは昭和十九年も押迫った頃だった。

三四三空での使用戦闘機は初め紫電だったがこの機は脚が高く地上操行に難があり程なく改良された紫電改にかわった。部隊は歴戦の搭乗員ばかりではなく、飛練を卒業してまだ一度も実戦の経験をしたことのない隊員もおり、着任すると鹿野はそれらの搭乗員たちの練成を司令から吩咐《いいつか》った。

昭和二十年四月二十八日、部隊は基地を九州の大村に移動することになり、鹿野上飛曹は身のまわりの物を詰め込んだ落下傘バッグ一個を愛機の後部にほおり込むとその日のうちに大村に飛んだ。いつもながらのチョンガの身軽さだった。

大村の第一夜が明けた四月二十九日は天皇誕生日（その当時は天長節といった）の祝日だったが、鹿野は待機直《たいきちょく》（時間を区切って小隊毎に待機する）だったので、いつでも飛び出せるように待機所で頑張っていた。そこへ情報〝敵編隊南九州に接近中〟それ来た！とばかり愛機に飛び乗りエンジンスタートももどかしく発進する。急速発進なので試運転などしてる間はない。地上滑走を暖機運転にかえ、離陸線につくとスロットルを全開にして離陸滑走に移ったが、あがる爆音が少々おかしい。点《プ》火栓《ラグ》が汚れているのかも……と思い、点火栓の汚れなら筒内が焼けてくれれば燃えてそのうちにはきれいになろう、とたかをくくって離陸したのがいけなかった。さきに離陸した者はすでに前方で編隊を組み南進している。鹿野はスロットルを全開にして追いつこうとするも、エンジンがポコポンポコポンと気味の悪い音を立て一向にパワーが出ない。本来ならここで引き返すべきだったのだが鹿野はそのまま鹿児島上空に来てしまった。鹿野が大隅半島の上空に辿りついた頃には、さきに鹿児島入りした僚機は大隅の沖合いでＢ29の編隊を捕捉して攻撃中だった。〝やってる、やってる〟と心は焦るが愛機のポコポンは癒らない。それでも向うからやって来るＢ29に突っかけることができた。揉み合って何とか物になりそうな態勢になった時、Ｂ29のうちの一機が、かっちり組んだ編隊から遅れ、ついでそのでっかい機体がスピン（回転）に入《はい》ってぐるぐる回りながらぼかーんと山に突込んだ。それを目撃した時鹿野の頭にカァーッと血が一気に上ってしまった。死角のないB29の編隊であることも忘れて突込んでしまったのである。こちらが射距離に入らないのに敵はもう下腹部から射ち出して来た。こっちは一機だからたちまち集中射撃を喰うかたちとなった。その時浴びた火の玉のもの凄さは、嘗て洋上の敵機動部隊攻撃の時浴びた集中砲火以来のことだ、とおもった。だがここで機首を引き上げたら、どうぞお射ち下さい、とでっかい紫電改の腹をさらけ出すことになるから止むを得ずそのまま突込んだ。最後尾の一機が照準鏡にとび込んで思わずもうまい態勢になった。いまだ！と二〇ミリの発射ボタンを押す。B29の左内側エンジンから白煙が吹き出した。〝よし、もう一度下から突き上げりゃ頂き……〟とそのまま垂直ダイブで下にもぐろうとしたその時、こちらも後部にかんかんと何発か、やられた音がして操縦桿の手応えがぷつんとなくなった。あわてて引ッ張ってみたがスコン、スコンと操縦桿は動きはするが、機首は真逆さまのまま……機速も相当に出ていたことだろうが、もちろん計器を読む余裕などまったくない。そしてそのまま意識までがすうーとなくなってしまった。……どのくらい時間が経ったろうか、ハッと正気づいたが、どうしたことか眼がまったく見えない。

ただやけに静かだった。そのうち思考がはっきりして来た。〝いま俺は、真逆さまに墜落している〟はやくここから脱出しないと……と思い、風防を開けようと手を伸ばしたがレバーがない。レバー、レバー……と捜す気持が意識を呼び戻したのか……そのうち、はっきりと落下傘にぶら下がって自分はいま降下中なんだ、と判った。一万メートルの高空からの降下だったから意識不明の経過も他の場合より長かったかも知れぬ。

鹿野はこの降下の折に骨折してしまった。大怪我だった。生還後海軍病院に収容されて手当てを受けたが、暫くすると当時海軍が貸し切りで負傷者の療養所に使っていた福井県の芦原温泉に移された。そこで前線に復帰できるようリハビリ中にこの戦争は終わったのである。日本海軍最後のＧＦ長官は小沢治三郎中将だった。

六

翌年芦原温泉の療養所を退院した鹿野は一年遅れの復員スタイルで伊那市の実家に戻った。そして、これからはこの社会を一人で生きていかねばならないのだ、と思った時、軍隊のみで生きて来た鹿野は戸惑いを感ぜずにはいられなかった。学歴もなく飛行機に乗ること以外には何の技術も持たない鹿野は、ここは一番身を粉にして働いて生きるほかはないと思った。職業の選択など考えている間もなかった。先ず何でもいいから金を稼ぎ、それで自分一人が喰っていくことだと思った。金を稼ぐには田舎にいるよりも東京だと思って実家を出て上京し、早稲田の辺に間借りし毎日職安に通って賃金仕事を漁った。そのうちふとしたことからある人と知り合い、その人に薦められて和服の紋入りの下地ののりつけの技術を学んで、その仕事をやることになった。この仕事は根《こん》のいる仕事だったが一日働いて二百四、五十円しか貰えなかったそれまでの賃金仕事の三倍以上の収入があったから鹿野は一心不乱になって稼いだ。だがこの仕事は一日中坐ってやる仕事だったからその姿勢がどうやら胃に負担をかけるらしく、一日の仕事を仕舞う頃になると決まって胃痛が起きた。海軍で長年過ごして来た鹿野は辛抱心が強いから胃痛に喘ぎ喘ぎ我慢して仕事を続けていたが、到頭意地にも起きていられなくなった。売薬を嚥んでは寝て過ごす日が何日か続いた。寝たままで金のかかる東京での生活をこのうえ続けることもできず、仕方なくまた伊那の実家に戻った。昭和二十三年のことだった。実家では兄五郎の嫁のおさきが赤ん坊のてる男をフトンに寝かせつけるところだった。鹿野と眼が合うとおさきははにッと笑って軽く頭を下げたけれど、その笑みは親しい人に見せる笑みというよりは、はにかむような笑みだった。

鹿野と五つ違いの兄の五郎はこのおさきと結婚して三月《みつき》後には出征し、そして比島戦で戦死を遂げてしまった。これは弟の鹿野と違い陸軍にいったのだった。だからその後に産まれたてる男のことは当然見てはいない。おさきは未亡人となり父《てて》無し子となった赤ん坊のてる男を抱えてこれからを生きていかねばならないのだ。

おさきが茶を淹れてくれた。熱いその茶を啜っていると父親の隆喜《りゅうき》が野良から帰って来、鹿野を見るなり「おお早かったの」と先ず言い、次に「手紙見て飛んで来たんやろ」と言った。

父は手紙を出した、というのだが東京を発つのと入れ違いになったらしくその手紙というのは鹿野は未だ見ていない。

「実はの、至、手紙にも書いたように」と居間に上がった隆喜は、またその手紙のことを持ち出した。ふと見るとそれまで居たさきがいなくなっていた。

「さきを至、お前の嫁にして、てる男もお前の子として育てて貰えんやろか。うちとしてもさきをあのままにはして置けんし、だから言うててる男も母親から離しとうはない。手紙に書いたように兄弟のお前がさきを嫁に貰うてくれたら……と思うとるんよ。そしたら四方八方がうまくいく。どうやろかね……」

意外というより藪から棒の話に、鹿野は眼玉をくるくる廻すだけだった。

そこへ母親のてつも加わって「どうか至、助けてやってけさい」と両掌を合わせて拝む始末……。

「てる男は五郎兄サの忘れ形見やから兄弟みんなで考えたらよかと思う。だけんじょおさきさんは兄サの嫁だった女《ひと》でねえか。俺にとっては嫂《ねえ》さんに当たる女《ひと》を、五郎兄サが戦死したからちゅうて弟の俺がひき受けにゃならんのかね。そんなこと、考えたこともなかよ」鹿野の兄弟は長男の利和《としかず》、次兄の利三《としぞう》がまだいるけれどいずれも妻帯している。

「至、お前もいずれは嫁サとる身でねえか。親のわしが見たところ、さきはあの通り不足のない縹緻やし、それに心根もやさしか。我が家の嫁として何不足ない女《ひと》じゃ思うちょる。お前にとっても悪いはずはない、と親として考えた揚句のことぜよ」

「おさきさんはこの話は……」

「ああ話した。さきは至さんさえ承知なら異存ねえ、ちゅう返事じゃった。どうやろ、承知して貰えんがか……」

「それとも」と母親のてつが膝を進めた。「至、好きな女《ひと》がほかにありますのンか」

「そんなもなァおらん」と鹿野は言下に言った。

夕食の時は一時いなくなっていたおさきも一緒で給仕をしてくれた。

その夜鹿野は一と晩考えたが、どちらとも決心はつかなかった。翌朝、井戸端で顔を洗っていると胃の腑がまた痛み出した。

「俺、朝めしはいらんけに」と鹿野が土間の台所に声をかけるとおさきが吃驚した顔で振り向いた。

「ご飯いらんて……どうかなさったがですか」

「胃の調子がよくないから。朝は抜こうと思って」

「それじゃお粥煮ましょう。胃が悪いから、て食事を抜いちゃいけないわ」

だから朝食は鹿野だけが粥だった。おさきの煮てくれた粥を鹿野はうまいと思った。そのうまい粥をすすりながら鹿野は、ようやくおさきとの話を受けてもいいという気になった。

そうなると善は急げ、となり親戚縁者を集めて挙式したのはそれから十日も経ぬ間のことだった。てる男は養子とすることに届けを出した。おさきは死んだ兄の五郎とは同じ年だったから鹿野にとっては五歳年上の姉さん女房ということになる。前には嫂さんであったおさきとの、これも因縁か……と鹿野は思った。

チョンガに急に妻と子が、それも同時に出来たのだから仕事に対する贅沢など言ってはおれない。たとえ我が胃は朽ちようと家族を飢えさせるわけにはいかぬ、とおさき母子をつれて東京に戻って来た鹿野は、その日から紋入り下地ののりつけを再開した。不思議なことに東京に戻ってまえの仕事をしているのに胃の腑が一向に音をあげない。チョンガの時と違い、規則正しい食事とその内容、いつでも声をかけられる話相手が傍にいることも胃痛の進行を喰いとめてくれたように鹿野には思えた。

だが一生懸命になって稼いでいても生活に対する充実感はなく、何かを忘れているような思いが鹿野にはいつもあった。

この国に警察予備隊なるものが出来たのは昭和二十五年だった。鹿野は「軍隊を持たない国は日本のほかには世界にはないよ」と軍隊を持つことを当然のことだと思ったが、自らがそこに行こうとはまだ考えていなかった。しかしそれから五年経った昭和三十年一月に、鹿野はノリつけの仕事を棄てて海上自衛隊に走った。自衛隊の方でも旧海軍々人に対する勧誘を決して諦めなかったのである。

終戦時、鹿野は海軍兵曹長の階級を貰っていたが、海上自衛隊では三曹で入隊している。これは航空隊の経験を海上自衛隊が顧慮しなかった為で、のちに鹿野は三四三空時代の司令だった源田実氏から「なぜ航空自衛隊にいかなかった……この大莫迦者が」と叱責を喰っている。空自にいけば黙っていても海軍時代の経験を加味されて三尉か二尉に格づけされていたであろう。それはとも角、鹿野は鎮守府にある官舎に妻と子と棲み、そこから隊に通った。

鹿野至がこの文の冒頭にある笠地蔵という小説を読んだのは、この頃のことだった。たまたま午後の休憩時間に、傍にあった古雑誌をめくっているうちに眼にとまった小説だった。誰かが置き忘れた古い雑誌らしくその本の年代的な古さに、かえって興味を感じてめくっているうちに眼にとまった短篇小説だった。すでに前文にも書いたうす名人の最後に残した言葉「山でやって来た者《もん》は、山を離れちゃ生ぎてはいけねえだい」が読み終わった鹿野の心を打った。戦後の生活に忘れていた物にめぐり合えた感じだった。自分の身に置き換えると「空でやって来た者は、空を離れちゃア……」ということなる。

戦後アメリカは飛行機の搭乗員から日本人を閉め出す政策を一時とった。零戦乗りや紫電改乗りへの怖さがそうさせたのだ、という人もあるが、戦後日本の工業力は造船で世界一、自動車の分野でさえアメリカを追い越してしまったものが、こと航空機の分野では未だに細々と、アメリカの下請けに甘んじさせられたままである。さらに旧海軍や陸軍の飛行機乗りは一様に日本の空から閉め出され、多くは空に見切りをつけて他の職に就くよりほかはなかったのである。そういう戦後のこの国の空の環境ではあったけれど、日が経つにつれ鹿野の空への思いは漸くやみがたい程になっていた。そこへ日本航空機操縦士協会から民間の航空会社にはいって翔んでみないか、という誘いを受けた。戦後十七年経った、正確には昭和三十七年一月頃のことだった。鹿野は一も二もなくこの誘いにとびつき、海上自衛隊をやめて八尾の関西航空にはいった。この航空会社は京阪電車がバックしていた。

八尾の飛行場に立った鹿野は、広い飛行場の芝生に、跪いて頬ずりしたい衝動に駆られた。さすがにそれは自制し得たけれど、私は帰って来たぞ、の思いは強く、操縦桿を握る度びにも新たな感動があった。

関西航空で二年翔んで鹿野は、こんども操縦士協会の斡旋で東京の日本飛行連盟に移った。大体鹿野が航空自衛隊を選ばず海上自衛隊に行ったのは、海自にも飛行機隊はあるはずだと一人合点していたことのほかに、旧海軍の航空隊で度び度び経験させられた転勤転属のことを思ったからで、家族のためにはそれの少ないであろう海自を選んだのだった。こんど関西航空から飛行連盟に移ったのも、関西での生活に融け込めないでいる妻や子を思ったからだった。そういうやさしい家庭的な面が、この鹿野にはあったのである。

日本飛行連盟は調布の飛行場を使っていた。そこで操縦志望の若い人達を教えて一緒に翔ぶ鹿野の眼には、戦後にはなかった生気がただよっていた。この教育訓練のほかに飛行連盟では、神奈川県の藤沢飛行場を基地として、頻発する海難事故に対応して湘南海岸のパトロール飛行もやっているし、別に赤十字飛行隊を組織して血液の空中輸送などに当たっている。鹿野は湘南海上パトロールはもとより赤十字飛行隊にも所属し、この隊の出動範囲は全国一円で、特に離島の場合はこの活動は一層かけがえのないものとなる。

戦後も昭和が終わり平成となって十年が経つ。鹿野が飛行連盟に移って、はや三十四年が経っていた。鹿野も七十の坂を夙うに越したけれど、未だに翔び続けている。偉とするに足る。妻のさきとの間に子が一人出来た。これは女の子だった。茂子という名をつけた。男の子の昭男は立派に成人しいまは神戸で世帯を持っている。

丙飛で同期だった前川吉郎は丙飛三期では鹿野とただ二人だけの生き残りだったが、これも戦後航空自衛隊から東亜国内航空（いまのＪＡＳ）にはいって翔び定年を迎えた。またまえに書いた私の小説『戦後も続きし予科練の戦い』に出てくる三八一空の先任下士川元義人兵曹長は、鹿野より一期まえの丙飛二期の出で操練は五四期であるが、これも空への思い断ちがたく国際航空にはいり鹿野と同じ調布の飛行場から七十七歳になった今日でもまだ翔んでいる。空に生きて来た者のいちずな執念がそうさせるのであろうか、あいも変わらぬプロペラ機の操縦に倦むことがない。

「鹿野さん、あんた、いつまで翔ぶつもり……」と平成十年初夏のある日、調布の飛行場で私は訊いてみた。

「それは一番、この後の風次第……」という軽妙な答えがかえって来て、私は思わず歯を出して笑ってしまった。鹿野至の飛行時間はすでに一万九千時間を越えている。川元義人氏も傍にいた。冒頭の小説『笠地蔵』の終末に出てくるはぐれ雲、ともとれなくもない彼らは、幸い風に流されて消えることもなく幾つ目かの山を越え、いま新たな山の端《は》にかかっているように私には思えた。仕事をわが身と一つに考える昔の男たちの一途さがそこにある。

帽振れ数題

―その一、甲飛一六期生瀬戸内に戦死す―

あろうことか、あの宝塚少女歌劇の施設建物が、なんと、海軍に接収され、海軍はそこに新たに航空隊を作ったのである。数名の開隊準備要員に辞令の出たのが昭和十九年六月の初旬だった。何しろ女だけの館《やかた》を、こんどは男ばかりの城に作り変えようというのである。益田上曹も士官に混じって開隊準備の一員だった。

宝塚には大中小の三つの劇場がある。大劇場のステージはマットを敷いて体操場に、二階の客席は適当に仕切って階段教室に、音楽学校は通信教室、バレエの稽古場は兵の居住区に、と改装されていった。ある分隊の分隊長室は、中劇場の楽屋と隣接する風呂場が当てられた。工作科の手で出来上がった隊長室の壁には、元楽屋だった名残りの大鏡が填《は》め込まれたままだった。どうでも取り外そうとすれば、壁を毀すほかはなかったからだった。

この工作班が最も手をやいた仕事にトイレの改装があった。大便所ばかりで小便所がなければ男は棲めない。これは大仕事で小便所はいくつも出来ず、やむを得ず戸外にバラック建ての便所を急造して間に合わせることになった。これはもとより汲み取り式だった。

開隊は同年の八月十五日だったが、何とか間に合わせて滋賀海軍航空隊宝塚分遣隊の看板を掲げることが出来、その月の二十五日に三重空奈良分遣隊から予科練甲飛第一三期生約一〇〇〇名がここへ転隊して来た。彼らは四個分隊に編成され、一個分隊は六班に分けられた。

「おい、これはなんだ、絨緞と違うやろか」

「どう見てもそうとしか思えん。絨緞だ。それも厚手のとびッ切りだぜ」

転隊して来た一三期生は屋内にはいるや、廊下や階段に敷きつめられた絨緞を見て、そして踏んでみて有頂天になった。絨緞は取り外す予定だったが、ほかの諸工事に予算を使ってしまいもはや、取り外す金も時間もないままに開隊を迎えたのである。軍隊には不要のものであっても、あったからと言って別に害にはならないから絨緞は敷いたままでよい、と作戦を変更してしまったのである。

この甲飛一三期生は前年の昭和十八年の十月と十二月に分かれて入隊した期で、全国から二七、九八八人が採用された。前年の甲飛一二期生三二一五名に較べると、ほとんど十倍に近い大量採用だった。さらにそれまでの甲飛は中等学校（勿論旧制）卒か中学四年在学の学力を有する者の中から採ったが、一三期は中学三年在学程度以上の学歴でいいことになった。予科練の大量採用は、実にこの一三期から始まったのである。とは言え入隊した彼らは全国の少年の中のエリートであったことには違いはなかった。

甲飛一三期の存在感として特筆すべきことは、それまでの予科練は第一二期までは文字通り空一と筋であったものが、この一三期に至って飛行機に乗れたのは十月入校の者だけで他の多くは回天、蛟龍、又は震洋などの舟艇特攻にまわされて実戦配備についたことであろう。空翔ぶ飛行機に憧れてはいった予科練ではあったけれど苛酷な戦局の推移は、予科練からその飛行機をとり上げてしまい、以後一四、一五、一六期の甲飛はすべて舟艇特攻にまわされてしまう。これは甲飛だけに限らず乙飛でも二一期以降（二四期まであった）特乙では五期以降はみな舟艇特攻の配置につかされたのであった。空翔ぶ夢はすでに変更を余儀なくされたのである。

新設の宝塚海軍航空隊にはこの甲飛一三期をはじめ同年十二月一日に第一四期一〇〇〇人がやはりおなじ三重空奈良分遣隊から転隊して来、それより二週間遅れておなじ三重空から八〇〇人の甲飛一五期がやって来た。この増員で一三期の兵舎は、中劇場を中心とした西寄りの地区に移動し、一四期がそのあとにはいった。一五期は大劇場の東隣りの稽古場や歌劇団事務所のあったビルを居住区とした。大劇場も中劇場も建物という建物はすべて予科練で埋めつくされてしまい、男の子の汗くさいにおいだらけとなってしまった。予科練生の眼を奪った豪華な絨緞も、その頃になると何千人という予科練の足で日夜踏みにじられてすり切れ、その為に足をとられるようにさえなったのでここに至り海軍は漸くその全部を取り剥がすことになった。絨緞のあったあとには粗流しのコンクリが剥き出しの顔を曝していた。

昭和二十年にはいると一月十八日には大阪がＢ29の空襲を受けた。ここ、宝塚上空はマリアナ基地から発進してくる米軍機の侵入路だったから警戒警報が鳴った。

　三月一日、この航空隊は滋賀空から独立して宝塚海軍航空隊と名称を改め、十四日には一五期に司令から〝海軍飛行兵長を命ず〟という言い渡しがあった。それは予科練の教程を修了したことの伝達でもあった。そして翌十五日にはその一五期全員が宝塚から移動していったのである。八〇〇名の長い隊列は、営門を出るとすぐにある花の道と言われた桜並木を通り抜けて国鉄宝塚駅へ向った。頭上の桜の蕾はもう色づいていた。その下を、この長い列は黙々として歩いていく。帽振れ、は禁じられ在隊者は黙って見送るだけだった。彼らの行く先は高知航空隊、そこで特攻隊員としての教育訓練を受けることは誰もが知っていた。

　十日遅れた三月二十六日に、一三期の特攻隊要員三二〇名が、これは深夜に宝塚を出ていき、それと前後して一四期三〇〇名も転隊していった。

　この頃になると京阪神地区の人々の表情には一様に疲れが出ていた。男は国民服に戦闘帽、脚にはゲートルを巻き、国民服と同じ国防色の雑嚢を持ち、女はモンペと防空頭巾一色、たまに背広を着た男を見ることがあるけれどズボンには必ずゲートルを巻いていた。ものがすべてに不足し、闇値で手に入れようとすると白米一升が十円、砂糖一〇〇匁が十二円、鶏卵一個が七〇銭もし、その価格はさらに上昇の気配をみせていた。大学出の会社員の初給が七十五円から八十円、市役所職員（大学出）の初任給が五十五円という時代の十円であり七十銭なのだ。

　さて宝塚航空隊での予科練は、どんな毎日を送っていたのだろうか。十九年十二月から二十年五月までをここで過ごした甲飛一四期の遠藤紫一氏の当時の日記を筆者は見せてもらうことができた。同氏の了解を得て一部分を次に掲げる。

十二月一日（金）

〇四三〇総員起こしだったが、三〇分前から夜警に立っていたので大体準備完了していた。急いで食事をとり、衣嚢等を丹波市駅へ運ぶ。昼の弁当を持ち、分隊長にお別れをし皆に（奈良空――筆者注）送られて再び駅へ。分隊長、佐藤、沢井両分隊士のほか副長、二部長も送って下さった。汽車は一路宝塚を目指して進む。一一三〇ころ弁当を食べたが、十八兵舎の最後の食事だと思ってしんみり味わった。そちこちで「兵隊さん、しっかりやって下さい」と手を振っている人があり、元気よく答礼した。

宝塚へ着いたが我がトランクが見つからず、あちこち探しまわって他の分隊のところにあった。音に聞こえた少女歌劇の劇場だけあって、きれいで立派なのはいいが、天理教の建物になじんだ我々にとってはいささか面くらう。屋内体操場（舞台）にて諸注意を受け、新しい分隊の編成があって、二十四分隊の四班となった。居住区は二階。

三種軍装に着換えて身のまわり整理。毛布、カボック、枕など運んでいて夕飯はかなり遅くなった。大きな鏡がそちこちにあって、いつも見張られているようだ。一、二班はベッドで、我々は畳の上へ厚いカボックを敷き、その上へ綿のカボック蒲団を敷き、毛布三枚で寝る。今夜は果たしてどんな夢を見るのだろう。バスの大きいのにも驚かされた。

十二月七日（木）

体育は一練にて鉄棒。四時限の歴史の中ごろかなり長く大きい地震あり。階段教室で高いところだったので大分揺れた。教官が「机の下へもぐれ」と言われたので急いでもぐったら間もなくおさまった。

五、六時限は航空に関する映画。鈴鹿の飛練の模様及び敵機についてだった。

酒保物品として筆入れや面石入れなど配給になった。下着としてスフの薄いシャツが支給された。

今夜から我々もベッドになった。

十二月十日（日）

物理の時間に、前回のノートをとっていて教官に注意された。体育はマット体操だが寒くてふるえた。終って三十四分隊（一五期）から小銃を借りてきた。

昼食後第二体育場でチブスの予防注射。次の陸戦は小銃をかついで四練まで三キロの駈け足はだいぶこたえた。汗だくになったが、これが予科練の頑張りどころだ。ここはゴルフ場の一部で、シャバは日曜のため何人かの人達がゴルフをやりに来ていた。休憩はなく分隊戦闘訓練を実施。帰りもほとんど駈け足。途中でクラブの紹介があったが、平野好太郎さんの家で、やはり大きくて立派だった。

注射の反応がボツボツ出てきたようだ。バスは入らないほうがよいと言われていたが、こっそり入ってしまった。

十二月十三日（水）晴

宝塚空での最初の外出日、弁当は朝食前に作り、急いで仕度して屋外に整列。名札はつけず。〇九〇〇頃班長と一緒にクラブへ行く。蓄音機をかけたり、手風琴やピアノをひいたり、本も少し読んだ。碁、将棋もある。サツマイモのふかしたのや、炒《い》り豆などごちそうになった。隊での飯が少ないせいか、たちまちなくなってしまう。ラジオで慰問演芸をやっていたが、一三三〇ころ呉鎮の警戒警報に続いて空襲警報にかわり、遂にこちらにも警戒警報が入ったので駈け足で帰隊。少し洗濯したあと、食後バスに入ったがものすごい混みようで、人に押されて入り押されて出る始末。

十二月十五日（金）

通信は手がかじかんでとてもとれぬ。二時限の数学の中ごろ急にサイレン鳴り、続いて待避準備がかかった。上空では爆音がすごい。課業をやめて階下へ下りようとして出たら既に脚絆をつけた他分隊員が「いま、ボーイングが本隊の上を通過したぞ」と言った。それは残念、見たかったなーと思わず口に出る。脚絆をつけ準備してしばらくするとB公が太陽のそばを通って帰るのがみえた。飛行雲が長く尾をひき、そのあとをわが戦闘機が追うのがみえた。

昼に一五期の進級申し渡し式あり。警報下のため軍服をつけず。もう彼らも上飛となるのか。

十二月十七日（日）

総員起こし後厠《かわや》へ行って出たらもう誰もいなかったが、ただ一人駈けて行くのがいたので一緒に一練へ。やっと朝礼に間に合った。食後〇八〇〇から映画見学。最初はドイツの「落下傘部隊」そのあと「雷撃隊出動」という壮絶なもので、指揮官陣頭、体当たり精神。見敵必殺など。ああ誰かよく感激せざらん。国語の教官の言によると、今月末か来月早々には休暇との話。横山少佐（真珠湾特攻）谷飛曹長（神風特攻）の両勇士の日記を紹介されたが、深く感ずるところあり。

握力左右とも四五、体重五〇キロ、身長一六一・五センチ。胸囲八〇、拡張八・〇、座高八一・五センチ。背筋力二〇〇。

十二月二十八日（木）

腹工合相変わらずよくなかったので朝食は半減。別科はせず。通信は受信の査定にて満点。終わって鈴木教員のお話あり。

1、人のいやがるような事、たとえば苦しいこと、つらい事、汚ない仕事など進んでやるように。そうすれば、その時はつらくても、いやな事でも後には立派な人格が備わってくる。

2、罰直など加えられても、不平を言わず、己の足らざるを思いまじめにやること。

3、上から命ぜられた事、言われた事は、それがたとえ矛盾した事、間違った事でも理窟を言わず実行すべし、さすれば結果が悪かった場合その責任は上の者が負うなり、要は実行。

十二月三十一日（日）

本年最後の日なり。一時限は国語で候文の書き方。二、三時限は三練にて闘球、四班は全敗だ。午後大掃除は滑空場の作業員で石拾いをする。正月の飾り用のミカンが皮だけとは情けない。身の回り整理をし、頭を刈り顔をそってもらう。一八〇〇から入浴。衣類を着替え、腹巻を締めて明日（元旦）の準備。二〇〇〇巡検、床の中で今年一年の反省をする。腹工合も悪く、風邪気味なのが残念。

一月一日（月）――昭和二十年――　晴

皇紀二千六百五年、聖戦四年目の意義深き新春は明けたり。〇一〇六厠《かわや》へ起きたが、風やや寒く、月は中天に輝き星さわやかなり。〇三三〇、一三期一四期総員起こし。直ちに一種軍装を着て整列、西宮の広田神社参拝のため出発。宝塚駅〇四一〇発、門戸厄神で下車、寒風のもと月光をあびて自ら歩調もそろう。皇国の必勝と、一日も早く立派な先輩に続かんと祈る。

帰隊後掃除を済ませ、本年最初の食事は雑煮など種々あり。小菊というまい菓子を二袋配給さる。遥拝式後分隊長から「質実剛健、純真にして熱意ある練習生となれ」という指導方針を中心としたお話あり。

一〇〇〇昼食。一一〇〇外出。直ちにクラブへ。班員全部揃う。かたかった隊の雑煮と違って、やわらかい餅の入った雑煮やおかずに、すっかり家庭的気分にひたる。

帰隊したが温習もなく、さすがは正月とのんびりする。冷水摩擦のあと板津教員の実戦談を聞く。巡検は二〇〇〇だった。

一月十三日（土）晴

〇五二〇、一四期総員起こし。直ちに弁当用意。〇六〇〇朝食、糧嚢水筒など肩に下げ、脚絆に半靴で一練に整列し兎狩りに出発。第四中隊第二小隊第三分隊となる。場所は東六甲山。第一回開始。ラッパを合図に一斉に進撃、パイプ三声、突撃ラッパにて喚声をあげ、木の間を縫って進む。皮底の短靴は滑って思うように歩けない。獲物はリス一匹。

第二回目はやっと兎一匹。第三回目は獲物なし。平らなところで火をたき、その回りに集まって弁当を食べる。野外烹炊所から熱い汁が出たが、兎の肉ならぬ豚肉が入っていてうまかった。

第四回目は兎一匹網にかかった。隊長も統監に来られ激励された。最終の第五回目、みんな張切って進んでいたらサイレンが聞こえ、B公が白い姿を上空に見せていた。戦果なし。軍歌を歌いながら帰隊。疲れた躰をバスにつける。

一月十四日（日）晴

夜中に火災で起こされたが、間もなく〝練習部はそのまま〟というので又床にもぐる。あとで聞いたところによると、隊内の炭焼小屋が燃えたのだそうだ。

二、三時限は二練において陸戦、小隊及び中隊の密集教練。休憩時小玉分隊士から紫電についてのお話あり。寝具おろしを早めにして一八〇〇からニュース映画を見る。漫画が二つ入って笑わせてくれた。特攻隊、空艇隊等の苦労を思うとき、一日も安閑としてはおれぬ。敵はリンガエン湾からフィリピンに上陸したとのこと、我等の責務いよいよ重大なりと痛感す。

一月十五日（月）晴

朝食時、食卓番以外の者が大勢集まって喋っていたり、テーブルの上で靴を磨いている者があった、というようなことから配食訓練をさせられた。一度配食したものを食缶に戻し三分間で盛り直し、三分間で食べろと言われたので、全員飯に汁をかけて流し込んだ。体のためにいいことではないが、これも訓練か。

受信の査定あり。やり直したが二度とも満点だった。昼、健康診断の結果カイセンで薬を塗る組となった。薬湯へ入る札も渡された。国語の時間に、一昨日の兎狩りの模様を文語文で書かされたが、時間が足らなくて未完で出したのは残念だった。武道は一練で剣道。夕食にはキンピラが出た。

一月十六日（火）晴

航空を二時限やったあとマット体操。大掃除を早目にして、我等の先輩西村飛曹長（二期）の話を聞いた。内容は、純真な気持ちを持ち続けることと、今のうちに立派な体を鍛え、自己の出世を考えず国の為に死ぬことの出来る搭乗員となるように、という事だった。

一月十九日（金）晴

今朝も軍刀術で、昨日より気合いを入れてやる。指先、足先は冷めたいが体は暖かかった。午前中座学。四、五時限の体育は三練にて闘球。警報中のため脚絆をつけて実施。最初二、三班がやるのを見学。空襲警報にかわり上空に飛行雲がはっきり出た。続いて急上昇する味方機。闘球をやめて待避の令下る。B29の太い飛行雲に対し味方機の細い飛行雲が対照的。すさまじい空中戦が展開されているのだが、下から見ている限りでは一幅の名画のようだ。うんと落としてくれと祈る。ラジオによると約百機くらいが大阪、名古屋、前橋等へ来襲し、空戦中とのこと。

一月二十七日（土）晴

銃剣術の円陣試合で度々出ていつも四、五人負かした。通信は受信の査定で満点。午後講堂で被服点検。簡単に終わって身の回り整理。次は綱引き、前列対後列でやり一対一。次に一班対三班は三班の勝ち。食事のとき小山分隊士から注意あり。というのは五班の十四卓の食卓番が湯飲みを消毒釜の中へ落としたまま帰り、誰にも言わず夜中に他分隊へ忍び込み盗んできたことが発覚、すぐ班長に言えばよかったのに、直接分隊長に届け出たため大きくなってしまい、一日禁錮となった。そのあと板津教員が「お前達は怒る上司にはなるべく近寄るまいとしているが、怒る人ほどお前達の事を思ってくれているのだ。怒られても懐いていくようでなければいけない。何事もまず班長にという心を持って欲しい。五班のM練習生は生まれかわって出てくるだろうから、その時は決して白い眼で見てはいけない」と言われた。

一月二十八日（日）晴

寒げいこは球技で、前半は駈け足、後半は凍った二練で送球スクラムの練習。すぐ終わって駈け足で帰る。

朝食後二練で観兵式の予行。〇八四五から一〇〇〇の間で十五分間休憩あり。一〇一五から一一三〇まで総合訓練。第二警戒配備第一種でサイレンは鳴り、高角砲の音も力強く響く。空には爆煙が二十ほどあがったが、まるで落下傘のようだ。大阪軍楽隊の「軍艦マーチ」に合わせ、第一大隊から第八大隊まで歩武堂々の分列行進。氷も溶け始めたので短靴は泥だらけでひどいものだ。

昼食後第一種軍装に着替え脚絆をつけて又一回練習したあと、いよいよ観兵式の本番となった。寒さを吹きとばし元気いっぱい行進した。終わって総員入浴許可され、温習はなく、巡検は定員と同じ。

講評は「勇往邁進の気がみなぎっていてよろしい」とのこと。

二月八日（木）晴

昨日の雪が約五センチ積もっていたが、いつも通り駈け足、途中近井分隊士の号令で〝折敷け、伏せ〟など実施。かなりのスピードで駈けたが最後までがんばった。おかげで足も暖かくなる。

課業整列は道路上で行ない、二、三時限は三練にて雪合戦。一つもぶっつけられなかったが、敵方の頭には幾つか当たって気分よい。

闘球は今日も負け。雪が溶け始めたため靴下も略靴もびしょ濡れ。

五時限の訓育は家庭通信、身の回り整理等。面会が許されることになり面会券に宛名を書き入れた。明日の分隊点検は十二日に延期となった。一八〇〇からニュース映画と漫画あり。

二月二十一日（水）面会日

いつもの外出の要領で仕度をし、勅諭奉読後しばらくして、家族の来隊順に呼び出しがあった。我が四班では和田が一番早かった。なかなかお呼びがかからなかったので、庁舎前の方へ見に行ったらやっと呼ばれた。父と母と弟のうれしそうな顔を見た時は感激だった。会ったらあれもこれも話そうと思っていたのに、いざ会ってみるとさして話すこともなく、ただ「元気でよかった」の一言のみ。二班の館野（中学の下級生）の姉妹もまじえて両家七名で園内にて記念撮影をする。動物園、植物園を見て面会時間の終わりも迫ったので、裏門のところで姿が見えなくなるまで手を振って送った。何事も待っているうちが花で、当日になってしまうとあっけないものだ。しかし混んだ列車で遠くから、しかも空襲にあったりでさぞ大変だったことだろう。

三月十三日（火）

化学の試験も大体よかったし、次の国語の試験も大丈夫だと思う。大掃除は三階担当。軍歌演習はどうもまずかった。

一八〇〇から慰問演芸で、独楽《こま》、奇術、浪曲、手品、漫才など二時間余にわたって楽しませてくれたが、さすがに手際のよいこと。我等もこれから何かを学ばねばならぬ、やはり訓練に次ぐ訓練での実力の養成あるのみ。

三月十九日（月）

本朝来、敵の大機動部隊が御前崎南方百二十浬付近に来襲中との情報入り、朝食は大急ぎで流し込み待避する。濠内で約二時間。そのあと陸戦の座学。昼食後又も空襲。南の空は敵艦載機が我が物顔に飛び回っている。頭上近くに一機現われ、急降下と同時に六兵舎の十三粍が気持ちよい音を立てた。あとで聞いたのだが一機撃墜とのこと、気分よし。敵の波状攻撃も一時間で終わり、また陸戦の座学。

三月二十日（火）

今日は当直練習生。午前は二練において陸戦（陣地構築）立射用掩体壕を掘ったが、六十センチほどで水が湧き出て思うに任せず。交通壕も作る。雨が少し降ってきた。

午後は六兵舎の講堂で、昨日の敵機撃墜のお手柄の十三粍の操作。そのあと通信講堂の上の七・七粍。続いて木造戦車を第一体育場に入れて対戦車肉迫攻撃の訓練。土曜日課なるも大掃除はせず。冷水摩擦なし。

三月二十二日（木）

松根油をとるため今日から松根堀り作業が始まった。食卓番は総員起こし十五分前に起き、他の者も朝礼はせず弁当づくり。用具をもって〇七〇〇出発。山道を約二里くらい歩き目的地に着く。山火事のあとらしく、黒くなった根ッこも大分ある。かなりの傾斜地で石ころだらけで掘りにくい。午前中二時間半ほど頑張ったが、大きなのに挑戦したためだいぶ手こずった。ノコは切れないで息が切れる始末。

やはり楽しいのは昼食だ。野外烹炊のみそ汁が大食器いっぱい出て、火にあたりながら愉快に食べる。風強く、そのうち雨まで加わって寒くなった。帰りはモッコへ一つ手頃の松根を入れてかついだ。入浴のあと自由温習でゆっくり休む。

三月二十五日（日）

烹炊所が遅くて十五分も待たされ、やきもきした。今までで一番寒く、手はかじかんで指先や足先が冷たくて作業もはかどらぬ。休憩時のニュースで、三田の作業に行っていた二十二分隊が、トラックで急いで帰ったとのこと、何があったのかと気になった。わが方の戦果として空母三、戦艦三を屠り攻勢に出たとの報道あり。

作業をやめて帰隊したら一四期全員に対し特攻隊の募集があった。大熱望、熱望、望否のうち一つを選んで紙に書き提出せよ、というもの。もちろん大熱望と書いて出したが、結果を早く知りたいと思った。

巡検後発表になり、我が二十四分隊から四五名で、残念ながら選にもれた。選ばれた者は直ちに休暇用意ということで、ベッドにはいったが容易に眠れなかった。

三月二十九日（木）

総員起こし後、直ちに食事をして三田の作業のため汽車に乗って出発。福知山線の広野駅で下り、少し歩いて加茂の公会堂に着く。ここが二十四分隊の宿舎で、二十三分隊は少し離れた電話の中継所へと分れて宿泊用意。ここでの作業内容は、山あいにW2といってカマボコ型の建物を造り、上に土を盛って草木を生やし、上空から見てもわからないような施設を幾つもこしらえて、中には種々の工作機械を入れて飛行機を造るとのこと、いわゆる軍需工場の疎開である。

午後の作業整列後歩いて出発。三十分ほどして目的地の山に入り、最初は材木運搬だった。途中で〝作業員集合〟がかかったので出てみたら、薪木をトラックに積んでその上乗りをして行くもので、他の連中に羨ましがられた。

夕食後付近の民家に五名ずつくらい割当てられて風呂を貰うことになり、班長につれられて公会堂のすぐ前の笠谷さんという大きな農家へ行った。囲炉裏の回りにあぐらをかいてお茶をご馳走になったが、自分の家へ帰ったような気分になりくつろいだ。風呂へ入ろうと思ったらフタが浮いているので、ちょっと戸惑っていたら「中ブタですからその上へ乗って入ってください」と言われ、生まれて初めての五衛門風呂に面喰らった一幕となった。夕飯は済ませて来たのに「若いんだからおなかがすいているでしょう」といろいろ出され、遠慮なくご馳走になって帰る。

人員点呼、寝具おろしのあと簡単な巡検があって一日が終わったが、毛布五枚かぶって寝たら夜中に汗をかいた。（この時風呂をもらった笠谷さんは、おばあちゃんと若夫婦、男の子二人の明るい家庭で、四十余年たった今日も文通を続け、数回訪れたこともある。当時五歳だったお孫さんがいまや三人の子の親として立派に農家を継ぎ、おばあちゃんは九十三歳という高齢にもかかわらず、今なお野良仕事もしておられるとか。私が第二次の特攻に選ばれて柳井潜校へ転出したことを知ったおばあちゃんが、二十年八月一日に詠まれた和歌は〝若武者や大海原にひそみつつ、大和ざくらの手柄まつらん〟で色紙に書いて寄せて下さった。）

四月五日（木）

ちょうど一年前の今日は入隊日で、奈良空の八練に飜った軍艦旗が目に浮かんでくる。ついこの間のように思えるがもう一年たったとは、月日のたつのの早さに今更ながら驚く。

三練の下の横穴堀作業をする。途中で他へまわされたが、水の湧くところだったので泥だらけになった。誰かが蛇をとって皮をむき、肉をやいて回されてきたので恐る恐る食べてみたが、結構食えるものだなと思った。午後は防空壕作業。

四月十四日（土）

二時間〝対戦車肉迫攻撃〟の座学を受けたあと、武庫川上流の「愛の松原」というキャンプ場で飯盒炊さん。中学三年の夏大菩薩峠に登った時経験しただけであまり自信はなかったが、みんなで口や手を出しあってやったらまあまあの出来だった。汁のほうはうまく出来て、景色を眺めながら、しゃべりながらの野外食はいつ食べてもうまいものだ。午後は昨日同様異種試合などがあり、銃剣術でがんばった。

四月十五日（日）

総員起こし三十分前に起きて弁当を作り、水筒雑嚢を肩に、大阪の焼け跡整備作業に出発。電車で約一時間、警備府の付近はひどくやられていた。トラックに乗って鉄線運びなどやったが、そのあとは仕事の指示がないまま車であちこち回ってみて、空襲の恐ろしさ、哀れさを痛感した。

午後は鉄板を運ぶ。大阪は一度行ってみたいと思っていた所だが、焼け跡整備ではいただけない。八期の整備練習生がかなり入って来ていたが、山梨の者は一人もいなかった。

四月十七日（火）

一練で投擲《とうてき》訓練。〇九三〇ころ、二十四練空司令官が戦力査閲《さえつ》にこられ、我が分隊は手榴弾投擲を実施、最高三十五メートル投げたのが二名、私も三十メートルくらい。

午後は銃剣術、軍刀術の円陣試合で、竹刀と竹刀、あるいは竹刀と木銃など、みな張りきってやった。上半身裸になっての歩行技一本目をみっちりやる。終わって防具整理。

四月十九日（木）雨

定時起床、雨のため朝礼なし。直ちに甲板掃除をして三週間ぶりに再び三田の作業。今回は電話中継所が我々の宿舎となる。身の回り整理やら作業の準備で午前は終わる。午後は作業の予定だったが雨のため中止となり公会堂で分隊長の戦訓講話。夕食前に入浴というので、笠谷さんの風呂へ入れるかと楽しみにしていたら、お寺の下の田んぼに定員が造った仮の風呂へ入れとは残念。しかしウグイスが鳴いているのどかな田園風景はよかった。

五月一日（火）

我等の古谷班長は上曹に、一三期は全員二飛曹、木下司令は大佐、軍医長は少佐にそれぞれ進級された。一六期も一飛だ。

松根掘り作業のあと飯盒炊さんの予定だったが、雨のため午前中は陸戦の座学で、近井分隊士の「米の戦闘法」について。午後大掃除。シラミの検査があったが、一つもいなくてよかった。

五月五日

甲板士官作業員となり牛小屋造り。豚やヒヨコなどだいぶ大きくなっていた。たいした仕事もなく午後も同じ作業。入浴時間が一七〇〇から一八三〇までとなった。

一九〇〇から大劇場での慰問演芸見学。世界一の木琴の平岡洋一氏の独奏。「若鷲の歌」「軍艦行進曲」など実によかった。

五月八日（火）

朝食後正木分隊士から、昨日の隊務会報についてお話あり、大詔奉戴日で隊門に国旗がひるがえり、元気よく作業場へ出発。〇八三〇から一時間の間に、全員が各自持って帰れる大きさの松根を掘って早目に帰隊した。一四三〇から慰問演芸があるためだ。

昼食後中掃除をし、三階の観客席で見学。阪東好太郎一行四〇名からなる大演芸団で、最初は〝月形半平太〟明治維新の勤皇の志士たちの烈々たる働きを描いた芝居。次は〝清水港〟で、これもやはり王政復古に伴う跡部次之進ならびに、清水次郎長の大度量を讃えたもので、どちらも決戦下にふさわしいものだった。

五月十日（木）

今日から一週間、池田方面の開墾作業、〇六五〇の電車に乗り石橋駅で下車。しばらく行くと道路の両側に三式（飛燕）が一機ずつ置かれてあった。公会堂で用具を借り作業場へ向かう。植木などを掘り抜いて畠にし、食糧増産の一助にするもの。木の上に登り、紐をかけて引き倒したり、なかなか賑やかだ。弁当の量が多くて食べきれなかった。一五〇〇ごろ、おやつだといって五目飯のおにぎりが二個ずつ出た。帰りは〝若鷲の歌〟を元気よく歌いながら……。

五月二十二日（火）

昨夜二回目の特攻隊の選考があって、今朝七時半発表になった。今度は名を呼ばれたので喜んで「ハイ」と返事をした。前回と同様直ちに休暇用意。トランク、衣嚢、カバンなどから持って帰る物を選び、一週間分の米をもらってトランクに入れた。期間は今日の昼食後から二十八日の夕食時まで。一三〇〇に出発し、売布《めふ》神社のそばの㊙クラブでちょっと休んで大阪駅へ。四時のに乗れなかったので五時二十七分に乗り、座って行く。斎藤、沢田と二十一分隊の遠藤（卯）が一緒だった。汽車のおそいのがもどかしかった。

五月二十四日（木）

六年間お世話になった小学校を訪れ、先生方に挨拶したあと、五、六年生に約一時間予科練の話をしてやり、軍歌も二、三歌って家へ帰る。父に手伝って薪割りをして汗を流したが、こうしているのは夢のようだ。

五月二十七日（月）

今日は海軍記念日なので、隊では赤飯を食べて外出かな、と想像しながら氏神様に参拝。女の子達が掃除をしていた。親戚などにお別れの挨拶をして帰隊準備。家族そろって最後の食事をし、鳥沢駅へ向かう。こういう時の一週間の何と短いことか。

大月駅まで何人かで送ってくれた。甲府で下車し、深町の親戚にちょっと寄って藤本（中学の一級下で二十一分隊）小坂（同分隊五班）らと打ち合せの列車の一番前に乗る。甲府駅で手を振って別れを惜しんだ母の姿が、目にやきついていささかセンチになった。

五月三十日（水）

朝礼後、特攻隊選抜者の卒業式。六ヵ月住み慣れた宝塚ともお別れだ。貸与品を返納し身の回りを整理する。昼食は我々のみ赤飯で、在隊者は普通食、なぜ同じにしてくれないのか残念に思った。食後送別の茶話会を催してくれた。休暇中に覚えてきた歌を二つほど披露し責めを果たす。夕食後荷物を駅まで運んでおいて、九講堂にて冷酒で乾杯。ちょこ一杯を複雑な気持で干す。

在隊者が道路の両側に並び送ってくれる中を、挙手注目の敬礼でこたえつつ宝塚駅へ向かう。帽振れで別れて電車に乗り、西宮で汽車に乗り換えて柳井へ。

遠藤紫一氏の宝塚航空隊での日記は、特攻要員として柳井の潜水学校へ転出していくところで終わる。そして同氏は行った柳井の地で終戦を迎えることになった。在隊した練習生の書いた日記だけに隊内の生活を知る為にはこよなき資料である。転載に当たり改めて同氏の好意に謝したい。

新しい甲飛一六期生が宝塚《ここ》へ入隊して来たのは二十年の四月一日からだった。四月一日、同十五日、同二十五日、五月十五日、六月十五日、六月二十五日、という工合のはいりかただった。六月十五日の時点で一六期生は四〇〇名を越えていた。それとは逆に残留していた一三期生約五〇〇名は、五月二十一日付で二等飛行兵曹に任官、そして六月十四日には若干の班長要員を残し全員が滋賀空に転隊していった。さらに六月の初めには一四期の第二次特攻要員二五〇名が出ていった。

一六期生四〇〇名余は四分隊に編成され一分隊は六班に分けられた。そしてつい昨日まで練習生として訓練を受けていた甲飛一三期出の班長が、一個分隊に二、三名ずついて彼らの指導にあたった。この一六期生からは、甲飛志願者の学力はもう一段格下げされて中学校二年在学程度の者でもいいことになった。中学二年卒といえば僅か十四、五歳に過ぎない。七つ釦の制服を着ても日常の掃除服《えんかんふく》を着てもサマにならないのは、躰自体が兵隊のそれになっていないせいなのだ。甲飛一桁代の入隊者数の年平均値は三五二名に過ぎなかった。一〇期になって初めて一〇〇〇名を越えたけれど一一期でも未だ一一九一名に過ぎなかった。一二期で三二一五名、一三期二七、九八八名、一四期四一、三一〇名、一五期三六、七一七名、一六期二五、〇三四名だった。

予科練の大増員計画も二十年《このとし》になると予科練を志す少年の数も愈く底をついた感じだった。そこで海軍は本土の少年達のほかに、朝鮮、台湾、満洲の邦人の子弟に眼を向けたのである。その結果辛うじて二万人の大台を確保することを得たのだった。この甲飛一六期とはコレスに当たるのが乙飛二四期である。その第一陣九一一〇名は三重、松山、鹿児島空に入隊したのを皮切りに二十年一月から六月までの間に入隊した乙飛二四期生の総計は四五、九三一名に達した。もはや甲と乙の年令差はないから甲乙合わせて七一、〇〇〇人足らずの少年達が予科練にとられたことになる。

高橋聰一郎も吉田要《かなめ》も六月十五日入隊組八五八名の中の一員だった。居住区が隣同士だったので二人はすぐ仲良しになった。高橋は地元神戸の長田区出身、吉田は朝鮮全羅北道の全州から来ていた。

「ボクがいた全州という処は、朝鮮全羅北道の中心になる町だったよ」

「都会かえ……」

「朝鮮ではネ」

「そこでキミの親爺さんは、何やってんだ」

「全州警察署の署長さ」

「へえー、警察の署長さん、おッ怖《か》ねえ」

「そう、おッ怖ねえ親爺で、口より先に手が飛んでくるんだ。随分と撲られたよ。ところでキミの親爺さんは何をしてるんだ」

「うちの親爺は県立中学校の校長」

「へえ……偉《えれ》えんだな。校長先生か」

「オレが予科練にいきたい、と言ったら親爺は、お前が海軍に行くことに反対はしないがもう二年待て。中学四年になったら江田島の兵学校を受けるがよい、と予科練いきを許してくれないんだ」

「オ、オレの親爺《おとん》は、〝軍という処はこの世の中とは違った別の世界で、随分と厳しいとこだが、お前に勤まるだろうか……〟と首を傾《かし》げてたけどいくことは許してくれたよ。そうするとキミは親の反対を押し切って……というわけか」

「黙って受験《うけ》ちまったんだ。合格採用通知が来ちまったから親爺も仕様ことなしに……てわけさ。オレ、厠《かわや》に用があるんだ。午後の課業は第三練兵場で陸戦訓練だろ……その前に出すものは出しておかなくッちゃ……」

「オレも便所には用がある。一緒にいこう」

この二人が駈け込んだのは大劇場のトイレだった。大劇場には三階までの各階に一個処ずつトイレがある。タイル張り水洗の清潔な感じのトイレで屋外の汲み取り式のバラック建てのそれとは比較にもならない。この二人はずうーと大劇場の三階にあるトイレを使っていたのである。高橋の言った第三練兵場は、もとゴルフ場だったところで残された芝生の青さが心地よかった。

大劇場の三階に走ったこの二人が顔をまッ赤に腫して居住区に戻ったのはそれから三十分後だった。大劇場のトイレにはいったところを一三期出の班長に見つかって手ひどく撲られたことを話し合ってる間は二人にはなかった。大急ぎで陸戦の仕度をするとこんどは屋外に向かって駈け出していった。

六月一日にB29四〇〇機が大阪を、五日に三五〇機が阪神地区を、七日はまた大阪を、十五日には三〇〇機が堺と大阪市内を、という敵機の跳梁にも、迎え撃つだけの戦闘機がないままに為す術《すべ》もなく沖縄も六月二十二日、地上部隊が全滅して完全に敵の手中に帰してしまっていた。絶望的なこの戦局に思いを走らせる余裕などこの二人にはなかった。毎日毎日の課業をこなすのが精一杯だったのである。

淡路島行きの話が一六期生の間に流れ出したのは六月の下旬頃だったが、七月に入った上旬のある日、高橋たちに温習室集合の班長命令があった。温習室には食卓兼用のテーブルが三卓ある。一卓に一四人、計四二人の練習生が待機していると班長はやってくるなり「聞けェ、淡路島には明治三十二年に据えつけた旧式の鳴門砲台しかない。敵が来たらひとたまりもない。そこでこの砲台を補強する命令が当宝塚航空隊に降《くだ》ったのである。鳴門砲台の傍、島の南端に阿那賀《あなが》という村がある。派遣隊はそこに駐屯して砲台補強の工事に当たる。目下派遣隊員を人選中であるが参考までにきく。派遣隊希望者は手を挙げよ」

すると温習室の全員がさッと一斉に手を挙げた。しかしその後淡路島派遣のことは何の沙汰もなく日が過ぎていった。七月二十九日は日曜日だった。夕食後の軍歌演習が突如中止となり一六期生は全員大劇場に集合の号令がかかり司令から淡路島派遣隊のことが正式に告げられた。居住区に戻ると派遣隊員の氏名の発表があった。派遣隊二〇〇名の中には高橋聰一郎も吉田要の名もあり二人は雀躍りしてよろこんだ。

翌三十日は、派遣隊に選ばれた練習生は終日身の回りの整理に当たることになった。夕食後に「一六期生のみ二種軍装で大劇場に集合」という声がかかった。大劇場にはいると全員が客席につかされた。見ると客席の前列は士官やその家族と思《おぼ》しき人達が占めている。宝塚少女歌劇団が一六期の明日の壮行を知って慰問してくれるのだ、という夢のような話。もっとも明日の淡路島派遣隊の出発を、歌劇団の方では特攻に出る、と誤信していた節がある。過去一三期を初め何組かの特攻隊が、ここから秘かに出ていったことを歌劇団は知っていたから今度も特攻に違いないと思ったのであろう。

舞台の重い緞帳が上がると華やかな衣装の歌劇団の少女たちが音楽に乗って踊り出した。練習生たちは喰い入るような眼でその舞台を見る。踊りの次は歌劇団の合唱にかわった。歌は、若い血汐の予科練の七つ釦は――に始まる若鷲の歌、貴様と俺とはの同期の桜、それに宝塚歌劇団の代表的歌ともいわれるすみれの花咲くころなどで紅葉しぐれ、筑紫まりなどの姿があった。甲飛一六期生の中では一番歌がうまいと評判の吉田要に高橋がふと眼を転じると吉田は憑かれたような眼を据えて、歌われる〝すみれの花咲くころ〟に一心に聴き入っていた。

♪すみれの花咲くころ
　初めて君を知りぬ
君を思い、日ごと夜ごと
悩みしあの日々のころ
すみれの花咲くころ

いまも心ふるう
忘れな君、我らの恋
すみれの花咲くころ……

その曲が終わった時だった。歌劇団の生徒の一人が突如舞台の前面に進み出ると〝あなたがたは神様です〟と叫び顔を両手で覆って泣き出したのである。客席は水を打ったように静まり〝神様です〟と言われた一六期生たちは内心戸惑いながらも七つ釦の胸を張り舞台に正対し続けていた。その様子にはただならぬ感動が漲っていた。

淡路島南端の阿那賀に行くには紀淡海峡の和歌山県側の加太《かだ》から洲本《すもと》に渡り、洲本から汽車で福良《ふくら》まで行くのが普通だった。ところが紀淡海峡を渡る汽船がこの頃欠航しがちで当てにならない上、海峡はB29が投下した機雷で埋まっている、という情報があった。兵庫県明石から島の北端の岩屋に渡るコースもあったけれど、これだと洲本まで南下するのに時間を喰われ過ぎる。そこで宝塚―大阪―岡山―宇野―高松―池谷―撫養《むや》と進めば、鳴門海峡を挟んで目的の阿那賀は指呼の間ということになる。だが阿那賀に駐屯している設営隊（一四期から四五名が二週間前に先発して来ていた）からの連絡では、二〇〇名を一度に運べる船はない。無理しても一〇〇名が限度の機帆船を一隻チャーターできるだけ。それも鳴門は天下に名だたる渦潮の難所ゆえ、日に一度渡るのがやっとである、と言って来た。この結果、やむを得ん、隊を二隊にして先発と一日遅れの後隊に分けよう、ということになった。

七月三十一日午前五時、益田上曹の率いる先発隊一〇二名が宝塚の隊門を出た。これを後発隊の一〇〇名はもとより、派遣の選に漏れた一六期生が花の道で、帽振れしながら盛んに見送った。それまでの特攻隊要員出発の時とはまるで様相を一変した盛大な見送りだった。

阪急宝塚駅からこの隊は乗車した。各自衣嚢を担いでいるので連結の二輛車がすし詰めの満員となったが、軍隊に入って初めての旅だったから練習生は誰もが修学旅行の時のような愉しさがあったのか、車内は賑やかだった。指揮官の益田上曹は、そういう練習生達を見るにつけ、こいつらはまだ子供なんだ、の思いを深くしたけれど、静かにしろとは言わなかった。

宝塚駅から十時間余かかって午後四時頃に徳島県北東部の先端撫養駅に着いた。

撫養港から阿那賀港までは海上約一時間三十分と益田上曹は聞いていた。航海というほどのものではない、と多寡をくくって船長に会うと、船長は今日は海が荒れていて、とても船は出せない、という。頭を何度も下げて頼んでみたが「こったら海では危険だ」と頑として聴かない。やむなく益田上曹は駅へ引き返した。

当時の撫養駅は小さな無人駅だった。駅からちょっと離れた所に、屋根にペンペン草の生えた芝居小屋があった。中を覗くと舞台には埃が層をなして積もり客席の畳も黄ばみ毛羽《けば》立っている。近所の爺さんに小屋の持ち主を訊《たず》ねると徳島市内の人だが今年に入って小屋は閉められたままだ、という答え。綺麗汚いを言わなければ一〇〇人の宿泊は可能と益田は判断した。しかし小屋の持ち主が撫養の人ではない、と判れば交渉に赴くまでもない。益田上曹は阿那賀の設営隊に電話を入れ、練習生を芝居小屋に泊まらせることにした。

同行の一三期出の班長を呼び「練習生に寝場所を割り当て、携帯食を喰わせろ」と命じた。

携帯食は乾パンだが練習生の水筒には茶がはいっている。

食事が済むと「まだ早いが自由に就寝してよろしい」と就寝を許可した。すでに日は暮れており芝居小屋の電気はつかなかったが左右の非常口の扉を開けると外の月明りでものの影は見えるから眠るだけなら差支えはない。

「俺は船長に会ってくる」と益田上曹は一三期出の班長に後を託して小屋を出た。機帆船を点検しておきたかったし、明日の出港の打合せも決めておきたかった。

チャーター船は住吉丸という機帆船で三十五トン、荷物槽の深さは約三メートル、つい最近まで四国の塩や野菜を阪神方面に運び、帰りに雑貨類を積んで往復していたという。船長は四十歳代で阿那賀の人、機関士は十八歳になる若者だった。

練習生全員を船槽底に立たせれば衣嚢に四分の一のスペースをとられても支障はなさそうに思えた。だが月の明るい海岸に立った船長は「明日もこの風はやみそうもないけに」と空を見上げて言うのだ。目的地の阿那賀を対岸に見ながら足踏みを重ねることになる。明日は後発の本隊が撫養にくる。一人一合の米は用意してあったが、練習生らの携帯食は明朝の一食分しかない。

益田上曹が芝居小屋に戻って来たのは午前零時を過ぎた頃だった。表情は冴えずむっつりと黙り込んでいた。

翌日も住吉丸の船長の言った通りに海は荒れた。夕方着く本隊の為に、益田らは朝のうちに芝居小屋を引き払って海岸に出た。今夜はこの海岸で露営しよう、と心の中で決めた。船長が明日は大丈夫、三日続けて荒れることはないけに、と請け合ってくれた言葉に気を取り直した益田上曹は、練習生の食料の確保に走った。幸い部落の国防婦人会が炊き出しを引き受けてくれた。一人一合の米を昼、夜そして明日の朝と雑炊にして三食に喰いのばす以外《ほか》はなかった。塩は後日派遣隊から現物で返済し、混合する雑穀その他は実費で清算することで話はついた。その話をつけて益田上曹が隊に帰って来たのは昼近くだった。

益田上曹は練習生全員に午後は自由時間にする、と告げた。

後発の本隊が撫養に着いたのは予定通りの四時頃だった。分隊長根岸大尉初め後発隊の幹部を芝居小屋に先導した益田上曹に向かい大尉は「おい益田、明日は俺が先に渡るぞ」と言った。「お前は津留村（二飛曹、甲飛一三期出の班長）をつれて後《あと》の隊の指揮をとれ」

「はい、分隊士はじめ鍋島兵曹らは分隊長と一緒でありますか」

「そうだ。仕事が溜まっておる。早くいかんければならん。指揮交替は明朝食後だ」

「了解しました」

根岸分隊長が先発の指揮官益田上層を捉えて言ったこの言葉が、はやくも練習生達の間に流れた。

高橋二飛も吉田二飛も後発の本隊の中にいた。

「おい要《かな》やん、明日は俺達が先発だぞ」

高橋二飛はかなやんと吉田二飛に向って言ったのだが、あたりの者の耳にも達する声だった。

この際の先発後発は別にどうということはないわけだったが、軍隊にいると誰もが先発を希望したがる不思議な心理があった。軍隊特有の就中《なかんずく》予科練生特有のそれは心理だったのかも知れない。高橋二飛の声を聞いた者が一様に嘆声を挙げてすぐ近くの者にこれを伝え、練習生たちは喜色満面で〝よかった〟〝よかった〟と囁き合った。

船着き場は、島陰の入り江をわずかばかり遡った川岸にあった。

住吉丸の荷物槽は衣嚢と立ったままの練習生で、たちまち立錐の余地もなくなった。入りきらない連中を上の舷側に並ばせ、漸く全員が乗船することが出来た。根岸分隊長と分隊士、鍋島、住田の二班長の幹部四人が甲板前部の操舵室の傍に場所を占め、昼の食卓番に当たった練習生二〇余名が食缶を最後に積み込み、荷物槽の屋根代わりの道板にへばりつくように坐を占めた。今朝早く阿那賀の設営隊から米その他が釣り舟で届き、同行した烹炊員がそれでカレーライスを作った。その食缶を積み込んだのである。食卓番たちがへばりついた道板は勾配が四十度もあった。

舷側に立った練習生は焼けつくような夏の太陽の直射に曝されたが、船槽はさらに大変だった。風は通らず身動きができないので憤き出す汗を拭うことも出来ない。練習生たちは船がまだ動かないうちから頭上一・五メートル程の板の隙間から覗く青空を見上げ、はァはァと犬のように喘いだ。

「二時間足らずの辛抱だ。向こうに着いたらカレーライスだぞ。それまでの我慢だ、いいか、これも戦争だとおもえ」

鍋島班長が大声で操舵室の傍から励ました。

午前一一〇〇、船は焼玉の音を響かせて川を下りはじめた。益田上曹を先頭に、後発隊全員が帽ふれで、船が小島の向こう側に見えなくなるまで見送った。

出航後一時間は何ごともなかった。

「おーい、もう半分は来たぞ。あと半分の我慢だ」高橋二飛は腕時計を見、肩で喘ぎ喘ぎそう言って斜め前にいる吉田二飛の方に顔を捩じ向けた。

「俺は腹がへった。あと一時間、腹のやつがもつか知らん」

そう返したのは吉田二飛ではなく、十八歳と同期では年長の、隊内での綽名は〝おッさん〟という練習生だった。くすくすという笑いが周辺に起こった。

その時だった。上空に爆音、それも鋭い戦闘機の爆音がして来た。舷側に立つ練習生が見上げるとP51ムスタングが急降下してくる。ただの一機だった。あッという間もなかった。機銃を乱射して一過し去った。舷側の練習生数名が「ぎやッ」という悲鳴とともにのけぞり、なかにはそのまま海に墜ちた者もあった。弾《たま》は船槽にも飛び跳ねた。大恐慌となった。身動きのとれない状態で敵機の乱射に身を晒しているのだ。ここでも一〇数名が悲鳴を発して倒れた。

一過した敵機は反転してまた襲いかかった。泣きながら遁げんとする者、頭を両手で覆い背を丸めて衣嚢の蔭に身を隠す者、交錯する悲鳴と叫喚、それはまさに地獄図絵そのままであった。

すすり泣くような声で「天皇陛下バンザイ」と云う声。それが十四歳の練習生のあげた最後の声だった。「大日本帝国バンザイ」の声も聴かれた。「あッカナやん、おい吉田、やられたのか」という高橋二飛の絶叫……。

敵戦闘機の爆音は撫養にいた益田上曹も耳にした。鳴り出したサイレンは空襲警報だった。胸騒ぎがして益田上曹は、いつか阿那賀が望める岬に向って駈け出していた。胸騒ぎはひどくなる一方だった。途中で気がつき益田上曹は、電話のある家を捜して設営隊を呼び出した。ところが設営隊の方もひどく混乱していて、船が一隻、敵戦闘機の銃撃を受けたが漁船だという情報もあって目下確認を急いでいます、という。そっちの目の前で起きているのに何をしておるか、と益田上曹は電話口で怒鳴りつけた。

住吉丸が狙われて機関室が燃え、目下黒煙に包まれながら満潮に乗って北へ漂流中、乗船人員に多大の被害が生じた模様、というのが約一時間後で、漂流中の住吉丸を丸山部落の漁船が追っかけている、と言って寄越したのはさらにその二時間後のことだった。

益田上曹は駈けずりまわって徳島側の船を一隻調達し、引き潮の時は危険だから、と出渋る船主と船長を「昼の海は今日の敵襲を見ればなお危険ではないか。渦は遠まわりして避ければよい」と軍の威光をかさにおどしつけ、有無を言わさず後発隊全員を乗船させると、撫養港を出た。時刻はすでに零時をまわっていた。二時間半ほどで丸山と阿那賀の中間辺りに接岸した。

船影に気づいて寄って来た土地の人に尋ねると、曳航された住吉丸は負傷者だけ丸山沖で漁船に移されて上陸、死者はそのまま住吉丸と一緒に阿那賀の漁港に運ばれたという。

「負傷者は丸山部落の青年会堂に収容して、警防団と婦人会の手で仮手当したが絶命寸前の人も何人かいる。隊長さんも戦死されたげなです」

分隊長戦死、と聞いて益田上曹の胸は潰れそうになったが、ここからは阿那賀と丸山とどちらが近いかと訊き、近い丸山を先に見に行くことにした。

青年会堂の負傷者に付き添っている設営隊の数人の兵長（一四期）の話はもっと悲惨だった。

「操舵室のすぐ傍におられた根岸分隊長はじめ分隊士、それに住田二曹が即死。分隊長は軍刀を立て操舵室の外壁にもたれかかったまま息絶えておられたそうであります。鍋島一機曹は多量の出血にもめげず、練習生を指揮して機関室の火を消し止められ、ここに収容されてから亡くなりました。遺体はすでに、戸板で阿那賀の寺に移してあります。戦死確認現在七一名、銃撃を免れる為海中に飛込んだ練習生も多数あり、その中には負傷者もまじっていて、全員が潮の関係で四国側に流されたものと考えられますので、死者はまだ増える状況であります。住吉丸の船長と機関士の二人も、全身蜂の巣となって死にました」

阿那賀港で戦死者の遺体を、傾いた住吉丸の船槽の底から運び上げたというこの兵長たちは、夜目にも汚れて異様な臭気を放つ事業服をまだ身につけたまま、蒼白な顔で口々に語ってくれた。機関室の火は、食缶のめしとカレーを投げ棄て、かわりに海水を汲み上げて消したのだという。

「船底は、血、重油、海水が入りまじってどす黒く変色しておったです。その中を掻き回し、死躰を引き上げようとしたら手首だけでした。銃弾でも手首が吹ッ飛ぶんですか……」

最後まで船底にいたというその兵長は、首を振り振り話したが、最後はそう言って絶句した。「阿那賀村には医者がいないので、重傷者は担架で山越えして福良《ふくら》の病院に運び、ここの練習生も夜明けを待って連れて行くことになっとります」と警防団のハッピを着た年輩の男が益田に言った。重油を頭からかぶった負傷者の顔はどれも炭団《たどん》のようで区別がつかなかった。

「お母さん、痛いよう、ッて細い手を差し出すので、お母さんですよ、お母さんですよ、もう心配ないから元気お出し言うて手え握ってやったら、実の母や思うて嬉しかったのか、微かに笑顔浮かべて逝きました。海軍やいうから大きな逞しい兵隊さんを想像していたのに、こんなにいたいけな子ォまでまじってるなんて……」

枕元でつききりに看病している襷がけの中年婦人が、そう語り終えるとエプロンを顔に押し当てて畳に泣き伏した。付近の女たちもオイオイ声あげて泣く。その婦人達の泣き声がおさまった時、弱々しい声で呼びかけた負傷者がいた。「せんにんはんちょう」

警防団員が提灯を動かして顔を照らしてくれた。裸の上半身にかぶせた毛布の下から血がどす黒く滲み出た包帯がのぞいている。肩をやられたらしい。

「さわむらです」

紛れもなかった。発熱にうるんだ眼が、益田上曹を必死に求めている。

「沢村、肩か、ほかは大丈夫か」

益田上曹はそう言うと毛布をそっとはがして傷の個処を見た。沢村練習生は全身をゆすって嗚咽《おえつ》し出した。

「他はなんともありません。ただ肩の近くを背中から胸に弾が抜けとる。その胸の傷口がびっくりするほど大けえて……」警防団の一人が、嗚咽のやまない沢村に替わって益田上曹に耳うちしてくれた。

「銃弾は旋回しながら貫通するので、出る側が広がる。でも弾は抜ける方がいいのです」と益田はその警防団に言い「おい沢村、たいした傷じゃないぞ。夜が明けたら病院に運ぶからもう大丈夫だぞ」と沢村を励ました。

「先任班長、船槽で自分も白河も立ったまま眠っていました。そしたら突然銃撃の音で……」

沢村が喘ぎ喘ぎ、ひび割れのした唇で訴えるように話し出した。

「二回目の銃撃の時、負傷者がどさどさ上から墜ちて来て、三回目には船槽の底まで弾が届いて皆やられました。白河が〝お母さんッ〟て叫んだように思ったんですが、自分の顔半分に温かくどろどろしたものが飛んで来て、手で拭ってみたら白河の脳味噌でした。自分も肩がビシッと熱くなったと感じたら、そのあとは何も分からなくなって……」

「白河もやられたのか」

「即死です」

「よしよし、分かった。疲れるからもう喋るな。あとしばらくの辛抱だ。沢村、頑張れよ」

沢村練習生は同期の白河のことを伝えたかったのだ、と益田上曹は思った。白河のことを聞いて貫えて安心したのか、沢村練習生は瞼をひくひくさせながら眼を閉じた。負傷者の中には呻いている者もあったが、ほとんどの者がぐったりと横たわっていた。

この惨事は、我が隊の蒙るべきものであったのかも知れぬ、という思いが益田上曹の胸の底で疼いていた。


練習生たちにとってさらに意外なことが起こった。それから数日後に、突然日本が降伏して戦争をやめたことだった。何のための甲飛一六期生だったのか……の思いに昏れないものは一人もなかった。無条件降伏した日の翌十六日の午後、阿那賀駐屯の一四期と一六期生の全員に宝塚航空隊への帰還命令が出された。彼らは八〇名の戦死者を出した末に辿り着いた阿那賀を空しく去ることになったのである。そして宝塚空に帰っても、もはや明日の日はこないことを彼らは知っていた。それまでとは違う緩慢な動きに彼らのその思いが現れていた。

十七日の夜は洲本の鐘紡の従業員寮に一泊し、翌十八日、田辺港から回航して来た海防艦に乗艦した。一行を岸壁に立って見送る地元の人々も何人かはいたけれど侘びしいこの地との別れだった。出港して程なく〝練習生は甲板に出てもよい〟という許可が出た。それまでの海軍ではみられないことだった。

高橋練習生は、甲板に上がって来た一六期生達とはぽつんと離れたところに一人で船首のハンドレールに両手を置いて、去りゆく阿那賀の方にさっきから眼を投げていた。こういう時はいつも一緒だった吉田練習生は住吉丸で戦死してしまったからもういない。高橋練習生はその吉田が葬られている丘に、さっきから眼を据えていたのである。

死んだ吉田要は歌がうまく、声といい節まわしといい抜群のものだった。激務の営内生活の合間合間に高橋は、よく聞きたい歌を吉田にねだったものだった。吉田の歌える歌は豊富だった。あるときタンゴを歌い「これをやってたら親爺《おとん》に撲られたッけ」と吉田は首をすっこめて舌を出してみせた。高橋にせがまれて歌う吉田は、あたりを憚っていつも低い声で歌った。

低い歌声にはかえって余韻があり、吉田の歌を聞くと高橋はいつもほッとした気分になれた。しかし宝塚歌劇団の慰問を受けた日以後の吉田は、その時歌劇団が歌ったすみれの花咲くころ、初めて君を知りぬ、の歌以外は口にしなくなったのである。阿那賀に向う汽車のデッキに二人だけでいた時も、宿泊の芝居小屋の裏手にいた時も、港近くの浜辺でも吉田の口を衝いて出るのはこの歌ばかりだった。大劇場で初めて聞いた曲なのに、吉田は一度聴いただけでこの歌を完全にマスターできる秀れた才能の持ち主だったのだ。だから歌える歌の数も豊富だったのだろうが、その吉田の最後の愛唱歌とさえなったこの歌に、吉田が如何に深く心を惹かれたか、は歌劇団慰問の日以来吉田が戦死するまで絶えず一緒だった高橋には判り過ぎるほど判っていた。

この歌の何が吉田の心を捉えたのだろうか……。すみれの花咲くころは人恋いの歌、言い換えれば青春の歌である。曲のよさもさることながらすでに青春の入口に立っていた吉田の心を強く捉えたのは青春への吉田の夢を掻き立てるものがあったからではないかと思われる。

甲板のハンドレールに手を置いて去りゆく阿那賀を眺めていた高橋は、いつか低い声で歌い出していた。

♪すみれの花咲くころ
　初めて君を知りぬ……

吉田の要《かな》やんの歌い方をなぞるようなそれは歌いかただった。だが終わりのすみれの花咲くころになると歌は嗚咽に変わった。嗚咽しながら歌う高橋練習生の両の頬を、とめどなく涙が流れおちた。それは今まで一度も経験したことのない熱い涙だった。友と青雲の夢とを二つながら喪なった高橋練習生に残されているものは、ただ泣くこと以外にはなかったのである。

帽振れ数題

——その二、さらば江田島よ——

艇が江田島湾にはいると艦長の執行中尉は艇の操縦を川瀬一飛曹に替えた。

蛟龍（T型）は艇長以下操縦、通信、魚雷など五人が乗り組んでいたが、万一に備えて五人とも艇の操縦はできるよう訓練されていたから通信の川瀬一飛曹に艦長は操縦を指名したのであった。

操舵桿を握った川瀬一飛曹に執行中尉は言った。「艇を江田島の兵学校に着ける。兵学校の桟橋は川瀬、俺の指さす方向にある。いいな」

「はい」

操舵桿を握った川瀬一飛曹は、艇長の指さす彼方を上眼使いに追った。彼方の木の繁みの奥に建物が黒くみえた。

「艦首をもうちょい、右へ直せ」

「はい」

〝ようそろ〟川瀬一飛曹は自らに向ってそう発すると白波を蹴立てて驀走に転じた。

蛟龍のこの驀走が兵学校生徒達の眼に入らぬ筈はなく、「あれは何だ……若しかして甲標的……」などと騒ぎ、外にいた手空きの生徒たちは一散に表桟橋に駈け集まった。しかし自習室にいた石川生徒は、この蛟龍を見てはいなかった。「甲標的らしきものがやってくる」「甲標的らしきものは表桟橋に着けたぞ」などの噂を耳にし、自習時間が終わったら桟橋に行ってみよう——くらいに構えていたのである。そこへ一人の教員（正確には教員補佐で、下士官のうち各科、例えば砲術、航海、水雷、通信などの優秀な熟練者）がやって来、自習室のドアを開けるなり「石川生徒」と呼んだ。「はい、石川生徒」と石川は席より立って答えた。「新潟県出身の石川生徒、甲標的乗組の方が探しておられます」

すぐ行け、と言われ誰だろうと訝りながら桟橋に駈けつけてみると、中学校で同級だった川瀬が繋留された甲標的の艦上に立っていた。「川瀬」「石川」と二人はほとんど同時に声をあげた。

「川瀬、お前だったのか。飛行機に乗ってるもんとばかり思い込んでいたから甲標的乗組の方が捜しておる、と言われても誰だか分からんかったぞ」

「特攻に志願したら予科練志願者は回天と蛟龍に分けられ俺は蛟龍にまわされた」と川瀬は平然と答えた。「P基地（大浦崎）で訓練を積まされてる。宿泊する基地は大迫といってP基地の対岸、どっちも倉橋島にあるから広島や呉には音戸の瀬戸を通っての往き来さ。それがいま俺達甲標的特攻隊員の日常さ」

川瀬一飛曹は名を一雄といい新潟県立高田中学校で石川敬とは同級でもあり親友でもあった。おなじ中学の一級下に杉田昌質《まさし》がおり杉田もこの時は兵学校の二号生徒になっていた（七六期）。だが川瀬だけは兵学校ではなく予科練に進んだのである。いま兵学校にいっていたのでは戦争に間に合わない、と判断したからで両親初め周囲の反対を押し切っての甲飛志願だった。思えばつい先頃まで高田の歩兵連隊長だった山崎大佐がアッツ島で玉砕し、長岡中学校出身の山本五十六大将がラバウルの空で散華されたいま、我ら戦わずして誰が祖国を守るのか、と両親の反対を押し切って甲飛を志願したものだった。中学五年の時だった。昭和十八年十二月一日入隊の甲飛一三期生となり三重海軍航空隊奈良分遣隊に入隊した。十九年七月、特攻を志願し選抜されて蛟龍要員となり大竹の潜水学校に転じ、潜水艦の基礎訓練（約五ヵ月）終了後、大浦崎（P基地）で実戦訓練を重ねていた。

つい十日ばかりまえのこと、川瀬は艇長の執行中尉によばれ「出撃も近いので家に帰りたい者には休暇が出る。川瀬、帰るか……」と訊かれた。川瀬は咄嗟には返事のしようがなかった。というのも予科練を志願することについてさえあれだけ反対した両親に、いま蛟龍特攻隊員であることを告げたら両親の驚きと悲しみはどれほどのものか……は容易に想像できたからである。「どうした川瀬、帰るのか帰らんのか……」と執行中尉に畳み込まれ川瀬はキッとなって伏せていた顔を上げた。

「艇長、私は故郷《くに》を出る時、二度と帰らぬ決意のもとに出て来ました。出撃を前に、帰ろうとは思いません」

「そうか……」と執行中尉は溜息をつくように言った。

「よし解った。逢っていかんでもいいんだな」

「はい、両親よりも私には、出来れば逢っていきたい者に同級だった友達が一人おります」

「誰か」

「石川敬といって中学時代無二の親友でした。いまは江田島の海軍兵学校に在校中です」

「その兵学校にいる友達には、逢っていきたいんだな……」

「はい」

そんなやりとりがあった。だから今日の突然の江田島上陸は、自分の希望を聴き容れてくれたもの、と川瀬は解し、堪まらなくうれしかった。

「逢っていきたいのは七五期の石川といったな」と執行中尉は艇上に立って念を押した。

「はい、石川たかし、敬礼の敬一字でたかしと呼びます」

「よし、本部に行って面会を申し込んでくるからお前はここで待っておれ」

そう言い棄てると執行中尉は艇を降り建物に向って駈け出すように歩いていき、途中一度振返って言い足した。「ここは俺の母校でもある。それこそ会っていきたい人は一〇人近くいるから俺の帰りは遅くなるぞ。いいな」

「面会人がまさかお前だとは思わんかったぞ。予科練にいって飛行機に乗ってるもんとばかり思ってたから……」

「飛行機の特攻は訓練に時間がかかり過ぎるんだ。それに較べると回天、蛟龍は早い。出撃を前に、家族に会いたい者は帰って来てよい、となったが親爺《おやじ》やおふくろに何と言ったらいいんだ。蛟龍特攻と知ったら親爺もおふくろも魂消《たまげ》ることは解り切ってる。いっそ逢わんでいくが孝行だと思い、家には帰らないが友達に一人逢っていきたい者がある、と言ったのが訓練中の今日の江田島上陸となったんだ。突然なのでこの俺自身も驚いてるんだ。でも石川、お前に逢えてよかった。ほんとによかった」

「川瀬、出撃は何日《なんにち》さき、というところまで来てるんか……」

「正式な沙汰はまだ何もない。だから俺の感じでしか言えんが、ここ一週間か十日うち……という気がする」

「そうか……」と石川は顎で頷いてみせた。

「石川、兵学校の訓練はどんな塩梅式か……お前も卒業まであと、幾日《いくんち》も残っちゃいまい」

「繰り上げ卒業の噂もある。ひょッとすると年内に実施部隊にまわされることとんなるかも知れん。そしたら俺も特攻を志願するつもりだ」

「特攻は、もう志願じゃなくなりつつある。いまの戦局では日本の戦い方は特攻以外にはないんだ」

「……」

「本土に近づく敵艦は一艦残らず必殺の特攻で潰す。それで護るしかないんだ」

そういう川瀬に石川は眼で大きく頷いてみせた。

「おい石川、蛟龍の内部《なか》を見せてやろうか」

「え、蛟龍のなかを……いいんか」

「ああ、艇長の許可は貰ってある。ついてこいよ」

この頃日本の中央部では、陛下の御前で行なう重大会議も地下の防空壕の会議室でやっていたし、大本営を東京近郊の高尾山麓か長野県の松代に移そうという動きがありその為の工事も進んでいたが（巻首の写真ご参照のこと）この二人はそんなことなどもとより知る由もなかった。

司令塔のハッチから梯子で真下に降りたところが艇長のいるところ、そこから直径数十センチメートルの円筒形の通路があって腹這いになって艇尾に行くのである。まわりは機械類でいっぱいだった。前方に魚雷発射管があり艇の乗務員はその僅かな隙間の空間に起居するのだという。川瀬の場所だという通信の僅かな空間も石川はその眼で確かめた。艇尾のスクリュー室、電池室、川瀬は艇内隈なく案内し、石川は疑問の点は質問したりした。艇内見学が終わると二人は艇の傍の岸辺に並んで腰をおろした。

「蛟龍――甲標的T型、排水量五九・ナントン、全長二六・五メートル、安全潜航深度一〇〇メートル、速力水上八、水中一六ノット、魚雷発射管四五センチ二基、乗員五名」と石川は暗記するような口調で言った。

「排水量は五九・三トンさ。ほかはその通り、よく知ってるな」と川瀬は笑顔で答えた。

「川瀬、そんなんで敵の二重三重の電探網と空中からの敵機を躱《かわ》せるのかネ」

「躱せるも躱せないも、特攻は一発勝負なんだ。駄目だったら駄目を天運と思うしかない」

石川は川瀬のこの言葉に、すでに戦士としての川瀬を強く意識せずにはいられなかった。

そこへ艇長の執行中尉が急ぎ脚で戻って来た。二人は立ち上がり挙手の敬礼をした。

「川瀬一飛曹、今日は訓練の途中で立寄った面会だ。語り遺したことも多かろうが、これで面会は終わりだ」と川瀬より石川に聴かせるように執行中尉は言った。

「はい、ありがとうございました。話は三日三晩語っても尽きませんが、石川と会えただけで私は十分であります」

川瀬一飛曹は直立不動の姿勢でそう答えた。この時期川瀬らの甲飛一三期生は二飛曹だった筈である。だが特攻隊員は六ヵ月ごとに進級するから川瀬はすでに一飛曹になっていた。同期のトップということになる。

すでに桟橋の岸壁は兵学校の生徒たちでいっぱいになっていた。多くの眼の見守るなかでの蛟龍の出港となった。操舵桿を握っているのはやはり川瀬一飛曹だった。エンジンが始動するや、旺んな帽振れだった。石川生徒は帽振れする兵学校生徒たちの先頭に立って腕を振り続けた。出撃のまえ、両親よりも自分に別れを言いに来てくれた川瀬の心情に、石川の眼には涙があふれていた。だがその帽振れを、振り切るようにして川瀬一飛曹操縦の蛟龍は基地の大浦崎へ向って疾走し去ったのである。

ここで当時の海軍兵学校について一瞥しておきたい。昭和二十年《このとし》の三月末に、最上級生だった七四期が巣立った。この七四期は岩国海軍航空隊で航空適性検査と志願調査の結果、航空班六〇〇余名、艦船班四〇〇名の二班に分けられ昭和十九年四月から分離教育が行われるという嘗てはなかった変則教育となった。同年十一月末には航空班の三〇〇余名が、在校のまま霞ヶ浦航空隊に入隊して飛行訓練を受けている。兵学校の課程を修了したのが二十年三月三十日だった。慣例だった練習航海もなく飛行訓練の拝謁もないままに七四期生は少尉候補生に任命された。航空班はそのまま第四三、第四四期飛行学生となり引きつづき千歳基地で訓練が行われた。その他は航空基地要員、水上水中の特攻要員、陸戦隊要員にと振り分けられた。艦船班は瀬戸内海にあった艦船に、また各術科学校や特攻基地に配属となり二十年七月十五日に海軍少尉となった。兵学校出の最後の少尉となったのである。

七六期と七七期生の採用試験は昭和十九年の七月に行われた。採用予定者と決定した七三〇〇余名の中から昭和三年四月生まれまでの三五七〇名を七六期、それ以後の出生の者を七七期に振り当てた。前年の昭和十九年の十月九日、七六期は機関専攻生五四二名が舞鶴分校に入り、残りは江田島の本校で入校式を行なったあと本校と大原分校、岩国分校にそれぞれ分かれてはいった。

七七期生三七七一名の入校式は江田島本校と舞鶴分校とに分けて行われた。この時腰に吊る生徒の短剣が間に合わず、七七期生は上級生から借りて済ました、という話は有名である。江田島の本校組一五〇〇名、大原分校組一三〇〇名、岩国分校組三〇〇名、機関科専攻の舞鶴分校組六五六名だった。

これよりさきの同月三日には七八期生四〇四八名の入校式が行われている。これは勤労動員等で体力や基礎学力の低下した中学四年終了者を採らざるを得なくなったので修業年限一カ年の予科を新設して基礎体力や学力を充実させた上で兵学校へ入学させせようという方針に基づいたもので、明治十九年に廃止となった予科生徒制度を五十九年ぶりに復活したものだった。

この七八期生は昭和三年一月から昭和六年三月までに出生した中学校二年終了程度以上の学力ある者という条件で、九〇、〇〇〇人にも上る志願者の中から内申書の審査で八〇〇〇名を選び出し、昭和十九年十二月上旬から江田島の本校で身体検査、学術試験、口頭試問を行ない四〇四八名の合格者を決定した。

以上七六期以後を概観したのだが、当時の一号生徒だった七五期生以下の各期は日本全国の少年の中からエリート中のエリートを採ったものであったことは間違いない。

予科兵学校生は九州長崎県の針尾分校にはいった。針尾分校は針尾島にあった針尾海兵団に隣接した新設の校舎だったが、のち防府海軍通信学校の校舎に移転している。

これら海軍兵学校の分校のうち大原分校は、江田島の本校の北方約一キロほどの処にあり、山を削り海を埋め立てて出来た校舎だった。

昭和二十年の六月の某日に、川瀬一飛曹の甲標的が江田島の沖合いに現れた後のことに筆を移す。

戦争の終わった二日後の八月十七日に又もや潜水艦が、こんどは三隻もおなじ沖合いに現れたのである。時刻は食事の終わった直後の昼休みどきだった。潜水艦はどれも、司令塔の側面に菊水を白く描き、潜望鏡の先端に、八幡大菩薩と大書した幟を靡かせている。その幟の下で手を振り声を嗄らして何ごとかを喚いている。何を言ってるのか……波と風の音に掻き消されて定かには聴きとれない。

兵学校で英語教師として昭和七年四月から十三年有半を勤めてきた平賀春二氏は、五、六〇名の生徒たちとともに桟橋に立ってこの潜水艦を見送った一人だったが、後年〝元海軍教授の郷愁〟と題して兵学校の思い出を綴っている（海上自衛新聞社刊）。平賀春二氏は平賀源内を自称していた名物教師だった。その中で氏は「その呼びかけは兵学校の生徒を励ますが如く、別れを告げるが如くにみえた」と書いている。平賀教授は桟橋の生徒たちと一緒になって一生懸命に帽振れをした。ふと見ると自分のすぐ傍で、男哭きしながら帽振れしている一青年将校があった、と書き遺している。熱血の一青年将校とだけあって名前は書いてないが、その将校は上村嵐少佐だった。

上村少佐は海機四七期、鹿児島県人で今までに数度の海戦に参加し、自艦が沈み洋上に逃れて救助を待ったこと再三という歴戦の勇士だったが、当時は兵学校の教官として江田島の大原分校にい、二個分隊の分隊先任幹事をやっていた。上村少佐は潜水艦を見送ると自分の分隊に駈け戻り、居住区にいた七五期生（この時の最上級生の一号生徒）に全員即時集合をかけた。この時集合した七五期生は偶々居住区にいた者だけだったから五、六〇名ほどだった。

上村教官はその一号生徒に向って開口一番「きさまらは、それでも帝国海軍兵学校の生徒かッ」と一喝した。

「さっきの潜水艦を見た者は手を挙げよ」と次に言うと、整列した生徒は全員が一斉に手を挙げた。「見なかった、知らなかった、と言うんならまだしも、見ていながら何故きさまらは見送らんかったか」と言った時、上村教官の怒りはまさに心頭に発してしまっていた。

上村教官は列の右翼へ駈け下りると、いきなり拳《こぶし》を固めて一番目にいる生徒を殴り倒した。次にその後ろの二番目、三番目と次々と鉄拳を見舞っていき「あの潜水艦は、戦争は終わっても、これから敵艦に殴り込もうとしてるんだぞ。敵ある限り撃ちてし止まむ、というのだ」と口走って上村は殴った。「無条件降伏した国の将来は、独立国たり得る保証は何もない。この後の媾和を有利にする為にも、日本の特攻の怖わさを、この上ともに敵に知らしめるほかはない」と言って殴った。「その為の特攻出撃を我々に告げあとに続けと言いに来たんだ。その壮途に、帽振れもしないきさまらに赤い血はあるのか、それで海軍兵学校の生徒たる面目はどこにある」と言っては殴った。

だが上村教官の鉄拳を受ける七五期生たちは、この一寸まえに潜水艦を見送ることの是か非かについて実は討議したばかりだったのである。というのはこの日の朝食後に学校当局が教頭堀江義一郎少将の名で「本校生徒たる者はいかなる事態にも動ずることなく行動せよ。特に外部からのいかなる働きかけにも一切応じてはならぬし関心を示すことを控えよ」という旨の告知書が配られた直後だったからであった。とんで行きたい気持を懸命におさえて自重した結果がこの鉄拳だったのである。しかし生徒たちは誰も黙って殴られていた。江田島の教育の中でも珍重すべきことの一つに、この言挙《ことあ》げせぬことがあった。上村教官から「なぜ、きさまらは」と言われた時、生徒の誰か一人が「教頭よりの通達があったので敢て慎んでいたのであります」と事実を説明したらその後の鉄拳は恐らく免れ得たに違いない。しかし兵学校生徒として培われた躾は、どんな場合にも言い訳をしないことだった。理由を言え、と言われた時以外には絶対に言い訳をしないのが海軍兵学校生徒の伝統だったのである。

言挙げせず黙って撲り倒された生徒の中に撲った上村教官とは同郷の小島一夫がいた。熱血児の小島は桟橋にとんでいっての帽振れを主張した一人だったから、殴る上村教官と心情的に通じ合うものがあり眼には涙を溜めて撲り倒されていた。今日の世代の若い人達の感覚からは理解できない江田島の若者たちだったといえよう。

上村教官の手は赤く腫れあがっていた。しかし全員を撲らないことには、この場のおさまりはつかない。疼き始めた拳に息を吹きかけ吹きかけ撲り続けて全員に及ぼすと上村は肩で大きな息をついた。そのあとで「解散」と命じて歩き出した。教官室にはいる前に水道の水で腫れ上がった右手首を冷やした。その手首は左手の倍くらいにふくれ上がっていた。その手首を冷やさざるをえない哀しさが上村教官の胸にこみ上げて来た。

上村教官が教頭の告諭文を眼にしたのは教官室にはいってからだった。一読して上村は〝うーん〟と唸った。唸りのあと〝しまった……〟〝はやまったことをしてしまった〟という苦い悔いが走った。撲られるようなことをしたのは撲られた生徒ではなく撲った俺の方だったか……という後悔は、いつも元気なその赭顔《あからがお》がみるみる萎えていくことからも判る。いま冷やして来た右手首の痛みは顔を顰《しか》めずにはいられない程だった。手首の痛みは二、三日後には癒《い》えたけれど、はやまったことをしてしまった、という苦《に》がい悔いはその後長く癒えることはなかった。

いっぽう桟橋に平賀教授とともにとんでいった五、六〇人の生徒の中には二号生徒の大塚栄助や三号生徒の西能正一郎などの顔があった。咎めらるべきは、撲られた小島たち一号生徒ではなく、桟橋に集まって潜水艦に帽振れで応えていたこの連中でなければならなかったといえよう。

だが大塚栄助、西能正一郎は潜水艦に帽振れはしたけれど、潜水艦上の人達に対する一体感などはなく、むしろ戦争が終わったいま、何のための特攻出撃なのか……という懐疑の気持の方が強かったのである。ところが不思議なことに、帽振れしているうちに大塚栄助の頬を涙が濡らし始めていた。ただその涙は潜水艦の人達にではなく、実は戦争に敗れた国の海軍兵学校生徒たる己れの身に注いだ涙だったのである。「海軍兵学校生徒たりし大塚栄助よ、さらば……だが何処へ俺はいったらいいのか……」という途方に昏れた涙だったのである。何処へ行くべきか、は判らないけれど、あの潜水艦のいかんとしている処ではないことだけは確かだ、という戸惑いが流れる涙を一層誘った。

　西能正一郎も青雲の夢も国も敗れた中の自分自身を見つめつつ、泣きたい気持をじッとこらえて帽振れをしていたのだった。大塚や西能に限らず大半の生徒は途方に昏れつつそんな思いの帽振れをしていたのだった。

　三号生徒西能正一郎の兵学校生活は未だ三ヵ月半にしか過ぎなかった。昭和二十年《このとし》の四月十日に富山県の高岡中学から大原分校にはいったばかりだった。同期は三七七一名。この西能という少年は、食事当番について丼に飯を盛る時、自分の丼には外見からは分からぬよう、他より多く飯を詰め込む自分に段々と嫌悪感を懐くようになった潔癖な性格の持ち主だった。何といっても食べざかりの頃である、そんなことは食事当番につけば誰もがやっていることなのだが西能の場合は、そんな自分を嫌悪し〝こんな下司な根性の自分が、果たして誇り高き海軍士官になれるだろうか……〟と悩んだ。よき海軍士官となって国の為につくそうという青雲の夢は、海軍兵学校の生徒一人一人が持っていた。しかしその国は戦いに敗れ、海軍士官となるべき夢とても、もはやなくなってしまったのである。絶望と虚脱感が重たく兵学校に澱んでいた。

「おい、俺たち生徒は一人残らず年内には家へかえすそうだ」と同期の若生知己が何処で聴いて来たのか、そう知らせてくれた時も大塚栄助は固い表情を動かさなかった。

群馬県の高崎から出て来た大塚の家は自転車屋だった。自転車屋に学歴は要らない、と言う父親に頼んでやっと中学校に通わせて貰えたのも学業の成績がよかったのと小学校（当時は国民学校と称していた）の担任の先生も足を運んで父親を説得してくれたからだった。

兵学校生徒の復員が始まったのは八月二十一日からだった。終戦の日から一週間目だった。四国出身の生徒の出発が第一陣で三日後の二十四日には全生徒の復員は完了してしまった。七五期生には卒業証書が、七六、七七、七八期生には修業証書が渡されたが、それには校長栗田健男中将の訓示書が添えられていた。名文の評たかいその訓示文を掲げよう。

百戦効空しく、四年に亘る大東亜戦争ここに終結を告げ停戦の約成りて帝国は軍備を全廃するの止むなきに至り、海軍兵学校も亦近く閉校され全校生徒は来る十一月一日を以て差免のことに決定せられたり。

諸子は時恰も大東亜戦争中、志を立て身を挺して皇国護持の御楯たらんことを期し選ばれて本校に入るや厳格なる校規の下、加うるに日夜を分たざる敵の空襲下に在りて克く将校生徒たるの本分を自覚し拮据（身体を労しはたらくこと）精励、一日も早く実戦場裡に特攻の華として活躍せんことを願いたり（中略）然るに天運我に利非ず、今や諸子は積年の宿望を捨て、諸子が揺籃の地たりし海軍兵学校と永久に離別せざるべからざるに至れり、惜別の情、何ぞ言うに忍びん。又諸子が人生の第一歩に於て目的変更を余儀なくされたこと誠に気の毒に堪えず、然りと雖も諸子は年歯尚若く頑健なる身体と優秀なる才能を兼備し、加うるに海軍兵学校に於て体得し得たる軍人精神を有するを以て必ずや将来帝国の中堅として、有為の臣民と為り得ることを信じて疑わざるなり。生徒差免に際し海軍大臣は特に諸子のために訓示せらるるところあり、又政府は諸子の為に門戸を開放して進学の道を開き、就職に関しても一般軍人と同様に其特典を与えらる（中略）

惟《おも》うに諸子の先途には、幾多の苦難と障碍（礙《がい》の略字、さまたげ）とが充満しあるべし。諸子克く考え克く図り将来の方針を誤ることなく、一旦決心せば目的の完遂に勇往邁進せよ。忍苦に堪えず中途にして挫折するが如きは男子の最も恥辱とする処なり、大凡《おおよそ》ものは成る時に成るにあらずして其固たるや遠く且つ微なり、諸子の苦難に対する敢闘はやがて帝国興隆の光明とならん（中略）ここに相別るるに際し言わんと欲すること多きも又言うを得ず、唯々諸子の健康と奮闘とを祈る。

昭和二十年九月二十三日

海軍兵学校長　栗田健男

悲惨だったのは針尾の七八期生だった。校舎として使っていた防府の校舎が敵艦載機の爆撃で全焼してしまい、さらに続いて赤痢患者一三〇〇名が出、うち一四名が死亡し三〇名は重症で復員不可能という惨憺たる状態だった。

海軍兵学校が七十七年のその歴史を閉じたのは昭和二十年の十月二十四日だった。兵学校卒業者の総計は一一、一八二名、三年八ヵ月にわたって戦われたこの戦争の戦死者は兵学校出の戦死者の実に九五パーセントにも達している。期別に見ると七二期の三三七名が最高となるが、比率から見ると六八期と七〇期が六〇パーセントを占めて最高となる。昭和十九年三月に卒業していった七三期生は、わずか一年五ヵ月の間に総員八九九名の三三・四パーセントにあたる三〇〇名の戦死者を出しているが、これは戦いの期間中二日に一人ずつ戦死していった勘定となる。終戦時の兵学校の在校生は第七五期から七八期まで合計一五、二二九名がいた。これは同校の歴史七十七年間に出た卒業生の総数よりもなお四〇〇〇名も多かったことになる。兵学校の少数精鋭主義は国貧しきための悲しい伝統だったと言えよう。この戦争が始まるや時の連合艦隊司令長官山本五十六大将は、航空主兵の戦い方で敵国米英を蹴散らした。この戦法は在来の海軍の戦法を覆す新しい戦い方だった。敵も航空主兵の戦い方に転ずるほかはなくなった。しかし少数精鋭主義は予科練でもおなじで、飛行機数に於ても搭乗員の人数に於ても対米十分の一以下だったのである。就中《なかんずく》戦闘機の不足は日が経つにつれて致命的となった。予科練の甲飛乙飛の一桁代の飛行時間千時間以上の精鋭は、常に一〇倍以上の敵機と渡り合わねばならず、その上兵員過少のため頻繁な出撃の過労も加わって日一日と消耗の数が増えていった。この連中と、支那事変の時から空で戦って来た丙飛の下士官塔乗員が消耗していくと、もはや少数で敵機と対峙することは出来ず、戦線は各地で制空権を敵に渡さざるを得なくなった。別稿「ブランの樹は残った」に書いた如くガダルカナルの航空撃滅戦の最中においてさえラバウル、ケニヤンにあった我が戦闘機は各二〇機に満たないという寒心すべき状況だったのである。

いつの日か、戦闘機が一〇〇機揃ったら……と言った第十一航艦の参謀長酒巻宗孝少将の歯軋りが聞こえてくるようである。この戦争はかくて敗れたのだった。制空権を敵にとられた戦争がいかに惨めかは、素人でも戦時中の敵の本土空襲を思い出されれば判るはずである。さて、話を進めよう。

上村少佐が兵学校教官の辞令を貰ったのは昭和二十年三月の初め、呉の海軍病院に入院していた時だった。ここで上村嵐《このひと》の戦歴についてみてみよう。

緒戦のハワイ作戦には戦艦長門で参加したのを皮切りに、以後ミッドウェー作戦には軽巡由良で、ガダルカナルの攻防戦では第一次ソロモン海戦（昭和十七年八月九日）第二次ソロモン海戦（昭和十七年八月二十四日）に参加したあと、ガ島飛行場に対する海上よりの砲撃をやっている。その砲撃は昭和十七年十月二十五日のことで史料調査会海軍文庫ではこれをその翌日から二日間に亘って戦われた南太平洋海戦の一環として取扱っている。「二十五日、由良と駆逐艦が昼間ルンガ沖に突入し、敵砲兵陣地を砲撃し、仮装巡洋艦、駆逐艦等を撃沈したが、由良は敵機の爆撃によって大火災を起こし処分するに至った」とある。この時止《とど》めの砲撃を送ったのは駆逐艦夕立だったという。南太平洋海戦はこの翌日の二十六日から二十七日にかけてガ島及びサンタクルーズ島の北方海面で行なわれたのである。

軽巡由良沈没後上村は帰還し一時海軍機関学校の教官をやったあと、四〇ノットの高速駆逐艦島風の機関長に転じ十九年三月のビアク島沖海戦、十九年六月のマリアナ沖海戦に参加したあと栗田艦隊に属して昭和十九年十月二十三日より二十六日に亘って行なわれた捷一号作戦（比島沖海戦）に参加。そして同年十一月の陸軍部隊をマニラからレイテ島に運ぶ輸送多号作戦の日を迎えた。

十一日早朝、いよいよ目指すレイテ島オルモック湾が見えて来た。敵機来襲を予期していたので、総員配置のまま極度の緊張感で前面に大きく見えて来たレイテ島に向った。その時思い違《たが》わず敵機来襲、それも大編隊だった。直ちに戦闘開始、右砲戦、以後約三時間にわたる敵機の波状攻撃となった。この第一波の襲撃で船団は一挙に潰滅してしまっていたし交戦中のわが駆逐艦も沈没または損傷を受けた。島風は直撃弾こそ被らなかったが、至近弾による被害は致命的にまで達していた。水線下に損傷を受けたらしく、前後部の下甲板浸水、艦速は六ノット以下に低下した。第三波来襲時、駆走中の艦は島風一艦のみとなった。敵機は爆弾ゼロになったらしく、こんどは束《たば》になって機銃掃射に転じた。中でも敵戦闘機群のそれは熾烈且つ執拗を極めた。わが機銃員はほとんど全員が戦死し艦内通信装置も全く不通となった。一、三番砲塔内火災発生、弾火薬庫の誘爆を恐れ注水するのやむなきに至った。加えて操舵装置に被害を受けて舵効かず、舵機室付近浸水のため修理作業不能となった。そこで上井《うわい》艦長は最悪の状態に至ったものと判断し、遂に〝総員退去用意〟を令した。（これは戦後駆逐艦島風という本を出版した艦長上井宏氏（海兵五一期）の手記から採った。）

最後にただ一隻残ったカッターを降ろし、行動可能の者二〇数名を上村が指揮してレイテ島オルモックに向った。その時島風はすでに停止して艦内各所が燃えその上機銃弾の誘爆頻りで、上甲板には戦死者が折重なって倒れている、というまさに惨憺たる有様だった。上村は行動可能の重傷者にはブイあるいは筏を与え、重傷の松原先任参謀と片脚を射ちぬかれた上井艦長をカッターに収容し、総員二一名を乗艇させ、半数は漕ぎ半数は海水を掻い出しながら離艦した。舵はなく多数の負傷者と浸水とで艇は遅々として進まず、懸命の努力を続けている時、島風は後部付近の大爆発で一瞬にしてその姿を没し去った。時に午後五時四十五分。

翌早朝、上村はカッターを何とかかとかイピリ海岸につけて上陸したのだった。

上陸後上村は友軍部隊（陸軍）に連絡をつけようと単身で暗夜の敵弾の飛び交う下を走りまわること数時間、幸運にも陸軍第三五軍の一部隊を捜しあてることができ、軍司令部への案内を乞うた。三五軍司令官は鈴木宗作中将であった。島風の二〇名とともに陸軍部隊に投じ、斬り込み隊の一隊に加えて欲しい、と決意を語る上村の話を鈴木中将は黙って聴いていたが何も言わず翌十三日に上村を呼び、イピリ進出中の陸軍船舶工兵隊（浜園部隊）に貴隊は行くようにと告げた。カッターに残して来た二〇名とともに上村がその浜園部隊にいってみるとそこには、沈没した長波、若月乗組みの遭難者らもいて、ここで十二月二日まで過ごすことになった。

第八次多号作戦の味方部隊がオルモック湾に入港して来たので島風、長波、若月の遭難者はそれぞれに駆逐艦に収容された。上村は駆逐艦竹だった。だがほッとしたのも束の間、出港すると竹は同行の桑とともに敵駆逐艦群の砲撃を浴びたのである。桑は沈没し竹も被弾し片軸運転となってしまった。

しかし竹は上村らを九号輸送艦に移乗させてくれたので上村は十二月四日にマニラに帰投することができた。上村がアメーバー赤痢に罹ったのは十一月十二日オルモック上陸後のことらしく二十四日頃から腹の工合が悪くなり出し二十五日には劇しい下痢が始まっていた、という。

呉病院を退院した上村は、前線からこんどは後方配置に転じ、新設の大原分校で当初は第二〇四と第二〇六の二個分隊の監事をやり後《のち》には第三〇四隊、三一〇隊の四個分隊の監事として兵校生徒の教育に当たって来たのだった。

兵学校生徒の復員が始まったのは八月二十一日からだったことは前にも書いた。上村は復員隊が出発する都度、内火艇やカッターで桟橋に行き帰郷していく生徒達に帽振れをした。まだ残っている生徒や教職員の殆んどの者が出て来てこの帽振れに加わった。そして二十四日、最終の生徒を送った時は、教職員だけのわびしい帽振れとなった。腕を打ち振る上村の頬に涙が一と筋二た筋と流れてきた。〝これが海軍の最後の帽振れになろう〟と思ったからだった。それは巣立ちや出陣に送るあの帽振れではなく、彼らが一旦出て来た家郷に空しく戻っていくのを送る単なる別れの帽振れにさま変りしていたからでもあった。あれを思いこれを想い、万感こみ上げた末の涙だった。

戦後上村嵐は新設の海上自衛隊に投じて新しい海軍作りに献身することになった。敗戦後の世の中もどうやら落着いてくると予科練、海軍三校、予備学生や各航空隊などの集いがあちこちで持たれるようになり、そしてその集いは年を逐《お》うごとに旺んになっていった。

昭和四十年八月十五日、兵学校七五期の集いが戦後初めて江田島の旧海軍兵学校跡で行われ懇親会が広島県の宮島で持たれた。終戦時の絶望と虚脱感から抜け出て各自がそれぞれに自らの道を拓いて進んでいた。教官だった上村も声をかけられて出席した。

　思えば終戦の年の八月十七日に、特攻出撃を告げに来た三隻の潜水艦を無視したことで鉄拳を見舞った連中との上村の再会だった。

　宴が終わると上村は、その撲った連中に特に集まって貰い、座敷の畳の上に正座してあの折の己れの不明を詫び鉄拳の非を謝罪した。「どうか、この上村を気の済むまで殴ってくれ」とまで言った。七五期の撲られた連中は上村の言うことを神妙に聞いてはいても誰も何も言わない。だがそのうちに、無言のまま幾人かが上村のまわりに進み寄って来た。上村は眼を閉じた。すると脚を持つ者、腕を持とうとする者、肩を抱く者……何をしてくるのか、と思った上村の躰が一瞬ふわりと宙に浮いた。と同時に「ワッショイ」「ワッショイ」というかけ声とともに上村の躰は宙に舞い始めた。胴上げだった。胴上げは勢いあまって座敷の天井を突き破ってしまった。「上村教官、勢いがつき過ぎました、勘弁して下さい」「怪我はありませんでしたか」と四、五人が口々に言う。「私に謝ることはない。謝るんならこの旅館……何といったかな……」「亀福本店です」「そうそう、その亀福の親爺に謝るんですな」と上村は言い、そして破れた天井を仰ぎ見「それにしても大きな穴だなァ。弁償金は、これは安くはないな……」という歎声にみんながどッと笑った。戦後上村の心の襞にひっかかって解けることのなかった悔悟が、その笑いで一気に消しとんだ。あの日から約二十年目のことだった。

　上村嵐はその後海自で累進して海将補になった。昔の海軍提督の座まで昇ったのである。七五期生たちもまたそれぞれに出色の社会的地歩を占めるようになった。
　上村は文章が立つところから海自を定年で退職すると、自らの海軍時代を顧み、それをベースにして書き上げた著書が十数点にのぼり、いまも執筆活動を続けている。

　石川敬は大正十五年五月に新潟県中頸城《くびき》郡の金谷村に生を受けた。昭和九年に金谷村立の大貫小学校にはいる。その小学校の一学年は男子一〇人、女子一〇人くらいで、この小学校から中学校に進むのは十年に一人くらい、という小さな学校だった。その四年前に父親の文一が亡くなっている。残されたのは敬のほか二十七歳になった母親のすいと祖母、それに三歳の弟の四人で当然収入の途はない。しかし幸いなことに母の兄が毎月送金してくれるので一家はバラバラにならずにやっていくことが出来たのである。この伯父は当時北海道の帝国石油に勤めており、戦争が始まると召集されてスマトラへ石油採掘のためいくことになったが陸軍は少佐の待遇を与えて遇している。伯父が日本を離れても留守を守る夫人の伯母が定期的に送金は続けてくれたことからもこの伯父は敬たち一家の生活をみることを自らに義務づけていたものと思われる。敬がこの地域では十年に一人と言われた中学校に行かせて貰えたのも偏えにこの伯父の熱心な薦めによるものだった。敬のはいった中学は県立の高田中学校だった。敬が中学四年になるとこの伯父はこんどは高等学校（もちろん旧制）の受験を薦めて来た。敬が「僕は海軍兵学校を受けたいんです」と言うと伯父は「海軍兵学校か……よろしい」と頷き「念の為陸士の方も受験しておくとよい」と言い添えた。

高等学校と違い兵学校は学費がいらない。伯父にこれ以上負担はかけたくない——敬の兵学校受験はそのことも大きな理由となっていたのである。この伯父は小出宰《つかさ》といった。その弟が医者でこれは小出文治《としはる》と云い当時は順天堂病院で診療に当たっていた。敬はこの二人の伯父を尊敬していたが、どちらかといえば文治伯父の方に惹かれていた。戦後敬が医師になろうと志を立て、慶應義塾大学の医学部に受験したのも文治伯父に倣って、といえなくもない。但し文治伯父は大学は慶應ではなく東京医専（現在の東京医大）の出だった。学費は育英会から借りられたから敬は再度新潟を出て上京し、新小岩の文治伯父の家に寄寓してそこから大学へ通った。

その頃の敬の泣き所は何よりも小遣いのないことだった。伯父の家に一緒に棲んでいるからといって石鹸やチリ紙、剃刀を伯父宅のものを勝手に使うわけにはいかない。買いたい本もあり靴下が古くなれば替えねばならない。その金がないのだ。昨今と違い、当時は学生アルバイトの仕事もなかったから敬は北里研究所にいっては売血してそれを小遣いに当てていた。

昭和二十五年、大学を卒業するとインターンを一年やって医師の国家試験に合格すると大学から声がかかって大学の附属病院で働くことになった。名門慶應大学附属病院の医師となれたのである。石川敬は生気溌溂としていた。

その生気が突然に焦燥の色に変わったのは一と月後の給料日だった。敬が手にした初めての給料は、ナント、六千円と少々……。その中から故郷《くに》の母に五千円送ると手元には千円と少々しか残らない。そのたった一枚遺った千円紙幣を眺めて敬は傍目《はため》のイメージとその実情の大差に出るのは溜息ばかりだった。これでは文治伯父の家を出るわけにもいかず、大学を出ても居候という身に変わりはなかった。

敬は病院の上司に出張に出して欲しい、としつこく頼んだ。この場合の出張とは、他の病院に診療の応援にいくことを言う。そうするとその病院からも出張医師にお礼の手当てが支払われるからであった。

敬の最初の出張先は伊豆の日赤病院で、その年も押し詰まった十一月のことだった。この月敬の月収は漸く一万円になった。つぎが都内の荻窪病院で、ここはもと中島飛行機の附属施設だったところで、敬に一と月一万円の手当てをくれた。敬は手当て月一万円に恩義を感じ、帰ってこい、という大学病院に何とか彼とか言い繕って一年くらいそこで頑張った。その間敬は大きな手術を二回こなしている。

石川敬が北海道の小樽市立病院に出張を命ぜられたのは昭和三十年も押し詰った十二月のことだった。小樽の駅から道を訊き訊き歩いて市立病院にいくと、重症の患者が既に待っており翌日は手術、それも三時間余にわたる大手術だった。

その月の敬の月収は三万円に達した。東京の荻窪病院の比ではなかった。歳末のことでもあり敬はその月の故郷《くに》への送金を一万五千円と弾んだ。着任した翌日にメスを執った重症患者も手術後の経過もよく、いまは退院の日を待つばかりに好転していた。小樽に敬が来てよかったことはそれだけではない。従兄妹《いとこ》で旧知の土屋孝子《たかこ》がその地にいたことだった。再会した二人の仲は急速に濃くなっていったのである。

市立病院では難症とか大きな手術を要する患者はほとんど敬の扱いとなった。

小樽に来て三年が過ぎた頃、大学から帰ってこい、と言って来た。何とか彼とか、入院の重症患者を弁疏《いいわけ》の楯にして延ばしていると、痺れを切らした大学側は「実は浜松の日赤病院の外科部長にきみを推薦したいのだ」と言う。大学の君に対する思いやりを何故きかぬのか……と言わんばかりの言い方だった。だが敬は即座に断わった。断われば帰ってこい、という理由がなくなると思ったからだった。敬は棲み心地のよい小樽の地から他所《ほか》にいく気など毛頭なかったのである。ところが大学からは帰ってこい、の督促はやむどころか、その後も執拗に且つ強くなる一方だった。

敬は心中急《せ》き立てられる思いで交際中の土屋孝子と結婚を果たした。石川敬二十九歳、孝子二十六歳。敬が小樽の地を踏んで恰度満三年が終わろうとしていた。一方市立病院の方では石川敬を離したくなかったのであろう、市立病院と慶應との間の交渉も難行し時間がかかった。結局ずるずると小樽の地に留まること前後七年くらいとなってしまった。

東京に帰ってからの敬夫婦の当座の生活は、まさにどん底の感があった。

海上自衛隊から敬に、軍医に……という話が持ち込まれたのは、どん底の生活に喘いでいるそんな時だったから敬の心は動いた。

少佐待遇でどうか……というのだ。だが面と向って訊いてみると少佐の給料は敬が想像した以上に廉い。月給が安いための苦しみから脱け出る額にはほど遠い額だった。だがこの軍医の話が敬の一つの転機となった。このどん底の生活苦から脱け出すためには、はた目と実際に見た目は大違いの、いまの病院勤務をやめるしかない、と敬は独立開業を考え始めたのである。

石川敬が東京都練馬区南田中の地に外科医院を開業したのは昭和四十年になってからだった。開業に際しては宰伯父も文治伯父も一生懸命に支援してくれた。そしてその年の八月に宮島で七五期の会が持たれたことは前記したところである。この時は敬は単身で出席したが以後の会には孝子を、つぎの会には孝子と長女を、と必ず家族を同伴している。

石川敬が医業の傍ら戦史や歴史の研究にも手を染め出したのは、開業して生活が安定してからのことで、その方面の著書も何点かあり、その中でも『鎮魂』――霞出版社刊――は良書の評が高い。

予科練甲飛一三期から蛟龍特攻に転じた川瀬一夫は、その後大分県佐伯に待機して出撃命令を待つ毎日だったが、ついにその機に恵まれずに戦争は終わった。戦後は石川敬と前後して上京し、これは昭和二十二年四月に東京農大にはいった。

大学時代の川瀬は相撲部で活躍し、のち相撲部の主将となってからは大学自治会の体育委員を勤めた。当時の自治会委員長は秋田県出身の加藤日出男だった。

昭和二十六年、大学を出た川瀬はトッパン印刷に入社した。そして予科練の負けじ根性で頑張り累進して同社の取締役、常務取締役となった。現場生え抜きの重役として多くの社員の信望を集めた。

川瀬は会社の仕事の傍ら大学で自治会の委員長だった加藤日出男の作った財団法人若い根っこの会

の理事もつとめ、洋上大学などを開いては青少年の指導と練成に情熱を注いでいる。気骨の人、川瀬一夫ならでは……の一面であろう。

蛟龍の兵学校訪問をやってのけた執行中尉のことにも触れておきたい。彼は甲南中学校から兵学校にはいり、期は第七三期であった。蛟龍の艇長についたのは未だ若冠二十二歳に過ぎなかった。P基地では執行艇の四人を執行一家ともよんでいたというから艇員の心をしっかりと掴んでいたのであろうと思われる。二十二、三の若冠の身に容易にできることではない。

戦後執行英毅は京大の医学部にはいり医者となった。神戸の六甲駅前のビルに執行耳鼻咽喉科医院を開業していまに至っている。

鹿児島県川内市出身の小島五夫は過ぎ去りし海軍への郷愁の強い一人である。父の良夫は旧陸軍の准尉で、川内商業で算盤と教練の先生をしていた。母の千代もおなじ川内市で生まれ育ったひと。九人兄弟の長男貞夫は海機四八期で最終は小沢艦隊の空母瑞鶴の整備分隊長、次男次夫は陸士五三期で戦闘機隼に乗っていた。五夫は川内中学の五年生の時に海兵を受験した。その入試が終わり二ヵ月ほどが経った頃に、当時大村航空隊にいた長兄の貞夫が帰郷して来た。貞夫は弟五夫の兵校入試のことばかりを気遣っていた。時たまたま次兄の次夫からも手紙が届き郷土訪問飛行の許可がおりたので何日に家の上空を翔ぶ、と知らせて来た。その日は素晴らしい秋晴れの日だった。五夫は日の丸の国旗を竹竿にしばりつけ、朝から屋根の上で待機していた。しばらくすると川内川の河口方面から隼が一機だけ飛んで来た。まっすぐに家の上空に飛んで来てそこから急降下をやる。五夫は夢中になって竹竿の日の丸を振ってこたえた。急降下して低く飛ぶので次夫兄《あに》の顔がはっきりと見えた。

兵学校からの合格通知は十一月三日に電報で届いた。五夫はまっさきに長兄貞夫に兵校合格のことを手紙で出すと折返し貞夫からの返書が届いた。それには入校したら上級生がよく指導してくれる筈だからその指導に従って頑張るように、とあった。だから五夫はそのイメージを懐いて、その年の十二月一日、兵校第七五期生徒として江田島の門をくぐった。入校一ヵ月ほどの間は上級生は概ね親切だったが、その後はがらりと手のひらを返して来た。殊に鬼の一号生徒（最上級生、このときは第七三期生）のことなど貞夫の手紙には一行も触れてはいない。一号生徒からお達し（説教）がある度に五夫は震え上がった。九人兄弟の五番目に育った五夫は、どっちかというとのんびりと育った方《くち》だったから鬼の一号生徒には面喰った。えらい処に来ちもうたバイ……短剣姿に憧れた自分が、全く見当違いしたみたいに思えた。日曜の外出の時、三号生徒（五夫たち）だけが同じクラブで慰安をとるのだが、みんなもどうやら五夫と同じ思いをかこっているらしかった。

昭和十九年五月二十七日、この日は兵学校では宮島遠漕の日だった。五夫もカッターのクルーに選ばれ七〇一分隊の名誉をかけて漕ぎつづけた。だがこの日、次兄の次夫がビアク島上空で戦死していたのである。

昭和十九年七月下旬、海軍三校（兵学校、機関学校、経理学校）の生徒に何日かの休暇が与えられた。いまはすっかり兵学校生徒に慣れ逞しくなった五夫たち三号生徒も凛々しい白軍装に短剣姿で家に帰った。この時五夫は誰よりもいまの自分の姿を長兄の貞夫に見て貰いたいと川内市に着くまで思い続けていた。

　休暇から帰ると毎日のように遊泳訓練が続き、ついで十月二十五日に分隊の編成替えがあった。長兄貞夫がエンガノ岬沖で戦死したのはその日だったのである。

　昭和二十年八月十五日は奇しくも五夫の誕生の日に当たっていた。この日五夫は茫然忘我、戦死した両兄への思い切、申し訳なしの気持――と日記に書き殴っている。

　終戦当時、五夫はすでに一号生徒だった。同室の同期生には武田寛、畑邦男、赤松敏雄。二号には石井義一郎、斉藤誠哉、鹿間英男、三号には糟谷忠男、早川次郎、中道松郎などがいて、ともに切磋琢磨し合っていた。郷里に帰って待機せよ、となった時五夫は海岸のダビットの前に一人立って悲憤の涙に昏れていた。そこへ畑邦男がやって来て、ともに慷慨の涙を絞り合った。

　郷里の川内に帰った五夫が、再び故郷《くに》を出たのは昭和二十三年だった。兵校で告げられた郷里に帰って待機せよ、は郷里に帰って再起せよ、と言ったものだと気づいたのが家に帰って半年くらい経ってからだった。その間五夫は母校の川内中学でバスケットのコーチをやったり川内高女でもバスケット部を指導したり、もっぱら球技に明け暮れていた。もとより五夫は中学時代バスケットの選手として鳴らしていたからだった。そして漸く二十三年三月に、五夫はバスケット部の一年先輩竹下と一緒に東京に出て来た。目的は東京で仕事を捜して働くためだった。東京でなければ再起の仕事にはありつけないと思ったからだった。ところが来てみるとその東京は他県からの転入を厳しく制限していて、復員軍人、新婚者、学生、引揚者以外の転入は受付けない。理由は、そうしないと乏しい米などの配給制が維持できないからだった。これでは仮りに仕事があっても東京で暮らすことはできない。時まさにどん底の首都東京の暮らしだったのである。どうしても東京で暮らしたければ五夫にとって可能な途は学生になって転入する方法以外にはなかった。

五夫は一緒に上京した竹下の父親の知人が石川台にいたからそこに竹下と一緒に厄介になり二十日には中央大学の旧制法学部を受験した。午前中の試験を終わり校庭に出たらそこで川田大尉とばったり出逢った。川田大尉というのは兵学校の時の教官だった人で竜雄といい新潟県の出身、兵学校七一期、海軍大尉だった人が再出発のために中央大学を受験しに来ていたのである。

夢挫折した者の再起することの厳しさに行き遭った思いで五夫の頬は硬直した。

受験の首尾は幸いにも合格していた。竹下も日大の歯学部を受け、これも合格したので五夫は石川台の世話になった家から出た。受験のために厄介になっていたのだから受験が終わったのにいつまでもいるわけにはいかなかったのである。石川台の家を出た五夫は中央大学に行って入学金等を払い込むと故郷《くに》を出る時に持って出た金は、もうあといくらも残らなかった。神田の闇市をぶらついて雑炊を一杯すすって昼食とし、夜は外食券食堂で済ましたが、さて寝る処がない。僅かしかない残金を今晩の宿泊代に使うことは流石に出来なかった。中央大学の講堂にこっそりとはいって、そこの隅ッこに一人丸まって横になったが、春とはいえ東京の三月の夜はまだ底冷えがひどい。むき出しの床の上でオーバーをかけただけでは両膝が震えしまいには歯の根も合わなくなった。その震えのとまらぬ歯の根を無理にも食いしばって五夫は呟いた。

「今晩はこれでよかこつとしても明日から、どぎゃんして、やりもんどか……」

五夫の五躰の震えは益々ひどくなった。

翌日竹下と会って相談すると鎌倉にある千代という喫茶店《さてん》の主人に紹介状を書いてくれた。そこに住込め、というのだ。千代という名は五夫の母親の名とおなじだから、きっといいことになりそうな予感がし、五夫は横須賀線にとび乗った。千代という喫茶店《さてん》の主人に面接すると、仕事の手伝いとうちの子の家庭教師をやってくれないか、という。「はい、やりもん……もとい、やりますけん」と二つ返事に五夫は答えた。与えられた部屋は店の裏の四畳半だった。五夫はその部屋の半間の押入れをあけてみた。綿のはいったフトンが一揃いあり何故かほッとした。

仕事の手伝いというから喫茶店《さてん》の中の仕事とばかり思っていると、店とは無関係な別な仕事なので五夫はびっくりした。それは葉山の御用邸に進駐しているアメリカ兵から煙草やチョコレートをこっそりと仕入れそれを闇市に持っていって売る、ことだった。掴まっても決して私のことは出してはならない。「教科書を買う為の金欲しさにやった、とでも言うんですな」と主人は初めに厳重にそう釘を刺した。

日を重ねていくにつれ仕入れに行く為に漕ぐ自転車のペダルが重くなっていく。五夫はこの仕事がいやで堪まらなかったのである。

何日かやって大学にいった時、到頭鎌倉の千代に帰る気がしなくなってしまい、その日は又々大学の講堂にいって丸まった。

翌る日、神田のガード下で靴磨きしている浮浪児をつかまえていろいろと訊き出し、五夫は靴磨きの用具をひととおり揃えた。進駐軍物資を闇市でこそこそと売るよりは大道に尻を据えて靴磨きして稼いだ方がましだと思い直したのである。その晩も、なけなしの金をはたいて揃えた靴磨きの用具を枕にして、また中大の講堂で丸まった。

翌日から五夫の靴磨き屋が始まった。神田のガード下に腰を据え、通りかかるＧＩやパンパンに声をかけた。めしは闇市に走って雑炊をすすり夜は簡易宿泊所の垢じみたベッドにもぐり込む……そんな毎日を送っているとある日、兵学校同期の浅野親民と路上でばったりと行遭った。

「おい小島、それじゃその辺の浮浪児とまるッきし変わりねえじゃねえか……いかに成れの果てとはいえ仮りにも兵学校にいた者のやるこッちゃァねえよ」と旧都立九中出身の浅野は呆れた。

「浅野、俺《オイ》は、成れの果てでやっとるんじゃァなかとよ。靴磨きでん何《なん》でんやって大学へ通おうと思うとッとたい。成れの果て、じゃなか……」

「そいで木賃宿から大学へ通う……てえのかい。おやめよ。もっとましな仕事は捜せばいくらでもあるさ。小島、こいよ、俺の下宿に……星野も松島も一緒なんだ。そしてもっとましなことをやれよ」

「浅野、おぬし……きみは慥か東京から江田島にはいったんじゃなかったとね……」

「ああ、都立九中から……」

「東京出身のきみが東京で下宿しとるとね」

「俺の家は疎開したままさ。いまの下宿は星野の家なんだ。星野の家は広いんで二階を下宿に開放してるんだ」

その星野の家は小田急線の経堂にあった。日が昏れると先ず、いま慶應義塾大学の医学部に通っている前橋市出身の松島昭が帰って来、つぎにこの家の星野政雄が帰って来た。星野は東京都立六中から兵学校に進み、戦後桐生工専の応用化学科の三年に転入し、そこを出てこの時はオリムパス光学に勤めるサラリーマンだった。この二人に浅野、小島を加えた兵学校七五期四人のほかに二階には男ばかりが別に四人もいるという。星野は「部屋はまだ空《あ》きがあるからそこを使えばいい」と空いている部屋に案内してくれた。その夜は浅野の部屋で五夫は枕を並べた。

「鎌倉駅の近くに千代という喫茶店《さてん》のあるもん。そこで家庭教師兼闇商売の手伝いばしとったばってん、いやンなっていまの状態《ざま》たい。荷物はまだその千代に置き放しンしとると」

「千代ちゅう喫茶店《さてん》ね。小島、荷物を取りに行こう、手伝ってやるよ」

「荷物ちゅうてん、海軍リュック一つだけじゃもん、明日自分で取りにいくたい」

「するとフトンも茶碗も持って来てねえのか」

「茶碗はおろか、箸一膳もなか……」

「それじゃフトンやなんかは当分星野の家のものを借りて使うほかはねえな」

借り蒲団、借り茶碗であろうと住居が一応安定した五夫は、正式に転入の手続きを済まし都民として配給を受けられることになった。だが、とに角配給品欠乏の当時のことである。砂糖のザラメが配給になったが、それは甘味料としてではなくカロリー計算をもとに主食（米）何日分に換算しての配給品だった。主食の米も一回に十日分配給されれば上等の方だった。下宿の男たちは、配給されたそのザラメを茶碗にいれて米のようにガリガリと噛み、白湯《さゆ》や水を飲んでたちまちのうちに食べつくしてしまう。配給の米何日分をいっぺんに食ってしまったんだと解っても「やっぱり米のめしと違って、ザラメでは腹もちが弱いなァ」などと叩き合っている。米の配給でも三日分を一度に炊いて、あまさず食ってしまうからあとは米なしの日を何日も送らなければならない。独身男ばかりの生活は概してこのようなものだった。

川内中学校の同級生で兵学校も一緒だった大河内昭夫に、五夫がこれもばったりと路上で行遭ったのは経堂の下宿に移って二ヵ月ほどが経った頃だった。神田から日本橋室町の方に歩いていると懐かしい顔がこっちを見て駈け寄って来た。「小島じゃなかとか」「おぬしは大河内」と互いに同時に声をあげた。その通りの角《かど》にある喫茶店《さてん》にはいった。大河内は二十二年に上京したと言うが話は五夫のことばかりに集中し、そして最後に断を下すような調子で大河内は言った。

「小島、俺の下宿へこんね。一緒に頑張ろうじゃなかか……どぎゃんね」

五夫はそう言う大河内に蹤いて三鷹台の彼の下宿にいった。鎧《よろい》門をはいると総桧の立派な家、庭は芝生敷きの堂々たるたたずまいに五夫は眼をみはった。「凄《すご》か家やね、おぬし、ここに棲んどっとか……」

「俺《オイ》の従兄弟《いとこ》の家たい」

神戸高商を出て横浜正金銀行にはいり重役となった叔父の家で、叔母は津田塾出の才媛だと大河内はこの家の主《あるじ》について語った。玄関の呼び鈴《りん》を押すと大河内の妹の蔦枝が顔を出して「まァ、小島さん……」と蔦枝は驚きの声をあげた。旧知だったからである。

経堂の浅野たちの下宿から居を移しかえて約一と月が過ぎた。ここに移ってからの五夫はセッセと大学に通うようになった。大河内の妹の蔦枝が三度のめしの仕度をしてくれる上に、下着もまめに洗濯してくれるから五夫はそれまでと違い小ざっぱりして来た。

ある日キャンパスにいると浅野がやって来て「おい小島、バイトはいま何をやってる……」と訊く。「何《なん》もしちょらんと。だから金欠がひどかとよ」と答えると「淀橋の税務署で署員を募集してるてぇぜ。俺も応募してみようと思うが、おまえもどうかね」と誘ってくれた。角筈にあった淀橋の税務署には新潟の小千谷出身の兵学校同期の横山久吾が勤めており、この話はその横山が教えてくれたのだとのこと。

五夫はおなじ兵校同期で新潟新発田中学出の片岡正彦を誘って応募し、兵校出はみんな採用となった。雇いという待遇だった。浅野が大河内とともに新設の陸上自衛隊（当時の呼称は警察予備隊）にはいったのはこのあとである。

税務署での仕事にも漸く慣れた頃のある日、斎藤小太郎がやって来て、万年筆の協会で人を募集している、給与がいいんだ、いってみないか、と誘う。協会では通産省の委託を受けて商品の検査をすることになり、不合格品は輸出できない。その検査官に人が足りない、というのだ。この斎藤小太郎は東京の巣鴨商業から兵学校にはいった同期生だった。

少しでも余計に収入の欲しい五夫は何のためらいもなく税務署をやめてその協会に移り検査の仕事を始めた。斎藤が言ったように月給の額は税務署とは較べものにならない。五夫は給料を貰うと蔦枝を誘い出して銀座で中華料理をご馳走した。平素の蔦枝に報いる、という気持だけではなく己が心も浮き立っていた。

「俺《オイ》は月に一度以上はこげな銀ブラを蔦さんと一緒にしたかァ……蔦さんはどぎゃんですか」と五夫が言うと蔦枝は眩しそうな眼で五夫を見上げ、こっくりと首を縦に振った。

給料がいいだけに仕事は忙しかった。この検査を通らないと製品の万年筆は輸出することができないからメーカーに泣きつかれて五夫は徹夜すること再三に及んだ。折も折、そのさ中に大学の三年の期末試験が始まったのである。勉強は愚か、試験に出席できない日さえあり到頭単位をおとしてしまった。五夫が見極めをつけて大学をやめたのは昭和二十七年の春先だった。大学をやめただけではない、高収入の協会もやめて、万年筆の検査員をやっていて知り合ったK文具という会社に移ったのである。ちゃんとしたサラリーマンとして再出発したい、と考えたからで翌年の四月には交際中の蔦枝との結婚を果たした。

K文具に勤めて数年が経った。仕事は平凡なものだったが、少しでも会社の売上げ増にと五夫はしばしば意見を具申してみたが、社長の一人息子でこの会社をとり仕切っている専務は耳を藉そうともしない。元来が我儘な男だった。五夫もしまいには嫌気がさして来た。そんなある日、新聞の求人欄にC社の社員募集の広告が眼にとまった。五夫は早速応募してみた。

このC社というのは複写機のメーカーで、四十五、六人の応募者から五人が採用となり五夫もその五人の中に入っていた。広告には幹部社員急募とあったからどんな仕事か……と思っていると入社して五夫がまわされたのは倉庫だったから五夫は面白くない。倉庫の主任は二十五歳、他も二十歳前後という若僧達の中に混じって三十三歳の新入りの五夫はこの若僧たちに指図されて働かなければならないのだ。貰う給料も一般の相場よりはひどく安い。昭和三十八、九年頃、年令三十八歳くらいの給与の相場は一流企業で八万円、中小どころで六万円から六万五千円だった頃、五夫のC社からの支給額は二万九千円と莫迦安だった。子供三人を抱えた生活でこれではとてもやっていけないから妻の蔦枝も働きに出た。江戸川区内にあるビスケット工場の経理のパートに出、そこで貰う二万円を全部家計にまわして辛うじてやりくりをつけるという有様……。蔦枝は五夫と結婚するまではずうーと銀行に勤めていたから経理事務は堪能だったのである。

五夫の昼めしはコッペパンを買って来、水道の水を飲み飲み喰う毎日だった。

ある日五夫が会社から戻ってみると家の中はまっくらで子供達は電気もつけずに炬燵の中にもぐり込んで眠りこけている。揺り起こして訊いてみると「母ちゃんはまだ工場から帰ってこん」「何も食うてはおらん。おなかが空いて眠くなった」というのだ。すでに夜の八時を過ぎていた。台所を見ると朝食った食器類が洗い桶に突込んだままになっている。

かッとなった五夫は近くの公衆電話のボックスに駈け込んで蔦枝の出ているビスケット工場に電話をかけた。

「小島蔦枝が主婦であることはご承知で雇われたんでしょう」「はい、承知しております」と電話に出た経理課長は答えた。

「課長さん、いま何時ですか、八時を三十分以上まわってるんですよ。それで主婦と判っている者に、あなたの会社はまだ仕事をさせてるんですか……」

「……」

思わず怒りを相手の会社にぶつけたのだが、文句を並べているうちに五夫はそんな自分の哀れさに気づき悲しくなった。怒りの声も段々とうるみ勝ちとなっていく。「ご迷惑をかけて申し訳ありません。小島蔦枝さんにはすぐ帰って貰います」というビスケットの経理課長の謝りで電話は終わり五夫は家に戻ってめしの仕度にかかった。

戸棚を調べると魚の干ものが買ってあるのでそれを焼き、葱をぶち込んで味噌汁を煮、子供達に食べさせているとその食事の終わり頃に蔦枝が帰って来た。五夫は何も言わず蔦枝もさっきの電話のことは口にしなかったけれど「もう寝ちゃいけない……」と遠慮勝ちに訊く子供達の表情にその時の夫婦間の気まずさが伺われた。

ある日、業務課長の川本が倉庫にやって来て五夫を外に呼び出した。

「小島君、きみは海兵を出てるんだったね」と陸士出の中尉だった川本は五夫の顔を正視して言った。

「はい、七五期でした」

「その海兵出のきみに頼みがあるんだ」

業務課長の川本は、倉庫の商品管理ができたらめで在庫数が正確に把握されていない。在庫の正確な数字を先ず出してくれないか、というのだ。在庫数の確認作業をやるとなれば倉庫の全員で取りかかってもかなりな時間を要する。考えている五夫に川本は促すような口調で言った。

「勿論その作業はきみの指揮を仰いでやるように、と倉庫の諸君には告げるつもりだ」

「やりましょう。但し七十二時間、時間を下さい」と五夫もきっぱりと答えた。

倉庫の商品のリストが出来上がったのは二日目の夜だった。五夫は以後の商品の出納にも規定を設け、それを草案としてリストと一緒に川本課長に届けた。

半年後に倉庫の主任だった二十五歳の男は三鷹工場に移され、替って五夫が係長の席につくことになった。だが給料は月額でわずか五千円上がったに過ぎなかった。

ＩＢＭやユニバックが日本の市場を目懸けて上陸し競争が熾烈を極めたのは昭和三十六年から七年のことでコンピューター時代の幕が切って落とされた。この時日本で一番最初に倉庫管理にコンピューターを入れたのは小野田セメントだった。五夫はこの新しい知識について猛勉強し三十七年にはプログラマーの資格をとった。その頃は倉庫から企画室の係長に替わりさらに半年後には課長となった。しかし肝腎の給料の方はわずかなアップだけで蔦枝もパートの仕事をやめるわけにはいかなかった。そしてこの時期、五夫はC社に入社して初めて出張に出された。出張先は九州の福岡だったから五夫は出張を利用して、無二の親友でもありいまは義兄にも当たる大河内のいる久留米に立ち寄った。

戦後警察予備隊発足と同時に浅野とともにそこにいった大河内はこの頃は旭川師団（陸自）の参謀から転じて久留米にある幹部学校の教官をやっていた。大河内は陸軍少将だった平島周年を叔父に持っていたから軍隊に対しては特別の感情があったのかも知れない。五夫が訪ねていくと、近く行われる市ヶ谷での幹部学校の参謀の試験を目前に控えての猛勉強のさ中だったが、久しぶりの再会だったから大河内昭夫は参謀も試験も、また五夫は仕事のことを放り出しての痛飲となった。五夫はプログラマーの資格をとるまでの己れの猛勉強のことも話し「お互い、四十の手習いちゅうわけたい」と言うと大河内は手を搏《う》って笑ったが、言った五夫自身は妙に笑えなかった。猛勉強の内容はもとより勉強の性格が違い過ぎていることに気づいたからだった。

出張から帰ったある日、照国海運の役員有馬康郎氏から突然会社に電話がかかって来た。有馬康郎氏と五夫の関係は、有馬氏は海機四四期の出で兵学校の教官だったことと川内中学の大先輩でもあったところから始まっている。それでなくとも海軍の先輩と後輩の間には特別な情が通い合うから五夫は親しい交際を続けていたのだった。電話で有馬氏は会いたいという。同氏は世田谷の経堂に住んでいたから翌日会社の帰りに立寄ってみると同氏の話というのは、社長の運転手だった男が運転手をやめてプラスチックの原料を扱う商売をはじめよったんだ。眼はしの利くなかなかの奴だが私を頼っていろいろと相談にくるんだ。先日もやって来て、誰か優秀な人がおりませんか、部長に据える級の……というから、ふときみのことを考えたんだ。新設の会社だが仕事はいまのところ、うまく廻ってるようだよ。どうかね……というのだ。

五夫は、家内が働きに出なくても済むような給料が貰えればいってもいい、と返事をした。

新設のその会社の社長は「給料は五万円でどうか……」と言っているが……と有馬氏から電話が入ったのはその翌くる日だった。五万円貰えれば蔦枝を働きに出さずに済む、と思った五夫は即座に受けた。

S商事というその会社にいって社長に会うと「小島さんは海兵の出だそうですね。海兵という処はエリートばかりと聴いていますが、どうですか、ほかに海兵出の方でうちに来てくれる人があると助かるんですが……心当たりの方があったら小島さん、つれて来て下さいよ」と言う。そこで五夫は海兵同期の誰彼に声をかけて「五万円出すといっているから」と誘い、三人をつれて来た。

確かにこの運転手上がりの社長は商売はうまかった。だが品性という点では、どうかと首を傾げたくなるようなことが再三だった。つれて来た三人の同期も、この社長の人柄に嫌気がさして次々とやめていく。社員の躾のことで社長と口論の末やめた同期の一人は「あの高慢な社長面《づら》に五省を吹きかけてやりたいよ」と言っていた。

そして昭和四十二年の五月には、社長と口論の末に五夫自身もまたこの会社をやめてしまった。もともと有馬先輩が紹介してくれたさきでもあったから、やめたことを報告しに有馬氏を訪ねると「小島くん、君は人に使われるより人を使うべき人間だよ。そのことをよく考え直してみるといい」と氏は言った。

その有馬先輩の言葉に従ったわけではないけれど会社をやめた五夫はすしパックなどを考案しそれを自転車の荷台に積んで売り歩いた。罷めたS商事で覚えた商売だった。得意先も次々と増え、これでやっていける、という見通しも立った。すると或る日、妻の蔦枝が箪笥の抽出しから預金通帳を出して来て五夫の膝の前に置いた。手にとって披いてみると一三〇万円の預金残高があった。

「お父さんがS商事にいくようになってからこさえた臍くりよ」と蔦枝は言う。

「月々五万円の中から積んで来たのか……蔦枝、山内一豊の妻にも勝るとも劣らんやつだな、おまえは……この中から一〇〇万円だけ貸してくれ。それで会社をつくる」と五夫は息はずませて言った。神田界隈に事務所を借り電話を入れ机什器類などを揃えるのに七五万円がなくなった。残った二五万円が当座の運転資金で、蔦枝も経理面の仕事を受持つ夫婦とも稼ぎの会社の出発だった。Z産業がかくて生誕した。

Z産業はその後年々に業績を拡大しつつ着実に伸びていき立派な企業となった。どこの工事現場にも使われているトンガリ帽子の工事標識筒のメーカーとしても有名である。

平成十年の某日、筆者はZ産業の社長室で小島五夫と対談の時を持つことができた。社長室の大きなデスクの後ろの壁に五省が掲げてあった。率直なその人柄を筆者はかねてから好きで日記には好漢小島五夫と書きつけている。兵学校当時の紅顔の熟成した顔がそう言って笑った……と私の日記には、ほかにそんな記述も残っている。推して氏の人柄を想像して頂きたい。

七六期の大塚栄助も波瀾に富む戦後を送った一人である。

栄助が兵学校から帰ってみると家族数五、六人だった高崎市内の自転車屋のわが家には、長兄の家族（長兄は海軍兵曹長で北海道の千歳航空隊から復員）、熊谷で焼出された長女の家族、東京で焼出された叔父の家族など合わせて二〇人を越える家族が同居してい、栄助のいる場所もない始末だった。三度の食事も一緒というわけにはいかず三交替でとらねばならず、その騒々しさは先日やっと終わった戦争だが、ここにはまだ残っているような感じだった。

疎開家族の男たちは昼間はみんな自転車屋の仕事を手伝った。長女の夫平形大作は少年飛行兵出のパラシュート隊員で、パレンバン攻略作戦にも参加した勇士で、前線から帰ると熊谷飛行学校で少年飛行兵の教官をやっていた。熊谷の空襲で焼出されてほかに身を寄せる処もなく高崎に来たのだが、自転車屋を手伝っているうちに技術を覚え、のちに独立して同じ市内に自転車屋を開業するまでになった。

栄助は部品をつなぎ合わせこつこつと自転車を組み上げ、最終的には本職の父か長兄に調整して貰って仕上げ、中古自転車として売った。当時自転車の需要は高く、栄助製作の自転車は完成する前に買手がついてさきに金を置いていくという引ッ張り凧の状況だった。東京から疎開して来た焼け出されの叔父は、戦前日本橋に本店のあった末広（鶏料理）の板前頭だったからこれは自転車の手伝いはやらず、露店の屋台でおでん屋をやり、そのうちには店を一軒構えるまでになった。

栄助の父親は、栄助も自転車屋に、と考えていたようだが栄助自身にはその気はなく俺は大学に行きたい、と頑張る。栄助のその希望は容れられなかったが栄助は希望をかえない。到頭父親の方で折れて、大学の受験は一回限りとし不合格の場合は自転車屋になること、を条件に受験を許してくれた。栄助は早大と慶大に願書を出し両校とも合格となり早稲田大学は理工学部を受けたから第一高等学院の理科に入学した。

東京に出た栄助は兵学校の同期でおなじ早稲田で学んでいる渡辺弘や旧制の成蹊高校にはいった植松栄司などと再会できた。植松の家は吉祥寺の高級住宅街にあり、同じ分隊だった二号三号の連中も時々集まって来ていた。

ある日、渡辺と会うと「おい大塚、きさまアルバイトしないか……いい話があるんだ」と言う。早大に通うようになった栄助に高崎の長兄から毎月三千円が送られてくる。これ以上に金の必要な時はアルバイトでも何でもやって自分でつくること、が条件の三千円だった。

戦後のインフレの凄まじくなりつつある時だった。いくら大学生と雖もこれで下宿代と食費を賄い切れるものではなく、栄助もかねてからいいアルバイトのくちを捜していた時だったから聴く表情が真剣となった。

「ある財閥の家で書生を求めてるんだ。条件は東京の学生に限る、学費は全額出してやる、住込みで食事つき、仕事の主なものは使い走りのほかに庭の手入れや邸内の畠仕事、小遣いは出ぬが皆無ではない……どうだ」

「いいねェ。それでその財閥の屋敷は何処にあるんだ」

「港区の西久保城山町という処にある」

「そこから早稲田までの定期券は……」

「当然買ってくれるさ。通学費は学費の一部になるじゃないか」

「小遣いは出さぬが皆無ではない、の処を説明してくれないか」

「原則的には出さぬが折々に多少のものは……という意味だろう」

「多少のものとはいくらくらいなんだ」

「知らん、そこまでは聴いとらんから答えようがないよ。だがどうだ大塚……」

「いいね、やりたい」

「そうか、やるか……よし、じゃア早速先方に連絡しよう」

渡辺は早稲田大学専門部から海兵に入って来たので戦後はまた早稲田に復学していた。彼の兄も同じ早稲田のこれは学部の学生だった。その兄の渡辺の同級生に河井公二という人がいて、この人はその財閥の家に世話になっているというからこの書生を求める話は河井か渡辺の兄あたりから渡辺弘が仕入れて来たものと思われる。

　話が具体化し栄助が渡辺の兄に連れられて西久保城山町の一四〇〇坪の敷地を持つ木口家の邸を訪ねたのはそれから三日後のことだった（西久保城山町なる町名は現在はないけれどテレビ東京のある

あたりがそこだった、と大塚栄助氏は語っている)。

当主木口時次郎は夫人の香久子を伴って現われ栄助に会ってくれた。

「海軍兵学校の出身だそうだが、何期かね」と時次郎ははじめに訊いた。重量感を感じさせる声だった。

「はい、七六期で二号生徒でした」

「すると戦争にはいっていないのですね」

こころもち顔を傾けて栄助の返事を聴く時次郎の眼はやさしさに満ちている。栄助はいっぺんでこの人を好きになった。

木口時次郎は住友財閥の幹部の一人だった。元姓は大川時次郎、伊東市で水産会社を営む大川保平の三男として明治二十五年七月十五日生誕、東京高商在学の時木口熊吉の養子に迎えられた。大正七年に高商を出ると住友に入社し、めきめきと頭角をあらわし三十歳代ではやくも住友本社東京販売店の副支配人になっている。戦時中は明昭電機、東洋無線電信電話の常務取締役、さらに日本電気の子会社東洋通信機の専務取締役、終戦後に日本電気精器の社長となったがマッカーサー司令部のパージで追放の身となった。だがこれほどの実力者を経済界が放っておくわけはなく、間もなく三越金属工業の会長に迎えられ、また戦後に住友系の人たちが作った大井電気や筑波無線等数社の会長や相談役を押しつけられていた。栄助が会ったのはそんな時の木口時次郎だったのである。

この木口時次郎は後進の若者の面倒を非常によく見たことでも知られている。これは一つには自分に子がなかったせいもあったのかも知れない。栄助のような若者を書生として絶えず家に置いて学校に通わせ、卒業すると就職も世話してその後の相談にも乗ってやっている。木口家には子がいないから当然養子を、ということになる。当の時次郎は親戚の中から養子をとることを考えていたようだが妻の香久子の反対で実現しなかった。香久子が養子を迎えることに反対したのは、自分の病弱を考えてのことだった、といわれている。迎えた養子に迷惑をかけたくない、という気持の方が強かったようである。

香久子は東京生まれの東京（神田）育ちだったがその父の出生地は夫時次郎の生誕地伊東市からは程遠くない土肥町であった。生来病弱だったが彼女の人生を見ると、その病弱にもめげぬ積極的な生きかたが眼を惹く。一生懸命生きたと思わせる生涯を送っているのだ。

木口時次郎と結婚し芦屋に住んでいた頃はクリスト教のボランティアに参加し、神戸の貧民街に行って眼病の人々の治療を手伝っている。明石の海に崖から投身自殺する者が目立って増えた時期があった。香久は女中をつれて弁当持ちでその崖にいって見張ってい、投身しそうな人と見ると近寄っていって話しかけて自殺を思い留《と》まらせたり、当人の両親を呼んで悲恋の問題を解決してやったこともあった。

栄助がいた頃の木口家には女中が三人いた。この女中は一般のそれとは違い、行儀見習や料理を教わるのが目的でその親から頼まれて置いていたのである。料理の名人でもあった香久は、熱心な娘には三〇〇種にのぼる料理を伝授したこともあった。しかも月々の給与は他家並みのものを払っている。

香久が生来病弱だったことは既に書いたが、加えて結婚後に歯の治療中に注射針が歯骨に刺さって折れ歯神経を刺激したことが原因で香久の躰は麻痺し、ついに記憶喪失におちいってしまった。植物人間さながらの状態が何年も続いた。思い悩んだ夫の時次郎は畏友でもある医師の福島鉄雄を訪ねて頭を下げた。「たのむ、家内を助けてやってくれ」

福島鉄雄はその夜から木口家に泊まり込んで懸命の治療に当たった。ここから木口家と福島鉄雄の家族同然の関係が始まるのである。さしもの香久の難病も徐々によくなり、どうやら正常な生活が出来るまでに回復した。しかし根治には至らず時々激しい頭痛に悩まされ、それは世上にある薬では治らなかった。

福島鉄雄は東大医学部の物療科卒で札幌鉄道病院に勤めていた時に枇杷の葉の薬効に注目した。その当時民間療法として静岡県引佐郡細江町にある臨済宗定光山金地院の河野大禅師が口伝により先祖から引継いだ枇杷の葉療法の効果を広めていたので、福島は河野禅師を訪ねては論争を繰返した末に「皮膚を通じて行なう青酸療法（河野大圭禅師の枇杷の葉療法の紹介とその科学的研究）」と題する論文を昭和二年に発表している。

その後福島は製薬の研究に転じ漢方生薬から抽出した有効成分で種々の注射薬を作る一方、東京四谷に無料診療所を開設して多くの人の施療に当たった。福島はまた癌学会にかずかずの研究も発表している。

話の流れがそれからそれへ、と多岐にわたってしまったが、場《ば》を栄助の面接に戻す。

栄助は応答しているうちに、面接を受けているのだ、という最初にあった心の構えが、まったくなくなってしまっていた。

木口当主は自らの学生時代や戦前のことを思い出しては栄助に話してくれた。香久は二人の話を頬笑みながら聴いていたが、その頬笑みが顔から消えたのは女中が茶を運んで来た時だった。最後にお辞儀をしてドアを開けて出てゆく女中の背を眼で見送ると、消えていた頬笑みが又戻って来た。

「あなた……なんて仰言ったッけ……そうそう大塚さん、だったわね。大塚さんは綺麗な眼の色してらっしゃる……眼の色が綺麗だ、てえことは心が澄んでる証拠なの。ほんとにいい眼の色だわ」

香久のその言葉で面接は終わった。そのあと年増の女中が来て、栄助に家の中を案内してまわった。栄助の居室に割り当てられた部屋は玄関脇の四帖半だったが暗い部屋ではなく窓際に、前任者が使っていたと覚しき机が一脚据えたままになっていた。

一般には書生というものは深夜でも叩き起こされて用を吩咐《いいつけ》られるもの、と栄助は聴いて来たのだが木口家ではそんなことは一度もなく玄関番（来客の取りつぎ）、使い走り、庭の掃除（玄関まわりや草むしりなど）が仕事の主なものだった。この家には当主の木口夫妻のほかに、さきに書いた侍医の福島先生、早稲田大学の学生河井公二（これは書生としてではなく、二階に大きな部屋を貰って寄寓していたのは住友財閥の常務理事河井昇三郎の子息だったからであろう）、女中（いまでいうお手伝いさん）三人、福島の助手の塩谷さん、書生はこの当時は大塚栄助一人だったがのちに一橋大に通う山田健と東京高商の柿崎という青年がはいって来て三人となった。

邸内の別棟に扶桑化学研究所なる建物があって、そこが福島鉄雄の研究室兼注射薬の製造所でもあった。邸内の者から〝大奥さま〟と呼ばれていた木口夫人の香久子も毎日のようにここに来て薬の包装や梱包を女中さんと一緒にやっている姿が見られたしこの製薬の仕事には当主の時次郎も打ち込んでいて資金面はもとより開発の打合せを福島と真剣にやっている姿が、たびたび望見できた。

学資と食費以外の金は出ない、と聴かされていたが、大奥様は栄助を使いに出す時は三度に一度は千円程度の金をくれた。また使いの筋によっては相手方からも駄賃が出る。それらを合わせると結構な収入になりそのほかに月々送金してくれる高崎からの三千円はまるまる小遣いに使えたから栄助は小遣いに不自由を感じたことはなかった。

栄助が木口家にはいって半年が過ぎた。ある日大奥様の香久から呼ばれた。

「大塚さん、来て頂いたのは大事なお話をしておきたいからなの」と香久は言った。顔色は冴えずまたあの頭痛が起こっているのかも知れない、と栄助は思った。

「大学を卒業して勤め口が決まると、いままでの書生さんはみんな、木口《ここ》を出ていきました。大学を卒業して勤め先が決まってもあなたはここにいるかどうか……大塚さん、あなたは真剣に考えてみて下さい。でもいまは木口《ここ》にいようと考えても、さきゆき私らの躰が動かなくなってから出ていかれたんではかえって困るから、残るんなら最後までそれを貫いて貰いたいのよ。大塚さん、どうですか、大学を出ても勤め先が決まっても木口に残るかどうか、よっく考えてから返事を聴かせて下さい」

栄助には香久の言う意味がよく判らなかった。

「大奥さま」と言ったら「返事は急がないから大塚さん、よッく考えてからにして」と香久は言い「それより福島先生を呼んで来て……」と案の定、頭痛が始まったのである。

香久の持病となったこの頭痛は、福島の開発した特殊な注射液でないと治らなかったのである。

そして栄助はその後も到頭この香久の問いに返事をすることなく木口家を去ったのであった。大学を出て勤め先が決まったら木口家を去るか、それとも終生ここに残るか、の香久の問いは養子の問題と絡めて考えてみる必要があろう。木口家にはいって半年に過ぎなかったその頃の栄助に、問題をそこまで掘り下げて考えることは無理で、当然ながら自分本位の考え方しかできなかった。だからその後再度訊かれなかったのをいいことに返事を持っていかなかったのである。

昭和二十七年三月、栄助は早稲田大学を卒業し、当主（邸の者たちは大旦《おおだん》さんと呼んでいた。香久の大奥様と並んで大旦那さまの意味だった）がオーナーになっているT無線に入社したが、木口家を出ずにそこから通った。この当時木口邸は、それまでの港区西久保城山町の邸は栄助が大学を出る少し前に木口時次郎は売却してしまったからこの時は邸は目黒区の中目黒に変わっていた。

T無線は木口家で書生をやっていた飯塚唯夫が中心になって作った会社だが業績は冴えなかった。

大体この国の電気業界は大半が軍需工場化しており戦後の民需産業への速やかな転向が共通した課題でありそれがうまく果たせるか否かに生死がかかっていた。更にもう一つ、当時日本はアメリカ軍の占領下にあったことを忘れてはならない。マ司令部の意向に反するようなことは一切できなかった。

そのGHQは日本から航空産業や通信機、無線産業の存続を否定乃至は弱体化する態度を貫いたのである。そうなると電気産業の環境は一層きびしさを増す。謂わば業界の動乱期にも当たるこの当時、どんなアイデアを持ち寄っても効果を得るには障害が多く、やむを得ず栄助たちは工場の機械設備を使っての賃仕事をとって歩いては会社を維持していた。悪戦苦闘の毎日毎日だったのである。

栄助が東京育ちの若林早智子と結婚したのはT無線に入社後七年目のことで、会社の仕事だけで手一杯の身に男の一人暮らしはかえって負担を重くするだけだったからで、棲み慣れた木口邸を栄助が去ったのはこの時であった。東京に生まれ東京に育った早智子は明るい性格の女で先ず大奥様の香久に可愛がられた。

結婚し新居に移ると三月目《みつき》くらいからT無線では到頭給料の遅配が始まってしまった。そしてそれは一時的なもので終わらずついに慢性化するに至ったのである。

ある日、栄助が会社から帰ってみると妻の早智子の姿がみえない。居間の壁際に調味料らしき壜が十数本並べて置いてある。

その月も終わろうとしていたが、今月もまた給料は貰えそうになかった。給料が貰えず一番難儀な目をかけるのは家計を預る妻の早智だったからその姿がないことに栄助は平気ではいられなかった。木口家に電話して電話に出た女中に訊くと早智は来ていない、という。居間の食卓の前にあぐらをかき頬杖して待つこと一時間くらい、漸く跫音がして早智が帰って来た。

「ただいま、遅くなりました」

「何処へいってたの」

「おなか空いたでしょ。すぐご飯にするわ」

「何処へ行ってたんだ」

「木口の大奥さまから頂いた調味料を頒《わ》けて歩いてたの。はい、これが本日の収入、調味料十本分五千円也よ」

そんなことを言ってさちはその五千円を卓の上に並べてみせた。

「調味料てえのは、そこにあるそれかえ」

「ええそうよ。木口の大奥様がお作りになって私たち会社の社員の奥さん達に無料《ただ》で頒けて下さるの。一本五百円で希望者に売ってそれを生活費の足しになさい、ッて……」

「……」

「明日はそこにあるのもみんな売ってくるつもりよ」

早智子は浮き浮きと言った。

大奥様の香久が作ってT無線などの社員の奥さん達に頒けてくれる調味料というのは鰯の粉末を調味料にした無臭白色のもので侍医の福島は無臭で白色に仕上げる香久の技術を「とても真似のできるものではない」と舌を捲いていた。この調味料を汁でも煮物でも一匙加えただけで抜群の味覚が得られるところから愛用の主婦のファンも多かった。恰度この頃福島侍医が香久と相談しながら研究していたものに、当時女性の多くが困っていた敏感肌（化粧のつけ過ぎで化粧下の皮膚は酸素を遮断されて呼吸できず弱っていく為に生じる症状）を解消する化粧水の開発があったことを特に記しておきたい。

昭和四十年から五十年にかけての十年間は大塚栄助にとっては激震の年となった。まず四十年に木口時次郎会長が逝去した。もうあの温顔に接することも、やさしさの中に重みを持ったあの声を聴くことも出来ないのか、と思えば何もかも棄てて一緒に蹤いていきたい思いにさえ栄助は駆られた。

当主の時次郎の歿後、香久は有限会社きぐちという会社を作り木口家の資産を活用してアパート業を始めた。関係の企業からの収入がなくなったからである。そして香久はその有限会社の専務取締役に大塚栄助を据えたのであった。T無線の給料遅配は累計六ヵ月分にも達していたけれど栄助はこの有限会社きぐちから出る月給のお蔭で家族を養っていくことができ、役員に名を連ねた福島侍医もここからの収入で不安なく研究を続けることが出来たのである。

昭和四十八年のオイルショックがこの国の産業界を襲うと物価は急上昇しテンヤワンヤのさ中、下請けをやらして貰っていた最大の得意先の日立電子が、その翌年にはT無線への発注を総カットしてしまった。T無線にとってはまさに息の根をとめられたにひとしく四十九年九月にT無線は不渡りを出してしまった。

大塚栄助、時に四十九歳、恃みの若さはもうなかった。早稲田の理工学部電気科を卒業して以来、T無線一途にやって来た栄助だけにその衝撃の大きさは他の社員の比ではなかった。栄助は重い脚をひきずって木口家に行き、いまはなき時次郎当主にかえて香久にT無線が到頭不渡りを出したことを報告した。

栄助の話を聴いた香久は「そうですか、到頭駄目だったんですか」と低く呟き「大塚さん、あなたも今まで苦労したわね。一生懸命やってくれたのに……」と眼頭をおさえた。

「いいえ、大奥様こそ私らに、お作りになった貴重な調味料を下さって、生活の足しに……とまでご支援して頂きましたのに……申し訳ありません」

深々と頭を下げた栄助のズボンの膝に、ぽたぽたと涙の雫が垂れた。

香久への報告のあと栄助は、別棟の福島の処へいっておなじ報告をした。

木口会長の歿後、T無線は品川の福島の製薬工場だった跡地を工場に使用していた関係もありT無線の代表取締役は福島鉄雄になっていたからである。社務には一切タッチしなかったからと言ってもその代表取締役であったという責任は免れるとは考えられず、話しながらも栄助は福島の顔をまともに見ることが出来なかった。話を聞いた福島は「不渡りを出してそれを買戻すあてもないんじゃ倒産じゃないか」と言った。

「はい」

「大塚さんよ、みんなが寄って一生懸命働いたって給料も碌に払えないような会社は社会の罪作りだよ。そんな会社などさっさと消えて然るべし、だよ。な、そうだろう」

福島社長はそんな御託を並べてけろりとしているのには栄助もおどろいた。

「会社の代表取締役に先生の名を使わせて頂いていたT無線が倒産したんです。代表取締役として御名《おな》をお借りした以上、債権者からはいろいろと先生に言って来てご迷惑をおかけするような次第になるかと思います。申し訳ありません」

栄助がそう言い換えて頭を下げても「そりゃ名前を貸した者の当然の罰だよ。会社が倒産したんだ、その会社の経営に名を連ねた者が罰を受けるのは止むを得んじゃないか」と福島はそれでもけろりとしている。すべてを達観した上で言っているのか、或いは会社の倒産がどんなものか、よく分からずにうそぶいているのか、栄助はどちらとも判断がつきかねた。

社員の一部には再建を叫んで何とか仕事を続けようという動きもあったが翌五十年にはこれも見通しがつかなくなりT無線は決定的な破局を迎えてしまった。それと前後して木口の大奥様と社員の細君連中から親しまれていた木口香久もこの世を去ったのであった。

大塚栄助にとって木口香久の死は、心の拠り所になっていた最後の灯が消えたにひとしい衝撃だった。香久の葬式を済ますと家の中にこもったまま何日も碌に食事も摂らず考え込んでいた。その栄助が家の外に出たのは家の中にこもってから十何日目かであった。まっすぐにT無線の事務所にいった。T無線の者は役員も社員も殆んど去りいまはもう誰も事務所には出ていなかった。無人の事務所に栄助は一人で残務整理の仕事を当たった。電話も時々鳴ったが、受話器をとってみるとすべて債権者からのものだった。夕方まで仕事をして帰宅し、翌日もまた次の日も栄助はT無線に出て整理の仕事に当たった。

苦しい経営を続けていたT無線の経理は、最後の頃になると町の金融業者から借りるという資金繰りをやっていた。それもしまいにはA業者への返済金はB業者から借りて払うという自転車操業になってしまったから債権者にはそれらの貸し金業者が多かった。

　さらに故木口時次郎会長は、苦しい金繰りのT無線に対し自己の不動産の一部を根担保に提供してくれていたし、更にT無線が使った担保物件には福島鉄雄所有の物件もあった。それらは銀行が抵当権を設定していた。栄助は故木口会長の提供物件を処分することは、心で詫びつつも止むを得ないと観念していたけれども福島先生名義のものだけは何としてでも先生に返さねば、と思っていた。代物弁済で抵当物件を取得しようとする銀行に足を運んで栄助はねばりにねばって交渉を重ね、ついに当方の手でその担保物件を売却することに話をつけた。しかし福島先生の担保になっている物件だけは売らずに返せる方法はないものか、という考えに捉われている栄助は、それらの物件の売却を積極的に進める気になれなかった。その福島から昭和五十二年の暮れ近くに電話で会いたいと言って来た。いってみると「大塚くん、頼みがある」と福島は栄助を見るなり言った。真剣な眼つきだった。

「はい、何でしょう」

「あの化粧品だが商品化に力を藉して貰えんだろうか」

　さきにも触れた女性の敏感肌を解消する化粧品の開発には故木口香久も大きく関与していたことは前にも述べたとおりである。香久の死後も福島はこの化粧品の開発を続け、塗っても肌に酸素を与える化粧品として漸くその試作に成功することができた。次の課題は商品化をどうするか、にかかってくる。

「僕は商売は駄目なんだ。やって貰えるのは大塚くん、きみ以外にはないんだ、たのむ」

「はい、化粧業界は私も不案内ですが、商品《もの》が画期的なものだけに新商品としてルートに乗せることはできると思います。ただ……」

「ただ……何かネ」

「T無線の整理がまだ済んでおりませんので、それが済まないうちは私としては……」

「それこそ誰か、たとえば弁護士にたのむとか、そういったことでやれないのかネ。きみがいつまでもそんなことに携っていることはないよ」

「先生、私は木口の大奥様が亡くなられた時いろいろ考えてみました。そしてせめてT無線の最後の結末は、私のこの手でつけようと決心したんです」

「整理はいつまでかかる……あと何ヵ月で、というわけにはいかんのだろう」

「いま担保提供された物件を売却しようとしているんです。それが終わればその金を債権者に配当して終わりにできます。ですがその提供物件の中に先生の品川の土地建物があるんです。これだけは何としてでも外したいと考え……そのことが目下の最大の焦点になっているんです」

「僕の品川の土地建物……ああ、T無線に担保に貸してやった……あれかね……」

「はい、それだけは手をつけずに先生にお返ししたいと思い……」

「大塚くん、そんなもの返してくれなくてもいいよ。あの土地建物はもともと木口さんが僕に買ってくれたものなんだ。その後あそこを使わなくなってT無線に貸したんだが、取り戻そうとは考えちゃいないよ。それよりあれを処分してT無線の整理がつくんなら結構なことだ。さっさとやり給え」

「……」

「T無線の整理が終わったら大塚くん、化粧品やってくれるかネ」

「はい、微力ですが一生懸命お手伝いさせて頂きます」

栄助のその返事を聞くと福島は莞爾として大きく頷きかえした。その時の福島の笑顔を栄助は忘れることはない。

その担保物件は競売にかけず栄助の手で売却した。昭和五十三年、当時土地の異常な値上がりもあって予想したこともない高値で売れた。栄助はその売却代金を債権者に公平に配当して残った債務については放棄を懇願した。T無線が倒産して丸四年が経っており債権者は殆んどの者が取り立てや配当を諦めていた時だから全部の者が債権放棄に応じてくれた。その配当金の一部を、栄助は未払いの社員の給与にも当てて未払いを清算している。昭和五十三年の四月のことだった。

禍福はあざなえる縄の如しという。T無線の整理が完了する直前の一月に、木口夫妻の次に栄助が親炙してきた福島鉄雄が急逝したのだった。

T無線の整理を完了すると栄助は木口家の墓に詣り福島鉄雄の墓にもいってT無線の整理が略々完全な形で終了したことを報告した。大学を出たら木口を去るか、大学を出ても木口に残るか……よく考えて返事して下さい、と言われた香久との遠いあの時のことを思い出しながら結局最後まで木口に残ることになった自分の運命というものについて栄助は感慨ひとしおのものがあった。そしてT無線の整理が終わったら大塚くん、化粧品やってくれるかネと言った福島先生の声はまだ耳の底に響いていた。

大塚栄助が義兄の平形大作と一夜食事をともにしながら歓談の時を過ごしたのは五十三年の四月の月末《つきずえ》のことだった。平形大作は栄助の一番上の姉の夫で、空襲で熊谷を焼け出され終戦当時は高崎の栄助の家に一家中で疎開して来、自転車屋の仕事を手伝っているうちに仕事を覚え同じ高崎市内に自転車屋を始めたのだが、その後アルミやアルマイトのメッキをやる会社を興し、のちシールドバンのメッキに特許をとりこの当時は年商二十億の会社に発展していた。日の出の勢いのこの義兄を栄助は眩しい目で見ながらも〝よし、俺もやるぞ〟と自らの明日に鞭うつ気持だった。栄助はこの春一子時久を大学ではなく薬学専門学校に入れている。時久が卒業したら新設の化粧水の工場に……と栄助のプランは福島の化粧水の商品化に向けてそこまで具体的に踏み出していたのである。

平成十年八月の某日、大塚栄助氏は商品化した化粧品リンクリンクの化粧水、クリーム、ヘアトニックなどを手土産に筆者の高尾山麓の家を訪ねてくれた。その折氏は、生きているうちにもう一つだけ自分がやらねばならない仕事として、静岡県下伊豆の地に木口時次郎氏の記念館を建てる抱負について語ってくれた。その土地はすでに購入済みだとのこと。

思えば大塚栄助氏が木口家の書生となり大学卒業後は木口系の企業の一つにはいって結局会社倒産の憂き目をみることになった運命が、氏にとって果して吉だったのか凶だったのかは措くとしても木口家一途の氏の人生のその純粋さは、聞き入る筆者の心を打った。「木口記念館の完成の一日も早からんことを祈ります」

筆者は心から声援を送る思いで、そう励まさずにはいられなかった。

七七期の西能《さいの》正一郎が江田島の大原から帰郷してみると、声をかけたらいつもまっさきに迎えに出てくれるはずの妹の睦《むつ》の姿がない。家の中に上がってみると睦は奥の間に一人病床に臥《ふ》していた。睦は正一郎とは二つ違いで砺波高女の三年生だったが、訊けば学校もずうーと休んだままだという。病気は結核性の腹膜炎で痩せ細りお腹だけが異常にふくれ上がっている。そのお腹を見せて貰い「すごくふくれている」と正一郎が言うと「痛いの。時には耐まんないくらい……」と睦は、かぼそい声で訴えた。

戦前は来診してくれる医師も近所にいたけれど、この先生は軍医で応召したまま未だ復員しておらず、医師に診て貰う為には病人を病院までつれていくよりほかはなかった。多少容態のよさそうな時を見計って、正一郎が手を曳いて市内の病院にいったこともあるが、病院の行きかえりでかえって睦の工合は悪くなってしまった。病院では当分の間通院してくれ、といったが出来るものではなかった。正一郎は日がな、ほとんど睦につき切りで面倒をみていた。

睦は戦争中は福野の呉羽紡績の工場に女子挺身隊としてそこで寮生活をしながら風船爆弾の風船貼りをやっていた。この病気はその時感染したものと思われる。九月に入り女学校の授業が再開されても登校出来ずそのうち遂に寝込んでしまったのである。

海軍兵学校に正一郎がはいる前のことだった。獅子文六の「海軍」という小説を高岡中学校の同級生から借りて来て正一郎はむさぼるようにして読んだ。その本の中に「人事を尽して天命を俟つ」とか「断じて行えば鬼神もこれを避く」などの言葉とともに兵学校の五省が紹介されていた。読み終わった「海軍」は、妹の睦も読みたいというので貸してやり、正一郎は五省を叮嚀に書きとってその紙を机の奥の壁に貼って、以後海兵の入試突破を目指して猛勉強に励んだのだった。

ある日、学校から帰ってみると睦の机の上の壁にも、睦が書いたものと思われる五省が同じく貼ってあった。〝女のくせに、俺より上手な字を書いてやがる〟と思っただけで正一郎は別段気にもとめなかった。

正一郎が江田島大原の海軍兵学校に入ったのは十七歳になったばかりの時だった。

食事ラッパが鳴ると二〇〇〇人を収容する大食堂はたちまち生徒達でいっぱいになる。定められた各自の席の前に直立不動の姿勢で立つと一瞬の静寂《しじま》がくる。当直士官の「かかれ」の号令とともに二〇〇〇人が一斉に食事を始めると食堂は波のうねりのような音につつまれる。だが正一郎たち三号生徒には食事をゆっくり味わうゆとりなどはなかった。食事の間に必ず、といっていいほど「食後直ちにカッターの整理にかかれ」などの上級生の命令が出るのだ。そういったたぐいの仕事は、ほとんど三号生徒がやらねばならない使役で、それをいかに正確にはやく為し終えるか、がまた分隊間の競争にもなっていたのである。

西能正一郎は食事当番についた時、自分の丼には他より多く飯を詰め込んでしまう自分というものに嫌悪感を懐くようになったことについては、すでに前にも書いたところである。だがそれにも拘らず食卓の前に立つと、逸速く自分の丼とほかの丼のめしの量を盗み見てしまうさもしき性《さが》から遂に抜け出ることが出来ず、「こんな下司な俺が、誇り高き海軍士官になれようか……ああ」と溜め息を食堂にこぼして、ついに食い気と悔いに満ちた兵学校を去り行かねばならぬことになった。

青春悔い多し――西能もまたその例に洩れるものではなかった。

西能にとってもう一つ忘れ難い兵学校での記憶に、広島に原爆が投下された時、兵学校の練兵場からそれを仰ぎ見た時の恐怖感がある。凄じい爆風ともくもくと冲天に達する不気味なきのこ雲。「あれは何だ……」と言ったきり生徒達は誰もみな、気を抜かれでもした顔で茫然と見上げているだけだった。その恐怖は、それまでの戦争というものに抱いていた西能たちの先入観を根底から覆し去るほどのものだった。

原子力時代の戦争を考えた場合、それはもはやこの地球と人類の滅亡を齎《もたら》す以外の何物でもない。戦後の西能が、「戦争は二度としてはなりません」と説くようになったのは、広島原爆を遠くからでも目視したこの時の記憶から発していることが判るであろう。

おなじ時におなじ場所でおなじ目的に生きともに鍛えられたものを同期という、と西能は言っている。短時日に過ぎぬ触れ合いであっても、ここで過ごした同期との喜怒哀楽はその後深い懐かしさとなって正一郎の心に刻み込まれた。その懐かしい同期の者たちとも別れて家に帰った――というのが西能正一郎の海軍兵学校の想い出のあらましといえる。その兵学校から正一郎が妹の睦に出した葉書が遺っている。

拝啓　毎日毎日の動員作業さぞ疲れる事と思う。しかし生死を賭しての戦だ。大に頑張れ。弟達の善悪は皆お前にかかっている。強く正しく明るい弟妹を作る様父母上を補佐して之が誘導完璧を期せ。耳はよくなったか。

左記物品成可く早く取揃へ送って呉れ。

一、コンパス　以前俺が使用せしもの、芯を附けるなり、父上の机の中にあるはず。
二、印肉　大きいのでよい、父上に頂いて呉れ。
三、ナイフ　切出小刀でもよし、よく研いだもの、父上に相談せよ。
四、釦　直径二cm余、国防色又は茶。五ケ。
五、雑用紙　お前にやった紙の中あらゆる種類のもの多数、西洋紙を多く、ブックケースに入れあれば可。
六、ブックスタンド　俺の本立の三段目にあるはず也。
七、箱入型箱　机の下の木の箱の中にあり（裏トタン）ボール紙の筆入ならば最も可。
八、鉛筆　H、HB位のもの十数本。
九、ノート　俺の少し使用せしものにても可。多い程よし、紙質不問、本立中の「思出記」とかいたるのも送れ。

一〇、クリップ　紙をはさむなり、要すれば二ケ。
一一、セルロイド　下敷一枚。
（この文面は葉書に横書きされ仮名は片仮名が使ってある。送ってくれ、と書いて寄越したものは文具類で、物不足が深刻化して兵学校内では既に求むべくもなくなっていたことが想像できよう。睦との兄妹仲の濃さが窺える葉書である。）

孜《おさむ》さん、お手紙非常にうれしくよみました。元気で勉強しているさうで喜んでいます。今習っている先生はだれですか。丸山へ遠足に行ったさうですね。「わらび」や「ぜんまい」はありましたか。兄さんたちの小学校の時の遠足が思いだされます。今は草も木もみんな大きくなる時です。孜さんも草や木にまけないように、強く大きく正しくなって下さい。孜さんもアメリカの国民学校の子供と戦争をしているのです。先生やおとうさん、おかあさんの言いつけをよく守って勉強することがアメリカをまかすことになるのです。さようなら。
（西能孜はのちに兄の正一郎に倣い医学を修め西能病院の二代目の院長となる。）

御両親様、御激励の御芳書有難く拝見致候。昨年の今頃より希望に燃えて始めた受験準備等々そぞろに想起せられ懐かしく又決意を新に致候。父上様より「家恋し、寂しなどの女々しい心を起さず」と有之候いしが洵に意外の御言葉にて、已に身を捧げし私には不用の御言葉かと存じ候。沖縄の戦況皇国否大東亜の存亡を決せんとする時、私只管耳を閉じ逸心を押へて本務遂行に邁進致し一日も早く特攻の士として救国の礎たらん事を祈るものに候。江田島の地、麦の取入れも終了致し巣を求むる雲雀の声、天高く響居候。

（この当時西能正一郎は未だ十七歳に過ぎなかったのに、候文で綴っていることには驚かされる。まことに洵を充て、そぞろという言葉を用いるなど、その学力の高さが偲べる。）

謹啓　心にもなき長らくの御無音平に御容謝被下度候。御一同様御心尽しの御写真夢中になって開封致候。家内総員の熱誠が胸につかへ、只管精進を以て之に対へんと決意新に致候。殊に御両親様の御尊影日頃待望せしだけに御膝下に在りし感致し玉声の響くを感じ候。昨日分隊監事の変更があり、新分隊監事は海軍少佐上村嵐殿と申され、入校当初の新しい気分が漲り元気一躍張切り居候。戦局日増に深刻何時音信杜絶するやも計り知れず一信一信最後と思召被下度候。敬具

以上は昭和五十九年に西能正一郎が出した「十五葉の葉書」から採ったものである。西能が兵学校から家族の者に出した葉書十五葉を、父の正義が大切に保管してくれていたのを西能が本にしたもので、わずか三週間の入校教育で人間がコロリと変わって十六、七歳の子供が突然候文を書くようになった……父母もおそらく驚いたことと思うが、いまの私にも自分の書いたものとは信じられないくらいである、恐らく若冠十六歳のチビでも本気になって国のために死ぬ気でいたので、生死を超えた心構

えがこのような文を書かせたのではないか、と西能はその本のまえがきに記している。

さて復員した西能正一郎は何かをやろう、という気もなく、またすることもないままに病床の妹睦の枕辺に坐す明け暮れだったが、その年（昭和二十年）の暮れになると正一郎が病院から貰って来た薬も睦は嚥下できなくなりそして数日後にはついに死を迎えてしまった。両親と三人で納棺し終わり、もはや主のいなくなったフトンを仕舞おうとしたら、睦が寝ていた枕辺の近くに一枚の半紙があった。手にとってみるとそれは嘗て睦の机の奥の壁に貼ってあったはずのあの五省訓だった。

一、至誠に悖るなかりしか
一、言行に恥づるなかりしか
一、気力に欠くるなかりしか
一、努力に憾みなかりしか
一、不精に亘るなかりしか

半紙に毛筆で書かれた文字が綺麗に並んでいる。

この五省訓は海軍兵学校生徒の反省訓であった。ひとつ、しせいにもとるなかりしか、ひとつ、げんこうにはづる……と自習時間の終わりに生徒の一人が読み他は胸の中で唱和した。のちこの五省は予備学生も予科練も隊内生活の反省訓として唱和するようになった。

正一郎たちは愕然とすると同時に、親子三人声をあげて泣いた。

「立派な人間になろう、立派に生きよう、としてたんだネ、あの娘《こ》は……それなのに、それなのに、神もホトケもないよ」と言って掻き口説いては泣く母の声が一層涙を誘った。正一郎は涙に濡れながらこの時の母親の言った「神もホトケもないよ」を「医者も病院もないよ」に置き換えてむせんでいた。そして〝よし、俺は医者になるぞ〟とこのあと心に決めたのだった。

西能正一郎が弘前大学の医学部の入試に合格したのは、睦が死んだ翌年のことだった。

時は移り昭和も三十七年となった。その年の三月に、西能はそれまでの病院の医師勤めをやめて、富山市星井町に西能整形外科医院を開業した。地元有力者の支援もあったのは一に西能正一郎の高邁な人柄によるもので医院は盛業裡に推移し、手狭まになったので五福に新築して移転し、整形外科以外の科も増設して病院とした。昭和五十七年三月二十一日の時点で、病院の職員数一二〇名、患者は入院外来延べ一六〇万人を突破する富山県でも屈指の病院に発展した。のち西能はこの病院を医療法人に組織変えし、その法人名を五省会とした。西能正一郎の五省は、兵学校出の人が五省に抱く思いのほかに、妹睦との思い出に深くつながっていることは読者にはすでにお判りのことであろう。

江田島の旧海軍兵学校の施設建物はその後海上自衛隊の手に移り、海自はそこを幹部候補生学校として使用している。平成七年八月の某日、筆者は何度目になろうか、江田島を再訪し構内を一巡したあと、桟橋に立って海を眺めていた。少し離れ、この日案内をしてくれた海自の士官が、そんな筆者につき合ってこれも海に鼻を向けていた。戦後憲法に戦争放棄を掲げたこの国の再生の歩みもすでに五十有余年が過ぎていた。ここ江田島に海軍兵学校のあったことも、そこに全国から選ばれて入校した若者達のあったことも、この国の人々の多くは忘れ去ったかの如くである。

　ふと、波の音に混じって異音のしてくるのに気づいた。耳を澄ますと、それは軍靴の響のように思われて来た。去っていく跫音ではなく、何かに向って突き進んでいく、と思われる逞しい大ぜいの跫音だった。幻聴か……いや幻聴などではない。過ぎにし歴史の跫音……、いや、まて、七五期六期七期八期の在校四期生のあれは跫音だ、と思いかえし、その跫音に向って帽振れしたい気持を、人目を憚ってじっとおさえていたこの時の自分を、筆者はいまも忘れることはない。

哀しからずや、予科練は

「いってらっしゃい」という妻八重の声に、藤岡昭二は顎で頷くと殊更に胸を張って歩き出した。ふと松山空での出撃風景を想い出したのである。

昭和二十年当時の航空隊の出撃と言えば特攻出撃以外にはなかった。いく者はみんな一様に胸をそらしていた。これが俺の最後だ、と思うから帽振れで送るみんなに、しょぼしょぼした姿はみせられなかったのだ。

藤岡は駅までは胸を張って歩いて来たが、ホームに溢れかえっている通勤通学の人達を見ると「さあ、これからまた俺の今日の特攻が始まるぞ」と思い、ごくんと一つ生唾を嚥みこんだ。

藤岡の勤めているのは日刊の新聞社だった。そこで資材部の仕事をしている。新聞は戦後に復刊された夕刊紙だったが、日刊紙としてのぎりぎりの採算線だとされる二十万部は夙くに割り込み、既成の大新聞に押されて部数は細る一方だった。当然のことながら社の資金繰りは苦しく、背に腹はかえられぬと新聞用紙を巷に流しては現金を稼ぎ、当面のやりくりをつけねばならぬ程になった。この当時の新聞用紙は割当ての配給制だったからそれを横流ししていると分かればただでは済まぬことになる。まさに社運を賭けた冒険だったのである。

新聞用紙はロール巻きになっている。それを秘かに裁断所に運び込んで、一般のザラ紙にしてから買い手に引き渡して取引は終わるのだが、藤岡は上司からの命令でその裁断所に運び、さらにザラ紙を買手の許まで届ける責任者にされてしまったのである。いつからか、この仕事に従事する者を社内では特攻隊とよぶようになった。もっともこの秘事を知っているのは社内でも極く一部の者だけで、多くの社員はまったく知らなかったのである。

新聞用紙運搬のトラックを指揮して、藤岡は今日も無事任務を果たして帰って来た。トラックに便乗して走り回るだけでも結構疲れる上に警察や世間の眼をそらしての行動だから心身ともにくたくただった。経理本部長たる常務取締役に報告すると「ご苦労さん」と常務は労《いたわ》りの眼でそう言ってはくれるが、それ以上のことは何もない。退社時間が来たので藤岡は今日の運転手を誘って会社の近くの有楽町のガード下の飲屋の暖簾を分けた。話声と人いきれと酒の臭いでむッとする暑さだった。

「藤岡さんは予科練だったそうですね」

席につくと運転手の木島が首を伸ばして訊いた。

「誰から聞いた」

「帰社してから経理部に用があって行ったら経理部の人達が話しているのを聞いたんです」

「予科練だったことは間違いないよ」

「するとグラマンとやり合ったんですね、何機墜とされました」

運転手の木島は膝を乗り出した。

「木島くん、君の想像しているのは予科練でも甲飛の一期から七、八期、乙飛でも一期から一〇期くらいまでの古い予科練らしいけど、その連中はほとんど戦死しちまってもういないんだよ」

「何ですか、その甲飛とか乙飛とかいうのは……」

「予科練の中には甲飛と乙飛、それに特乙というのがあったんだ」

「へえ、そんなにいくつもあったんですか」

「そうだ。甲飛というのは旧制中学、いまの高校だな、その四年から予科練にいった者、乙飛は小学校の高等科卒か中学二年を終えた者、特乙は乙種の志願者の中の十七歳以上の者から採った、というふうに、主として学歴の差で分けられてたんだ」

「藤岡さんはそのうちどれだったんですか……」

「僕は甲飛、甲飛の第一三期だ。僕らの頃はもう敵機とやり合うことじゃなく敵艦を撃沈すること一本に変わってしまっていたんだ。特攻だよ、二五〇キロとか五〇〇キロ爆弾を積んで飛行機ごと敵艦に突入体当たりする特攻さ」

「そうですか……でも藤岡さんは特攻には出なかったんでしょう」

「うん、待機中に戦争が終わっちまった」

「制服は、でも桜に錨の七ッ釦だったんでしょう、予科練は……」

「そうだ。七ッ釦だった」

そこへ同じ新聞社の経理部の連中が四、五名はいって来た。その中には経理課長の顔もあった。

「よおッ」と声をかけ二人の隣りに陣取った。二人の話はここで終わりとなり、あとはとりとめない話の中に巻き込まれてしまった。勘定は各自の割勘だったが、課長は藤岡と木島の分を持ってくれた。今日の特攻隊員へのそれがねぎらいだったのだろう。

藤岡が予科練の甲飛一三期にはいったのは昭和十八年の十月一日だった。四国の松山航空隊だった。この当時の予科練入隊の思い出を書いたものの中から出色のものを次に紹介する。筆者は甲飛一三期の山口実氏（東京在住）である。本編に挿入するのには少し長いけれど、当時の予科練志願少年の純粋な気持や社会の反応などが、よく見られるからカットせずに全文を採り上げる。


戦災で焼けた私の家は東京下町のそば屋で、私はそこの次男坊に育った。小学校三年頃から店を手伝う、結構家のためになる孝行息子だったし、言えばおこがましいがその上学校の成績もよく、六年生まではずっと級長か副級長を勤め、卒業式には総代にも選ばれた。

しかし父は私を中学校（旧制）にはやってくれなかった。いつかその父が「学校（中学）にやると家業を継がなくなる」と同業の小父さんに話しているのを聴いた。私より六つ上の兄は中学を出ると家業を嫌ってサラリーマンになってしまった。そんな兄に懲りたのか、また家業を嫌われたら、と父は思ったようだ。だが小さい頃から店を手伝って来た私は、そば屋をいやだと思ったことはなく、だからこれは父の思い過ごしだったといえよう。

高等小学校を卒える頃になると、どうしても中学に進みたいとは思わなかった私も、もう少し勉強したいと思うようになり夜間の商業学校へ行くことにした。都立荒川商業学校、莫迦に規律のうるさい学校であった。同じクラスには八百屋、酒屋など商家の者が多く、そして不思議と次男坊が多かった。一年の一学期をのんびり楽しく過ごしたら、初めて貰った通信簿を見てびっくりした。四十何人中の四十番という席次なのだ。これでは両親に見せる訳にはいかず、これからは勉強に身をいれようと密かに誓ったのだが、一度のんびりした生活をしてしまうと軌道修正ままならず、期末の試験になると毎度あわてて、一桁の席次はなかなかとれなかった。二年生になった十二月八日が昭和十六年十二月八日で、二学期の期末試験の始まる日だった。朝のラジオの臨時ニュースで日米の開戦を知らされた。ついにやったか……血湧き肉踊る。もう勉強どころではなく一日中ラジオにかじりついていた。

学校へ行っても勿論この話で持ちきり、こんな大戦争に突入したのだから期末試験は中止だろうと、私は勝手に思い込んだ。しかし試験は予定通りに行われるし、級友達も戦争は戦争、試験は試験と割り切っているのが私からみれば不思議だった。

緒戦の大勝利により米英を短期間に叩きのめし圧勝すると思われた戦争だったが、月日が経つにつれ大本営の発表もどうも歯切れがよくないように感じられ、玉砕という言葉など聴くようになった。物量を誇るアメリカが犇々と押し寄せてくる気配を感じ〝これはいかん〟とじっとしていられなくなった。自分も戦場にいって銃をとり戦いたくなった。こんな時に「ハワイ・マレー沖海戦」という映画

を見、海軍飛行予科練習生の制度を知った。志願したくてうずうずしている私の心を捉えぬ筈がなく

〝これだ〟と思った。

神田の本屋で案内書を探し「学生」という受験専門誌に出ている模擬試験問題を見て驚いた。難解そのもの陸士海兵並みではないか。商業学校という不利はあるにせよ、今までの不勉強が祟っていることもあって、どう考えても自分には無理だと分かった。残念ながら諦めざるを得ない。だが、その時ふと思った。「そうだ、俺にはいま、いくらでも勉強する時間はあるのだ」

というのはその頃、すでに食糧事情は悪く、家業の主原料である小麦粉も割当配給になっていて、以前のように夜の十一時過ぎまで営業するということはなく、午前中加工してお昼には売切れ、という状態だったから勉強する時間はたっぷりとある。弱い数学、物理、化学を徹底的にやればなんとかなる。そのかわり「受験に関係ない一切の商業科目は本日限りやめてしまおう」学校にいって担任の先生に、甲種予科練受験のため、授業中受験科目の自習をしたいので許して貰いたい、と頼んだ。考えてみれば随分と勝手な言い分だが、人のいい簿記担任のN先生は「しっかりやれ」と激励してくれたのである。かくて英数国漢以外の授業の時は物理化学の本を出して自習する。朝も早くから受験勉強、疲れると気晴しに店の手伝い、という毎日となった。

十八年の一月の末だったたと思う。「海軍甲種飛行予科練習生に志願します」と両親の前に正座して言った。母は黙っていたが父は仰天した。「お前がやらなきゃなんねえことは甲州屋というこのそば屋を継ぐことでねえか。甲種飛行でなく甲州屋だ。そこんところを間違いめえぞ」父は眼をとんがら

せて言った。男の子二人のうち兄は大陸に出征中、いつ戦死するか知れないのに期待のお前までが甲種飛行で翔んでったら家業はどうなる、と父は反対するのだ。いつも家業のそば屋から離れられない父に、私は反撥を感じた。日本が万一敗れたらそば屋も提灯もあるものか、と話の勢いでつい口が滑った。「莫迦ッ、そば屋を提灯と一緒にするやつがあるか」と父は怒鳴った。

「父さんは、僕が小さい頃から日露戦争に出征して戦ったことを何度も話してくれたじゃないか。僕も友達に、僕の父さんは日露戦の勇士だと誇りにしてきたんだ。それがいま、日本が日露戦争以上の大国難の時に、家業のそば屋が大事だから戦場に行ってはいかんとは、とんでもない日露戦の勇士だ」と逆襲すると、父はこれには大いに参ったようだったが、しかし許してはくれない。翌日もう一遍やったが駄目、わが青春の夢は、そば屋という家業のそば杖喰って掻き消されんとしているのだ。私は大陸に出征中の兄に手紙を書いた。この兄から父に頼んで貰おうと思ったのである。家業のそば屋を嫌ってサラリーマンになった兄だから、まさか甲種飛行予科練習生を諦めて甲州屋を継げ、とは言わないだろうし、兄弟だから弟の気持は判ってくれるだろうと頼みをかけたのである。私は毎日毎日兄からの父宛ての手紙のくるのを待った。遂に来た。その手紙の封をはがして読んでみると、こまごまと書いた文面の終わりに、実の願いを聴いて上げて下さい。私からもお願いします、とあるのを見、小躍りし糊で叮嚀に封をし直して父の所に持っていった。いつ戦死するかもしれない兄の言って寄越した頼みでもあったから、父も遂に許してくれたのである。用意してある志願書に父の印鑑《はんこ》を押して貰うと、私は自転車をとばして区役所に駈け込んだ。

いまや晴れて予科練志願者となった私は、学校の先生に願書を提出したことを報告し、他のクラスや下級生の組にいって「ともに行こう」「俺に続け」と演説してまわった。猛勉強にも拍車がかかった。そしていよいよ試験の日が来た。

第一日目は身体検査、これは絶対自信があった。いい躰をしている、と人からも言われ自分でもそう思っていたし、校医に診て貰ったが異常は全くない。齲歯が一本あったが、不合格の対象になるといけないと思い完治しておいたし、一番主要な視力は一・五だから意気込んで出掛けた。型通り身長体重の測定から始まったが、三つ目の検査で思いも寄らないことが起きた。それは呼吸差の検査であった。つまり通常の時の胸囲と深呼吸をした時の拡張差が、一定の基準に達しているかどうかを調べるのである。測定したら太った水兵さんは「きみ、駄目だ。足りないよ」と言ったのだ。「えッ」という私の眼を見て「だけど君をここで落とすのは勿体ないなァ。もう一遍やってみよう」

意外な再測定にこんどは慎重に臨んだ。しかしデブの水兵さんは、また首を横に振ったのである。

「お願いです。必死なんです。どうしても甲種予科練になりたいんです。何とかならないでしょうか。もう一遍……」

「そうだな。じゃもう一遍だけやってみるか」

そして三度目に「よーし、合格」

ぽんと肩を敲かれた。何かおまけをしてくれたように思えた。次の検査の方に躰を押しやられたから私はそっちに進みながら振返ってみた。デブの水兵さんと眼が合うと水兵さんは、にッと笑った。

この予期しない出来事に気も動転して、あとは何の検査をやったのか覚えていない。とに角身体検査はパスだった。

第二日目は学科試験。にが手の化学の問題も何とかこなし、学科も無事合格して第二次の身体検査が三重航空隊で行われた。この時の記憶は残っていない。ただ区役所で旅費を支給されたことだけが、何か晴れがましいように思われ胸を張って貰ったことを覚えている。恰度この頃、映画「決戦の大空へ」が上映され予科練はさらに世間に紹介され、その主題歌「若鷲の歌」は大流行し「七つ釦の予科練」は三つ四つの子供でも知るところとなり全少年の憧れの的になった。その予科練になる権利を九分九厘手にいれた私は大得意だった。

そば屋の甲州屋の倅が予科練に入る、と町内にも知れ渡り、歩いていると「予科練にいくんですってね。頑張って下さい」「こんどは自転車でなく飛行機ですネ、気をつけて」などと声をかけられ「ハイ、頑張ります」と、もう予科練になったつもりで軍隊調の返事をしたものだ。十二月一日の入隊に備え毎朝マラソンをやった。入隊の二週間ぐらい前から学校で、始業前の三十分間を入隊者四人とマット体操の練習を始めた、と言っても簡単な飛び箱程度のものだったが、少しでも慣れておこうという私自身の発案からだった。その日は入隊の十一日前だから十一月十九日だった。入隊者以外の者も加わって総勢一〇名が思い思いの練習をしていた。多くの級友達が冷やかしながらそれを見ている。「やっぱり予科練組はうまいな」などという声を耳にすると、つい得意になった。〝よし一寸、いいところを見せてやるか〟

飛び箱を横にして貰うと思い切り踏み込んでパッと回転した。ところが勢いがつき過ぎ着地に失敗してマットの先端にどさりと横倒しに落ちてしまった。どッと起こる笑い声を耳にしながら〝しまった〟と思ったのは右足首にキーンときた激痛を感じたからだった。いつまでも立ち上がらない私に声がかかる。「山口、はやくどけよ」「予科練、だらしないぞ」

何を言われようと立てないのだ。入隊前の大事な体なのに、何ということをしてしまったのだ、という悔やみが走った。三人ほどが「どうしたんだ」と駈け寄って来た。「一寸くたびれただけさ」

始業時間が迫っていた。見物の生徒は出て行き三人は用具を片付けてこれも出ていった。誰もいなくなったところで、そっと立ち上がった。右足首がだらりとした感じ、そっと床につけてみたが、とても歩けるものではない。眼の前が真っ暗になる思いだ。入隊までの十日間で治るだろうか。いや絶対に治さなくてはならないのだ。医者にいこうと思い、講堂の外まで四つん這いになっていった。それからは這っていくわけにはいかず、建物に寄り沿いながらやっと校内出口にある小使室に辿りついた。何か杖になるものは、と物色した。小使さんは奥の方で食事の用意をしていて出てこなかった。「小父さん、竹箒を一本貰いますよ」と声をかけて校外に出ると、箒の先の部分をむしり取って捨てた。それを杖にして外科医にいった。医者は湿布してくれ、明日、千住にある骨接ぎの名倉病院に行けという。翌朝うす暗いうちに家を出た。今なら車で十分とかからない所を、そろりそろりと二時間もかかって歩いていった。驚いたのはまだ診療前だというのに、すでに黒山の人、世の中にはこんなに同病がいるのか……何時間も待たされ、やっと治療室に通されたのは、もう昼近くなってからだった。畳敷きの大きな部屋に患者が五列になって順番を待っている。やっとわが番、原因症状を説明したあと「あと十日で海軍に入るんですが、治るでしょうか」と訊くと「冗談じゃないよ。十日くらいで治るものか、証明書を書いてやるから延期して貰いな」

こともなげに言う老接骨師に、私はいつまでも片付かない気持だった。白い粉をつけて、もんだりさすったりした揚句は湿布で終わる。帰途私は薬局に寄って相談したら、イヒチオールという湿布薬を売ってくれた。一日二、三回貼りかえろと言われたが、よし、そんなら十倍貼りかえよう。十倍やれば十倍の効き目があるだろうと単純に思ったのである。薬屋の親爺さんが眼を丸くするほど大量に買って帰ると、それからは貼りかえるのが私の仕事となった。夜半に、はッとして眼をさまし何はとも、急いで貼りかえる。「はやく癒れ、癒ってくれ」と祈りながら、である。

怪我をして一週間目に学校で壮行会があるから、と級友が知らせに来た。その時、靴をはいたが、静かに歩いていれば大丈夫だった。壮行会は入隊四名を代表して私が挨拶をした。

そして十一月三十日、晴れの入隊式の日が来た。それまでに親類や同業者等から「祝入隊、山口実君」と書かれた花輪や幟等がどんどん届き、それは三十ほどもあったろうか、家の外に並べたが、在郷軍人会の代表が来て、時節柄派手な見送りは慎むように、と言われ外に並べるのを許されなかった。やむなく店内に所狭しと飾っておいたが、当日朝になると父は「折角頂いたものを店ン中にしまっておいてたまるもんか、べら棒め、表へ出して一杯に飾り立てろ、実は生きて還れるかどうか……その門出じゃねえか」と言い言い表の軒下に並べた。

私はわが家の前を埋めつくした人の多さに吃驚した。親類、同業者、級友、近所の人はもとより、以前そばを出前した家の人達までが来てくれている。大袈裟に言えば町中挙ってと言ってよい。わが家の前でする挨拶は、一週間も前から学校でやったのとは別に丸暗記していた。予科練らしく思いッ切り元気にやろう。生きて還る気は毛頭ないのだから結びは「では行って参ります」ではなく「征きます」だった。だがどうにも心配なことが一つあった。というのは私の町から出征入営する者は、みな七、八百メートルも離れた稲荷神社まで行進するのがならいだったから先頭を行く本人が、びっこをひいてたんではさまにならないだろう。泣きそうな顔で級友に相談すると、その中に妙案を出したのがいた。騎馬戦のスタイルで行こうじゃないか、というのだ。級友三人が組んでくれた馬に、私が乗り颯爽と出発した。見送りの人達の歌ってくれる歌は、それまでの勝ってくるぞと勇ましくではなく、若い血汐の予科練の七つ釦は桜に錨の大合唱、隣町に入ってもみなとび出して「バンザーイ」と送ってくれた。そっと後を振り返る。百メートルも続くかと思われる長い行列、海軍に入るのだからと父に頼み、見送りのために用意した旭日の海軍旗の小旗が嬉しかった。

入隊式も無事済み、その夜改めて都庁に集合する。この時は身内の者だけがつき添って来たが、東京駅に着いてみて驚いた。駅前から都庁に至る道は中学生で埋めつくされているではないか。あっちでもこっちでもワッショイワッショイ、予科練入隊者が胴上げされている。そうかと思うと輪になって、こっちで〝どんぶり鉢や浮いた浮いた、ステテコシャンシャンシャン〟とやっていればあっちでは〝デカンショデカンショで半年ゃ暮らす〟とやっている。（後で知ったのだが、この夜東京から三重空に

入隊する甲飛一三期生の半数は品川駅から出発し、同駅前も全く同様な光景だったという）

しばらくこの光景に見とれていると「わあー、いたいた」という歓声とともに級友たちが駈け寄って来て私を取り巻いた。何と、クラスだけではない、下級生もいる。よそに負けてなるものか、とわが荒川商業学校も胴上げを皮切りに肩を組んで左右にゆすぶる。とたんに、あッと思った。いままで構えて大事に大事にして来た右足首がずきんずきんと痛み出したのである。そんなことも知らないみんなは、益々エキサイトする。痛いのは我慢できるとしても、これ以上悪くなったらどうなる……何度か「もうやめてくれ」と叫びたかった。

やっと入隊者だけ都庁門内に押しこめられ、ほっとした。

列車に乗ってからもまだ痛む。急に心配になって来た。入隊前に第三次の身体検査がある。はねられて帰されるのではないか……あんな盛大な見送りを受けて、なんでおめおめと帰れよう……そうなったら死ぬしかない。入隊する三重空のさきの伊勢志摩からわざわざ見送りに来てくれた叔父さんの処から、まえに一度行ったことのある大王橋という海岸の絶壁からとび込めば確実に死ねるだろう。戦死は覚悟の両親も、私がそんな死に方をしたらどんなに嘆くだろう、犬死だ。絶対帰されたくない。そうだ、この傷は外見からは判らない筈だ。自分が痛いといわず、また痛そうな様子さえしなければいいのだ。いくら入隊時の身体検査を厳正にしたところで、足首まで撫でまわすような検査などするものか。死ぬ覚悟があれば、どんなに痛くとも我慢できないことがあろうか。そしてどうしても我慢が出来なかったら最低五日か一週間辛抱して、ずるいけど隊内で転んで怪我したことにして届けよう。

隊内でやった怪我ならまさか帰されることはあるまい。予科練の卒業が遅れるかも知れないが、帰されるよりましだ、とそう肚を決めた。

翌朝、香良洲《からす》に着いた時痛みはなかった。しかし少しでも急いで歩くと、また痛みがきそうだった。駅から隊門まで、このまえ二次検査で来た時は何とも思わなかった距離が、むやみと長く感じられた。誰が見ているか知れないから右足を庇うような歩きざまはしてはならないと気を配った。ともすれば隊伍から遅れそうになり一生懸命に歩く。十二月一日の早朝だというのに汗が出てくる。やっと隊門に着いた。気がつくと私の後から来る者は一人もいなかった。兵舎に案内され、軍服を初め一式の支給を受ける。憧れの七つ釦も嬉しかったけれど心配なのは靴だった。いま履いているのより小さいと困ると案じていたが幸い支給されたのは不恰好でもだぶだぶなのでほっとする。さて問題は駈け足が出来ないとなれば万事は窮するのでまずやってみよう。用もないのに厠へいってみた。誰もいないようだ。胸がどきどきする。いま歩くことは何とか出来るのだから、なるべく足首を使わないようにすればよいのだ。それには立っている足をそのままの形で上げればいいのではないか。ひょいと前へ上げてみた。なんともない。右足だけではおかしいから左足も同じ形で上げてみた。こんどはそういう恰好で五、六歩ゆっくり進んだ。でもこんなのは駈け足とは言えない。もっとスピードをつけてやってみる。十メートル二十メートル、厠舎《ししゃ》の端まで駈けてみる。出来た。駈ける恰好はどうであれ、一応駈けられることはこの眼でしっかりと確かめた。バンザイ、バンザイ。

隊内三歩以上は駈け足というのが海軍の決まりだったから、翌朝からは走りまくらなければならなかった。朝礼の後に駈け足の訓練があった。幸い歩調を整えるのが目的だったらしく、極めてゆっくりなのが私には大助り。昨日厠の前で考案した調子でやる。不自然な駈け足なので余計疲れるが我慢我慢……教官がぴーぴーと笛を吹き、あるいは一二、一二と号令をかけ前後の隊列を見ながら駈け足の訓練はまだ続く。

「何だ、貴様の恰好は！」という教官の声がしたと思ったら、がーんと一発、いきなり私は左後頭部をやられていた。海軍で貰った最初の一発は、さすがは航空隊、後上方からとんで来た。

以上が山口実氏の「斯くて予科練」という題の全文である。

飛行機の死角は後上方にあった。相手の機の後上方に占位するための格闘が謂わば空中戦だったと言える。最後のおとしをそこへ持って来たあたりといい、びっこをひくのを見られない為に壮行会のとき騎馬戦スタイルでいくあたりが面白く、そして予科練を目指す少年の純粋さがよく出ている。

本篇の藤岡昭二はこの山口実氏と同じ甲飛一三期だが、山口氏よりさきに、昭和十八年十月一日に松山空に入隊した。甲飛一三期の謂わば前期組であり、山口氏は後期組に属することになる。

甲飛一三期のことについてはすでに「帽振れ数題」の中でも触れておいた通り、十二月一日入隊組の大半はこの後飛行機より切り離されて回天蛟龍又は震洋など水中水上特攻にまわされて実戦配備につかされている。そして以後の甲飛、乙飛（一九期以降）、特乙（五期以降）はすべて舟艇特攻要員にされてしまったのである。空に憧れて予科練を志願したのにその彼らから海軍は飛行機を取り上げてしまったのである。これは、彼らを飛行搭乗員として訓練するガソリンがすでにこの国にはなく、さらに戦局の逼迫度は飛行訓練を施している時間すらないところまで追い込まれてしまっていたからだった。哀れなのはそういう予科練達で、彼らは国に裏切られながらも黙々として、与えられた舟艇特攻の訓練に励んでいた。哀しきは予科練……の思いを禁じ得ない。

本篇に筆を戻す。

松山空で藤岡昭二は練習機白菊に乗っていた。飛行時間はまだ少なく、やっと単独飛行に移ったばかりの頃だった。松山空では特攻隊が編成され、昭和二十年の五月二十四日にその第一陣五〇数名が九州の特攻基地鹿屋に向けて翔び立った。藤岡と同期の岩下武二飛曹もその中にいた。岩下は操縦ではなく偵察で、岩下とペアを組んだ操縦員は春木一飛曹でこれは甲飛一二期だった。出撃の日、藤岡は岩下を送り握手を交わした時「いずれ俺もあとから征くよ。飛行時間は少ないけど精神一到、何事か成らざらんやだ」と言うと、岩下は「ああ、特攻はいまや俺達にとっては時間だけの問題だ。全員特攻で国を守るしかないんだから」と頷きつつそう返した。岩下は目指す沖縄の沖合いまで機を誘導し、それが果たせたら基地に「これより突入す」の無電を打つ――それが特攻機の偵察員に課せられた役目だった。答える頬がかたかったのは、大任を前に緊張している証拠だった。

八月十五日終戦。藤岡たち予科練にとっては納得のできない戦争の終わりようだった。

どうしてよいかわからないままに毛布や米、それに飛行服一式を持って藤岡は家へ帰った。超満員の列車に割り込む気力もなく、その結果駅で野宿もし、一昨年《おとどし》の九月末に、前掲の山口氏と同じ「では征きます」と盛大な見送りに溌剌と応えて出て来たその町に、まるで焼け出されみたいな復員姿でおめおめと帰らねばならぬのか、と思えば気が重かった。復員した当初は、何処へも出ず家の中でぶらぶらしていた。ものは不足し、殊に食糧の不足に誰もが喘いでいた。あっちこっちに闇市が出来、そこには不足の物が大ぴらに売られてはいたが、値段はびっくりするほど高い。昭二が先ず足を運んだのは隣町にあるその闇市だった。家に帰って来て二週間目のことだった。

ひとわたり見てまわり、帰りに空きッ腹に団子汁一杯を流し込んだ。丼に残った汁を飲みほすと思わず溜息が出た。

「大根人参じゃがいも、ホウレンソウたっぷりの団子汁《だごじる》だよ。一杯飲んでいきな、元気が出るよ」と店の前を通る人に呼びかけていた団子汁屋の親爺が、その溜息に頷くと「お客さんは予科練さんだったのかえ」と訊いた。昭二はこの時飛行服を着ていたから年輩からいっても予科練と分かったのであろう。眼でうなずく昭二に「そうけえ、ご苦労さんだったね、戦地は何処《どけ》え行ってなさったい……」

「俺、戦地にはいってねえ。四国の松山で特攻隊で待機してたんだ」

「特攻……そうけいそうけい。予科練の衆はみんなよくやってくれたね、ありがとよ」と親爺は言った。昭二が予科練としてねぎらわれたのはこれが最初で、そして考えてみればその後には一遍もなかった。

それが縁で昭二は以後毎日家を出てはこの闇市をぶらつくようになった。欲しいものはかずかずあっても昭二には金がない。一杯十円のこの団子汁が精々だった。

ちょくちょく寄っているうちに、団子汁屋の親爺が「お前《ま》さん、何もしてねえんなら此処《こけ》へ来て手伝ってくれねえか」となった。この親爺は一男一女を持っていたが、息子の方はやはり予科練にはいり台湾沖航空戦で戦死したとのこと、乙飛の一五期だったという。親爺の予科練への思いが昭二へのこの誘いとなった、といえなくもない。

そのうち店ではコッペパンも置くようになった。朝五十個、昼に五十個が持ち込まれる。団子汁の客はパンを噛じり噛じり団子汁を飲み、或いはパンだけ買って帰る客も多かった。パンは一個十円、当時の闇値としては廉い。昭二はコッペパンを持ち込むこの男ともすぐに親しくなった。男は丸山といい、戦争中は潜水艦に乗っていた上水だったと聞いておなじ海軍出の昭二はよけいに親しみを覚えた。

「丸山さん、コッペをもっと持って来たら……置けばいくらでも売れるよ」

「そうしてえのは山々だが、何しろ手作りだからこれが精一杯なんだ」

メリケン粉の団子を手の掌《ひら》で平べたくしながら昭二が言う。

「手作り……」

「ああ、パン窯もねえし、家にある道具を使って、私一人で焼いてるから……」

「すると、パン工場で焼いたパンじゃねえのか」

「ああ、私はもともとは豆腐屋なのさ。豆腐屋が焼き上げたコッペパンてえわけ。でもパンはイースト菌仕込みの本物だよ」

丸山はコッペを届けにくると調理場の傍の卓に腰を据えて、出されるめしをゆっくりと喰っていく。朝も昼も毎回おなじだった。その出されるめしがパンの卸価のなかに含まれていると聴いて昭二は眼を丸くした。昭二も手伝う条件は三食喰って日給十円だった。雇用の条件としてなら判るが、仕入れ価に食事つきを出す例は珍しいことだから眼を丸くしたのである。店では雑炊の団子汁を売っていても、三人のめしは白米を炊いた銀シャリだった。これは親爺さんの娘が家で作ったものを日に三回、その都度届けていたものだった。

ある日、丸山が相談したいことがあるから家へ来てくれという。何の相談かと思い昭二は行ってみた。

一ツ橋の共立女子学園から水道橋に抜ける都電の通りの交叉点の手前右側に、その道路に面して二階建ての棟割長屋があった。長屋は路地の奥まで続いているが、丸山の豆腐屋は道路に面したそのとっつきにあった。店の中には豆腐屋には場違いと思われるミキサーが一台据えてある。「これは」と丸山はその器械の前に立ち「やっと買ったミキサーです。あとどうしてもパン焼竈が欲しいんだが、高価《たか》くていまの私には、まだ手が出ないんです。でも竈はどうでも要《い》るんですよ」

そこで丸山の相談というのは、兜町の焼跡に放置されてる大金庫を一つ運んで来て、それを改造して当座のパン焼竈にしたいのだが運搬に手を貸してくれないか、というのだ。

その焼け金庫を見ていない昭二は二つ返事で「いいとも」と返した。「マルさんは豆腐屋をやめて、どうしてもパン屋になるつもりかい」

豆腐屋の面影といえる水槽と床のコンクリートを見ながら昭二は念を押した。

「勿論ですよ。どうですか藤岡さん、私と一緒にパン屋をやりませんか」

昭二はしかし、眼をぱちぱちして頬を緩めただけだった。頬に浮かんだ笑みは否定的なものだった。

その夜は丸山が近くの中華料理店でご馳走してくれた。中国人のやっている店で、当時中国人は困っている日本をよそ目に物資は自由に手に入ったのである。材料豊富な料理だから勿論値段も高い。なまじッかな財布ではいける処ではなかった。紹興酒という中国の酒を舐めて昭二はうまい、と思った。

この時丸山は自分の抱負を洗いざらい語った。

彼は豆腐の製造所を大改造してパン工場に作りかえ、そこでコッペパンだけを専門に大量生産して、店売りはせず大会社の消費組合に納入し、働く人達に低価格で供給したいというのだ。

いまの世の中は、一般の働く人々は仕事のことより毎日の不足する食糧に悩んで右往左往し、一方闇ルートに携わる者は儲けのことばかりを追っている。作るコッペパンはもとより闇ルートによる製品であってもその供給のやり方によっては、飢えた人達に益するであろう、と熱をこめて言う。

いままでは、どちらかと言えば寡黙と思われていた丸山だったが、一旦喋り出すと驚くほどの雄弁さだった。聞いているうちに昭二はなるほどな、と思い今まではまるで見えなかった戦後が急に見え出した思いだった。

「丸山さん、いい話を聞かせてくれてありがとう。おれ、眼が醒めた思いだよ。そうとは知らず丸山さんをただの闇パン屋としか思っていなかった俺の不明が恥ずかしいよ。あんたはその辺のヤミ屋じゃない。事業家だよ。あんたのその夢は是非実現して下さい。成功を祈ります」

「この仕事は一人だけじゃ出来ないんです。闇ルートで小麦粉を絶やさずいれること一つを採り上げても容易なことじゃないんです。担ぎ家の元締めをしっかり握っておくことも大事だし、その為にそういった人達の信頼とさきゆきの粉《こな》の確保はつけたつもりです。店売りでなく会社工場の消費組合にいれるための外交も置かねばなりません。私の毎日作るパンは一〇〇個ではなく二五〇なんです。一〇〇を藤《ふじ》さんらの店へ、あとは近くの一寸した印刷工場に流してたんです。印刷工場じゃ私のパンの取り合いが続いています。そのパンの運搬は気をつけなければなりません。目立たない方法をとること、これが何よりも優先します。その為にはリヤカーを牽く自転車輸送が一番安全だと分りました。リヤカーだから大量には運べないから何台ものリヤカーが必要となります。この方法は警《さ》察《つ》におさえられた時の危険分散にもなります。日銭《ひぜに》の取引だから会計の方も大へんです。とっても一人では出来ません。藤《ふじ》さん、一緒にやりませんか。私とふじさんと二人の名を採って丸藤パン。どうですか……」

「丸藤パン……いい名ですね。よし、やりましょう。丸山さん」

話の勢い、というか、こんどは二つ返事が昭二の口から滑って出た。二人はかたい握手を交わした。

翌朝まだうす暗いうちに神保町の丸山の家にいった。間もなく人数が集まるから……と丸山は自らの手で番茶を淹れてくれた。やって来た加勢は三人だった。なかの一人は大きな台車を持って来ていた。その台車を小型のトラックに積み五人で兜町の現場にいくと、トラックはそのまま帰ってしまう。

「あれだ」という金庫を見て昭二はど肝を抜かれた。化物のような大金庫だった。それを五人がかりで台車に載せて、人力だけで牽いていこうというのだ。内心無茶だ、とは思ったが丸山が計算しつくした筈の結論ならば、やって出来ないことはないはずだとすぐに思い直した。これに類したような作業は、予科練時代に使役《しえき》に出てやったこともあり、それを思い出し思い出し、昭二は中心になって動いた。やっと台車に載せた大金庫を、持参の布で覆いロープで金縛りして、それを兜町から神保町まで牽いていくのだ。朝まだきだったから野次馬もたからず、舗装の道を五人がかりでごろごろと押し、台車の梶棒は交替で持った。焼け跡の焼け金庫と雖も所有者は別である。それを無断で台車にのせ、東京の目抜きの通りを牽いていく、という神経の図太さは並大抵のものではない。やっと神保町の丸山の豆腐屋にいれて汗を拭っていると、鳥打帽をかぶった男が一人やって来、「これかね」と丸山に声をかけ金庫の前に立って鍵《キー》をいじり始めた。昭二が小耳に挟んだところでは、この男は前科何犯という金庫破りの名人とか……その男の手を藉りて金庫の扉をあけようというのだ。昭二は闇市の団子汁屋にいかねばならず、途中から出て来てしまったが、丸山の計算しつくされた周到ぶりには空恐しさを感じる思いだった。

「旦さん」と昭二は、その日の第一回目の仕込みを終えてから、団子汁屋の親爺の前に進み出て言った。「いろいろお世話ンなりましたが、ここへこれるのも今週一杯くらい……」

「何だって……いま、何て言ったい……」

「ほかの仕事につくことンなりましたんで今週一杯で、あとは俺、これねえから……」

親爺は窪んだ眼を三角にした。ショックを受けた様子がありありとみえる。

団子汁屋の親爺の名は日下《くさか》弥兵衛、もう六十に程遠くはなかった。昭二が手伝うようになると薪の準備から仕込み煮込みは昭二が一人でやりその上に丼への盛りつけ、食器の洗いまで概ね一人でこなした。弥兵衛は煮立った汁に味噌を入れる味付けのほかは、客の呼び込み、金銭の授受をやればよいだけとなり、団子汁の販売量も、昭二がくるまでの倍以上に急進していた。その昭二に罷められたら……と思えば気も動転して咄嗟の言葉も出ない。

「大根人参じゃがいも、ホウレンソウたっぷりの団子汁《だごじる》だよ。一杯飲《や》っていきな、元気が出るよ」

いつもの呼び込みも一向に元気が出ない。一杯やっていきな、元気が出るよ、のとこなぞ消え入りそうな声しか出ないのだ。

その後店の客足が途絶えた時、弥兵衛は昭二の傍に寄って来「こんどは何の仕事につくだい……会社勤めか」と訊く。昭二は頭《かぶり》を振り「友達と一緒にパン屋を始めることンなりました」と答えた。

「パン屋……パンの販売の方けい、それとも作る方……」

「その両方です」

「配給パン製造の認可はあるんだろうな、そのパン工場は……」

「そんなもなァありません。配給パンとは関係ありませんよ」

「すると配給のパンは焼かずに闇に流すパンだけを作って売ろう、てえのか」

「はい」

「無茶だよそれは……そんなことしてみろ、三日も経たずに食管法違反で警察《さつ》に踏み込まれるぞ。

やめな」

「旦さん、いまの東京のパンは配給に流れてるなァ極く一部で、大部分は闇パンですよ」

「それは配給パンを焼いているパン工場が、ほかから闇で粉《こな》を仕入れてそれを焼いて横流ししてるんだ。配給パンと両建てでやらなきゃ無理だよ」

「旦さん、心配して頂くのはありがたいが、もう決めてしまったことだから……」

「やる前だからせめてもの幸いサ。……おやめ、憂き目をみるが落ちだよ」

「……」

「昭くん、わしはナ、お前《ま》さんがここを出ていくことに反対してるんじゃねえよ。お前さんは若いし前途がある。いつまで闇市の露店の手伝いでもあるめいことはよく解ってるつもりだよ。新しい仕事につこうというお前さんを決して引きとめはしねえが、その仕事が闇パン作りと聞いちゃァ黙っておれねえから理《ことわり》を言ってるんだ」

「……」

「いま東京ではパンは主食として配給されてるんだ。闇ルートには当局の眼が光っていよう。配給パン作りの認可もないのにパンを焼いてみろ、たちまち没収で手錠をかけられるなァ眼にみえてるからおやめと言ってるんだ」

昭二は弥兵衛のお節介が煩わしかった。

「いまの世の中の現実は、闇売り闇買いで辛うじて人は息をついているんじゃないですか。早い話が闇市《ここ》だって古着屋を除いたらあとは全部法律違反の店ばかりじゃありませんか。だけどその闇市がここにこうしてあるから人は集まって来ます。でも利用する人は金のある人で、大半の人は生唾のんで素通りするしかないんです。闇が犯罪だというんならそれをやらざるを得なくした政府はもっと悪いじゃありませんか。闇市《ここ》を素通りする金のない人達でも気易く買えるような廉い値段のパンを作ってそういう人達に直接に売ったとしたら旦さん、どういうことになりますか。俺達はそういうパン屋をやろうとしてるんです。それには実際上の危険もあるでしょう。だがやり抜く勇気こそ最も必要なんです」

投げつけるようにそういうと、昭二は弥兵衛に背を向けて薪割りを始めた。その言葉は、さきに丸山から聞いて感動したままのものだった。客も二、三人はいって来た。弥兵衛は「今晩うちへおいで。ビールが手にはいったんだ。一杯やろうじゃないか」と言った。

「いずれお宅には行きますよ。でも今晩は駄目です。ほかに行く処があるから」と昭二は振りほどくような言い方で返した。

夜、神保町の丸山の処へ行ってみると、大金庫の扉はすでに開かれていた。なかは灰の山だったという。前科数犯とかの金庫破りはもういなかった。かわりに別の男が二人、金庫の中に幾段かの鉄板を敷き、その下にニクロム線を入れるという改造が、もう九分通り進んでいた。改造作業が終わりみんなが帰ったあとで丸山は昭二と二人だけで職人集めの相談をした。職安に行こうという昭二に丸山は新聞広告を主張し、結局、昭二が折れて新聞広告ということになりその文案を作った。丸藤パンという文字が昭二には眩しかった。

　その夜は丸山の家に泊まった。そして深夜に起き丸山と二人で夜通しかかって金庫の竈で焼き上げたパンのうち十個をもって、昭二は大会社の消費組合に行き交渉すると二つ返事で毎日千個の注文をくれた。決済は勿論当日の現金決済、そこだけで昭二は営業活動をやめて帰り闇市の団子汁屋に出た。金庫改造の竈ではこれ以上の数量には応じられないからだ。「よし、借金してパンの竈を買おう」と丸山はこの時言った。

　新聞広告をみて集まって来た者の中から一〇人を選んで採用し、丸山の家の二階二室がその人達の居室にあてられ、フトンは闇市に行って二人で数を揃えた。こうして闇パン専門の丸藤パンの仕事は始められたのである。

　パンは夜通しかかって焼き上げられる。昭二が工場に顔を出す頃は、従業員は徹夜の躰をフトンに投げて眠りについた頃だったから顔を合わせることは滅多にない。一週間後に新しいパン焼き竈がはいった。昭二は営業活動を再開し、一社千個単位の注文を次々ととっていき、丸山は丸山で工場の従業員を遅滞なく増やしていった。

　丸藤パンの事業の展開は順調だった。売上高は日々に伸びていき、従業員の数も倍増していく。その年の暮れ、昭二はふと思い立って弥兵衛爺さんの家を訪ねた。

　この頃昭二は、電車やバスに乗っての営業活動でははかがいかぬと、教習所に通って自動車の免許をとり、小型のダットサンを手に入れて乗りまわしていた。爺さんの家にもそのダットサンで乗りつけた。東京の道路には都電が走り車もまだ混み合ってはいない頃だった。

弥兵衛は闇市の団子汁売りは昭二がやめると三月《みつき》もしないうちに罷めて以後は闇物資である小麦粉のブローカーみたいなことをやっていた。昭二を見て弥兵衛は顔色が一変するほどのよろこびようだった。会いたかったもう一人の娘の八重は生憎といず、訊けば八重は、あの闇市の飴売り屋の手伝いに出ているとのことだった。

「旦さん、何であの商売罷めたんです。結構繁盛してたのに……」

「繁盛してたのは昭さん、お前《ま》さんがいたからだ。お前《ま》さんが罷めちまったら仕込み量が半分以下に墜ちちまった。お前《ま》さんが罷めてから八重をつれて来て続けたが、儂《わし》や八重では馬力が足りねえ。客を待たせる時間が多くなって、そうなりゃこの儂《わし》の性分だ。いけねえ、いけねえと心で焦ってるうちに薪ィ割ってて腰をおかしくしちまった。そンで見切りィつけて思い切って罷めたのよ。お前《ま》さんがいなくなってから三月《みつき》と続かなかったよ。ところでパンの方は続けてンのけい……」

「ええ、設備も整い人もいまは五〇人ほど……」

「てえしたもんじゃねえか。いまの儲かる商売てえば一にも二にも闇しかねえ。問題は如何にして摘発されずに済むか……それが岐れ目よ」

「それにはコソコソやってねえで当たり前の顔してやることだ、と肚をくくったんです。ところで八重さんは元気なんでしょうね」

「八重は変わりはねえ。あの闇市に店を出した最初《はな》は、八重も一緒ンになってやってくれたのよ。

八重のほかに近所の婆さんと三人がかりで始めたのよ。所詮一人でやれる商売じゃなかった」

「忙しかったですよね。それに八重さんが毎日作って届けてくれためしのうまかったこと……あの味は未だに忘れられませんよ」

「これ」と言って昭二は背広のポケットから真珠のネックレスを取り出した。

「旦さん、これ八重さんに、と思って買って来たんです。旦さんから八重さんに渡してやって下さい」

「ほう、立派なもんじゃねえか。どうせなら直接《じか》にお前《ま》さんから渡したらどうだ。お前《ま》さんの顔見たら八重はよろこぶぜ。七時半頃には八重《あれ》は帰ってこよう。久しぶりに一緒にめしを食おう」

「七時半ですか。それまで俺、おれねえから……」

「そんなら闇市ィいって会っていったらどうかネ」

「そうですか、じゃァそうします」といって昭二は車を闇市へ走らせた。

八重は弥兵衛の一男一女の残された方の娘で、昭二との年の差は三つ、二重瞼の色の白い娘だった。団子汁屋を手伝っていた頃、昭二と顔を合わせれば八重の眼はいつも笑みがこぼれ口からは軽い冗談が出るほどの仲だった。

仕事が順風満帆にいっているときは怖いものはない。当時の昭二は謂わばその絶頂にあったといえよう。

「時々は来て……」という八重に昭二は「忙しくてオレ、時々なんかこれないよ。こんどくる時は八重さんを嫁にくれ、というつもり……」と言った。八重はびっくりした眼で昭二の顔を仰いだが、昭二の冗談なんかではないその顔を見ると眼を伏せあとは黙ったままだった。

　神保町の豆腐屋を改造した工場の生産量はすでに頭うち状態にあったから新工場を建設すべく九段下に土地を買い、そこに建てる工場の図面を毎夜丸山と額を突き合わせて相談していた。

　ある政党の院外団がやって来たのはそんな最中だった。

「社長、ヤミパンの儲けの一部を裾分けしてくれんかね」という小畑と名乗るチョビ髭の男は片手を差し出すような調子で言った。昭二は黙ってチョビ髭とその後ろに控えているオールバックの若い男に眼を走らせた。若い男は色が蒼白く神経質な眼を、そういう昭二に向けた。

「うちの闇パンは安いんです。働く人達が抵抗なく腹の中にいれてくれるようにと願った商品だから儲けの高は知れてますよ」と丸山は言い財布を取り出すとなにがしかを封筒に入れて「これは些少ですが電車賃にでも……」と言って自分の膝の前に置いた。それを手にとって中身を調べたチョビ髭が「ちょッ五万両か……」と舌うちし「俺達は政治の資金を集めてるんだ。こんな端下がねで退き下がれると思うか。おい、闇パン屋、見損なうなよ」と封筒を放り出すと丸山を睨みつけた。

「見損なうな、はこっちで言いてえ科白よ。おい、チョビ髭、俺達をその辺のパン屋と思ったら怪我するぞ」

　それまでは黙って成行きを見ていた昭二が啖呵を切ってチョビ髭の前に仁王立ちした。

「ほう、粋のいい啖呵ァ吐くじゃねえか」とチョビ髭があぐらをかいたままで昭二を見上げた。

「俺はこの会社の専務だ。断っておくが俺達は闇パン売って儲けよう、てえんじゃねえんだ。この食糧難の戦後に、配給だけでは誰も生きていけねえ。闇で粉《こな》を手に入れ、それを焼いてパンにする。だがそのパンは一個十円で、働く者にだけ売ってるんだ。一個十円のコッペは配給店に較べれば高いが、一般の人達に手の出ねえ金じゃねえだろう。俺達はそういう使命感でやってるんだ。見損なうな、はこっちで言いてえ科白といったなァそのことだ。戦争に負け国民に食うものも碌に与えられねえような政治に資金なんか出せるけい。とっとと帰って一昨日《おとつい》出直しやがれ」

「ほう、おめえ、いきのいいこと言うじゃねえか」というチョビ髭のあぐらの膝を蹴とばし「けえれ、けえれ、ぐずぐずしてるとつまみ出すぞ」

「つまみ出す……と言ったな。この闇パン野郎」と黄色い声をあげたのは、これもそれまで黙っていたオールバックだった。口論、怒鳴り合いの果ては殴り合いとなり昭二はチョビ髭の横面を張りオールバックを階段の下に蹴落とした。院外団は素足で靴を持って遁げ出してしまった。

「あんな野郎のいいなりになることはない」と昭二は丸山に向かって言った。しかし丸山は「だからと言ってことを起こすことはない。悪いことにならなければいいが……」と屈託げな様子だった。

丸山のこの不安は的中した。院外団はその翌日に、警察に行って丸藤パンを密告したのである。

丸藤パンに警察の手がはいったのは、それから五、六日あとだった。その日、工場にいた丸山は嫌応言わさず引張っていかれ、倉庫にあった粉《こな》は全部押収された。たまたまその時昭二は外廻りしていたので災を免れたが、夕方工場に戻ってみるとこの摘発騒ぎの後だった。倉庫は空になりパン焼竈《がま》の扉には封印がしてあり無人の工場には工場長の清水が一人、椅子に倚って蒼い顔をしていた。

清水はポツリポツリと、今日あった一部始終を話した。

「社長は連れていかれ、いま頃は留置場にいるはずです。専務さん、どうします。出来れば専務さんには遁げて欲しいんです。社長も専務もいなくなったらこの工場はワヤですけん」と九州宮崎出身の清水は祈るような口調で訴えた。

「待機だよ。勿論工場は当分の間休むが、工場の連中は今までと同じように、ここで寝る、食うの生活を続けてくれ。指示はまたする」

昭二はそういうと忙しそうに工場を出た。だが外に出てみたものの、これから何処へ行ってどうしようという考えもないままに脚はいつか白山下の弥兵衛の家へ向っていた。

「旦さん、遂に警《さっ》察の手が入りました」

「到頭やられたか」

「はい、ひどいもんです。粉《こな》は一と缶残らず、金庫の金《かね》まで一銭残らず押収していき、パン竈《がま》には封印までしていきました」昭二は肩を落とし喘ぐように言った。

聞いて弥兵衛は天を仰ぐように天井を見上げていたが、やがて静かにその眼を昭二に移した。〝これからどうするい〟とその眼が昭二に訊いている。

「どうしていいか、いまは五里霧中です。いずれ俺も拘留されると思いますが、七〇人近い従業員のことを考えてやらねばなりません……」

「昭二さん、夕刊のトップにあなたの工場のことが出てるわ。戦後最大のやみ……ですッて……」

八重がそう言って夕刊を持ってきた。「でも丸山さんの名は出てるけど何処にも昭二さんのことは出てないわよ」

その夕刊をひったくるようにして昭二は読んだ。夕刊は単なる大掛りな闇パン事件として報道しているのが昭二には納得がゆかなかった。〝俺達は普通のヤミとは違ってたんだ〟という思いがむらむらと湧いて来た。そのことを新聞は何故採り上げないんだ……。

八重が用意してくれた夕食を摂り終え腕時計を見ると九時になっていた。

「昭二さん、お風呂に行かない。お風呂屋さんはここから歩いて五分くらいのところにあるわ。一緒にいきましょ、疲れがとれますよ」と八重は食事を片付けると洗面具を揃えながら言った。その言葉にはいたわりの響があり、失意の心にぐっとこたえるものがあった。

昭二は両膝を揃えて弥兵衛に対すると「旦さん、お願いがあります」といった。

「……」

「八重さんは旦さんにとって親一人子一人、十分に大事な人だということは判っておりますが、どうかこの俺に下さい。お願いします」といって頭を下げたのである。

「おい、おい、急に何を言い出すんだ」

「急にではありません。前からそう思ってたんです。お願いします。八重さんと結婚させて下さい」

「待ちなよ。おい昭さん、おめえ、いまは結婚の話なんか持ち出してる間はねえだろう。それよりも明日からの身をどうするかがさきじゃねえのか。火事場の騒ぎの中で結婚の話を持ち出す莫迦があるもんじゃねえ」

「はい、それは旦さんの仰せの通りですが、明日からの身をどう立てるか、その為には是非とも八重さんに俺と一緒にいて欲しいことが判ったからお願いしてるんです」

「繰り返すがおめえ、ものの順序をとり違えちゃいけねえよ。八重への祝言話は、おめえの身の立て方が決まってからのこんだ。いまは祝言どころじゃあるめいに……」

「ああ、旦さんには判って貰えねえか……困ったな……」

「困ったなァ俺の方だ。無茶ァ言いやがる。困った奴だ……」

「それじゃ、これで帰ります」

「帰《けえ》る……て、何処《どけ》へ帰《けえ》る……」

「うちに帰ります」

「莫迦ァぬかせ。家に帰ったら刑事《でか》が張り込んでてそのままご用だぞ。なに、暢気なことを考えてやがる……今日も明日もそのさきも、当分は此処《こけ》へいるこんだ。いいか」

弥兵衛のそう言う言葉になるほど、とおもい自分がいまや追われる罪人であることがはっきりと思い知らされたのだった。

その夜から昭二は弥兵衛の家にいることになった。「日中は出歩かない方がいいわよ」と八重は言い「日中だけじゃねえ。夜だっても同じだ。何処へも出ずと家の中にいろ」と弥兵衛も言った。しかし昭二には、しなければならないことが一杯あった。言われた通りにできるわけはなかった。弥兵衛の家に来てから五日目に、昭二は親娘《おやこ》の留守に家を出、そしてあろうことか、手入れをしたその警察署に行って留置取調べ中の丸山に面会を申し込んだのである。

面会室に現われた丸山は、僅か見ぬ間にめっきりと痩せ、顔色も蒼かった。咄嗟には声も出ない昭二だったが「粉も金も押収されその上竈《かま》に封印された工場の、取敢ずの処置について考えを聞かせて欲しいんだ」と丸山の眼を見ながら言った。傍には刑事がいるから滅多なことは言えなかった。丸山は黙っている。

「僕の考えとしては事件が落着くまで工場の連中はあのまま置いときたいんだが……」

「藤岡さん、一応解散して下さい」

意外な丸山の言葉だった。「工場を続ける考えはこの私にはありません。解散ははやい方がいいと思います」

「解雇するには金が要る。その金は警察におさえられていて一銭もない。毎日の賄費だってこのさき、いつまで保《も》つか……というところに来ている」

「だから早く解散した方がいいでしょう。支給の金は後日に……と言っても連中は解ってくれるんじゃないですか、解らない連中には解らせてやって下さい」

「弁護士を頼みたいんだが、誰か頼れる弁護士はいませんか」

「一人います。この人に頼んでみて下さい。きっと引き受けてくれると思います」

その弁護士の住所姓名、事務所の電話番号を昭二は書きとめた。面会は十分間で終わり、丸山は面会後取調べがあるとのことだった。廊下を通る時、昭二は参考人として事情聴取を受けている工場長の清水の横顔を見た。

「あんたが専務の藤岡昭二さんだね。いずれ事件の参考人として事情聴取があるが、その時は協力して下さい」と帰りぎわに言われた。丸藤パンは丸山と自分の二人の会社の筈だったが、どうやら丸山は自分のパン工場だと主張しているらしく、その為に自分には追及の手が及んでいないんだ、と昭二は朧気ながら察しがついた。そう知ると現金なもので、その夜帰って来た昭二は今までと違い顔色が明るかった。

「昭二さん、お願い……黙って出掛けたりしないで……心配するじゃありませんか」と八重は、そんな昭二に釘をさした。

その後行われた昭二の取り調べは、やみパン事件の全容を解明するための事情聴取で、その聴取は警察から検事局に移って昭二も検事の訊問を受けた。当時の食管法違反、物統令違反の立場に立って訊問を進めるK検事に、昭二はある時「自分達は闇で儲けようとしたのではない。多くの国民が食べるに事欠き苦しんでいる現状の一助にと、ぎりぎりの低価格でパンを届けていたので、謂わば敗戦倫理観のようなものに動かされてやったことであり、私自身に罪を犯したという意識はありません」と言うと、眼鏡の奥の検事の目玉がぐるぐるとまわって揚句に光った。「悪いのは飢えた国民に満足に配給もできない政治の現実ではありませんか」と言うと検事は頷くこともしなかったが、また何らの反論も加えなかった。ただ「丸山もそんなことを言っていたが、君も丸山に感化されたな」と言って笑った。「感化されたんじゃなく共鳴したんです。検事さん、どうかこの面に事件の重点を置いて頂けませんか。私達は個人の利益よりも大衆の利益を優先した闇パン屋だった、ということをです」

「藤岡くん、警察や検察庁は、政治や社会を論じる処ではないよ。法を犯したか否か、それを糾明する処なんだ」と言い「よし、今日はこれで仕舞い……帰ってよろしい」と席を立った。

東京地裁での裁判では丸山に懲役一年六月、昭二や他の連中（主として販路拡張に携わった営業員）はそれぞれ科料に処せられ、丸山と昭二は即日高裁に上訴した。そしてこの裁判の二審はついに開かれずに終わっている。というのはいつの間にやら、この事件に関する一連の記録書類が紛失してしまっていたからである。検察庁事務局の過失とは考えられず、誰が書類を持ち出したのか、はついに追求されずに終わってしまったのである。

「国は敗戦、そして俺の第一歩も敗戦に終わりました」と一審の判決後に昭二は弥兵衛に向って言った。昭二の第一歩はパン屋という事業だったから敗戦というのは大袈裟に過ぎるが、昭二は振返ってみてあの仕事は毎日が戦いだったという実感だったから敢てそう言ったのである。

「男子の事業なんてもなァ最初《はな》から成功するのは十に一つもねえ。殆んどが失敗しちまうのよ。お前《ま》さんはまだ若い。これからじゃねえか。そうやって落ち込むのが一番いけねえ、頑張るんだ予科練さんよ。いまは次のことを考えな」

「つぎの事を考えるまえに、八重さんと結婚させて下さい。お願いします」

「八重と一緒に次のことを考える……てえのかい」

「はい、お願いします」

「世帯を持つだけの銭はあるのけい」

「丸藤パン盛業中に預金にまわしたかねが少々あります。三、四ヵ月、節約すれば半年はそれでやっていけると思います」

「八重もおめえと一緒になりたがってるようだから、よし、いいだろう。但し、入籍するだけの結婚だぞ。高砂やァ……はやらねえがいいか」

「結婚式などいりません」

当座は弥兵衛の家に同居する新婚生活だった。その昔、広告代理店で営業をやっていたという日下弥兵衛の口利きで昭二は、再刊された新聞社にやっと職を得ることができた。中学三年から予科練にいき戦闘配備についたところで終戦となり世の中に放り出された昭二の弱点は学歴らしきものもなく職業の技術もないことだった。新聞社では予科練の甲飛だから旧制中学卒として昭二を扱ってくれたのである。新婚生活を始めた一ヵ月後に二人は東富坂に移った。東富坂の春日町寄りの処にあるアパートの二階の一室がこの二人の新家庭で、そこから昭二は毎日有楽町にある新聞社に通ったのである。

昭二が特攻隊長として用紙の横流しを担当することになったのは、入社一年半後のことだった。割当ての新聞用紙を裁断して市中に横流しするのだから判ればただでは済まない。最悪の場合は用紙の割当てをカットされるかも知れないのである。そうなれば新聞は出せない。市中には印刷紙が全面的に不足していたからこの横流しは闇値で現金化できるというほかに公定価と闇値の差額が少なからざる利益を新聞社に齎した。

だがこんなやり繰りをせざるを得なくなってはもう終局に近かった。特攻隊長になって約一年後に、新聞社はついに廃刊せざるを得ないこととなった。昭二は再び職を奪われたのである。新聞社の給料は決して高給ではなく夫婦二人がやっていくのがやっと、という程度だったからこの失業はこたえた。こんども義父弥兵衛の口利きで広告代理店で営業の仕事についた。営業の仕事というのは固定給は少なく歩合給に重きが置かれているから成績があがらないとやっていけない。しかし昭二は頑張り、一時は社内トップの成績を挙げたこともあったけれど概ねかつかつに食っていける程度の収入しか挙げられなかった。家計は苦しいのであろう、妻の八重は新聞社の終わり頃から内職の手仕事をやったりパートに出たりして乏しい家計を助《たす》けていた。

「どうだ、仕事に少しは慣れたか、予科練さん」と顔を合わす度んびに弥兵衛は訊く。

「いえ、目下難戦苦戦中です。でも頑張ります。一、二度はトップをとったこともあるんですから」と昭二は答えた。

その年の暮れも押し迫ったある日、昭二は今日もスポンサーを求めて会社まわりをしていた。応接室に通され、相手の現われるのを待つうちに、知らず識らずに卓の上に肘をついていた。その時Yシャツの袖口の汚れているのに気がついた。営業の仕事だから、とそれまでは八重が気を遣ってYシャツはいつも綺麗なのを着せてくれたから袖口の汚れなど気にしたこともなかったけれど、多分クリーニング屋の支払いがまだで今回は着替えが間に合わなかったのだろう、と思った。過ぎにし予科練の頃、七ツ釦の制服と支給された飛行服は予科練にとってかけ替えない誇りだった。そして聞く所によれば汚れのないYシャツは営業マンの誇りだともいう。だが考えてみれば昭二は嘗て広告マンとして誇りを持ったことは一度もなかった自分に気づいた。〝俺にはいまのこの仕事はむいてないのかも知れない〟という懐疑に堕ちた。その日も成果はゼロで、昭二はとぼとぼと遅い家路《いえじ》についた。

「八重、いまの仕事は俺にはむいてない、てことが今日解ったよ。うだつの上がらないのも無理はない」

夕食をとりながら昭二は八重に打ち明けた。八重は黙っていた。

年が替ると昭二は四年やった広告代理店の仕事を辞めてタクシーの運転手になった。だがタクシーの運転手という仕事は素人の身には随分とこたえる重労働でもあった。昭二は歯を喰いしばって堪え、月収も漸く今までの倍以上を得ることができるようになった。

「歩けども歩けどもとれなかった広告の仕事に較べ、こんどは走れば走っただけの実入《み》りがあります」と昭二は弥兵衛に語ったけれどタクシーの運転手をいつまでも続ける考えはなかった。義父の弥兵衛が心臓麻痺で急死したのはタクシーの運転手をやり始めて三年目の時だった。

思えばふとしたことから闇市で知り合い親一人子一人のその娘八重と結ばれ、何かにつけてよき相談相手として応援してくれた義父でもあった。その弥兵衛に対して自分は一体何をしたか……を考えると申し訳なさに涙がこぼれた。俺達の行く末を気遣いながら死んだに違いない、と思うと情けなかった。

日下弥兵衛は昭二の生活ぶりを気遣いながらも他方ではその昭二に期待を持ち続けていたことは、生前に親交のあった友人に「うちの婿は今どきの若い者と違い根性が据っている。何てッてもあいつは予科練の出だからね。見ててご覧よ、そのうちきっと衆より擢《ぬきん》でるから……」と語っていたことからも窺える。昭二は八重と一緒に自分達と同居することを再三にわたって奨めたが弥兵衛は首を縦に振らず、老いの身の不自由な男やもめ暮しで晩年を終わったのだった。

昭二が、いつまでも人に使われていないで自分でやろう、という決心をしたのはこの弥兵衛の死がきっかけだった。そしてやり始めたのが、おでんの屋台売りだったのだから一体どんなつもりだったのか……。初めはおでんの屋台売りなど勝手に出来るものだ、と思っていたが屋台を据える区域ごとにやくざの縄張りがあって、そういう地回りの親分に断わりなしに屋台は据えられないことが分かった。そしておでん屋の方でも屋台売りの元締めというのがいて、これは数台の屋台を持ち売り子に売上げの歩合で稼がせている。昭二が入った元締めは韓国人だった。おでんの種《ねた》の竹輪、こんにゃく、豆腐などを一個いくらで売り子に卸し、売り子は屋台を据えてそれを売る。売り値と卸し値の差が売り子の取り分というわけだ。自分でやるつもりだったから昭二はおでんのネタについては一通《ひととお》り調べていた。元締めの卸値は直接仕入れのその価格より大体二割がたは高いのである。文句を言っても始まらないので昭二もその価格を背負って稼ぎに出た。屋台のおでんは夜から深夜にかけての方が商いがある。夕方過ぎから商いを始め屋台の火を消《お》すのはいつも明け方だった。

半月ほどやってから試しに自分で仕入れたネタを混ぜて売ってみた。築地の問屋から買ってきたネタは新鮮で客の評判もよかった。

明け方になり自分で仕入れたネタの売れ残りを調べ、それを持参の弁当箱に詰めて屋台を牽いて帰った。元締めは昨日卸したネタが殆んど売れてないのをみて「どーしたですか、あんた。売れる売れないは商売だから仕方《す》ないけど、これではあんたが一層困るよ」と気の毒そうに言った。「河岸《かし》変えてみるか……あんた、昨日、一昨日《おとつい》、その前の日と売上げ何百円が四日も続いてるからね、あんた」

しかし昭二は自分が仕入れたネタはほとんどが売れているので実入《みい》りは最高だったのである。「いえ、我慢してもう少しいまの処で続けます」

昭二がおでんの屋台を牽く気になったのは、これを仕事の突破口にしたかったからで、おでん屋になるつもりはなかった。一年足らずでおでんに見切りをつけた昭二は、こんどは電波治療器の製作と販売に転じた。組み立て製作は大学工学部に通う電気科の学生三人に頼み、昭二自身は販売の方をやった。購入者は老人が多く、家の中に上がり込み患部に治療器を三十分、一時間とかけさせて売り込むのだから時間がかかる。一日に一台売れればよしとしなければならぬ贅沢な営業だったが、買った人は大抵同病のお客を紹介してくれるからそれからそれへと販売の網を拡げることができ、収入も相当なものがあった。それまであった生活費に追われる、ことはもうなくなってしまっていた。だが三年後には昭二は再び就職している。こんどはビルの警備と清掃をやる会社だった。昭二のそこでのポストは管理部員だった。現場の仕事に携わる連中の管理だったが昭二は志願して現場の仕事にも自ら携わり経験を積んだ。入社して十年が経った頃、昭二は独立して同じ仕事の会社を作った。藤岡昭二四十四歳の時だった。掃除をするための用具や備品、それに支給する制服や作業衣などが要ったが、それは今までに貯めて来た預金で賄うことができた。この会社は着実に業績を伸ばし、発足十年後には従業員五〇〇人の中堅企業として現在に及んでいる。会社の掃除や警備などを事業とする新しい分野の産業だった。そうなる前の会社員だった頃、管理部長になった頃だったが昭二は初めて予科練甲飛一三期の会合に出席した。戦後世の中に出て初めてのことだった。その頃は戦争の記憶も遠くなり予科練への記憶も薄れつつあった世の中だった。予科練の会があるということだけで昭二は出かけていったのである。予科練甲飛一三期会は全国の県に一三期会があるが、昭二が出席したのは東京の一三期会で、時の会長は山口実（この文の最初に同氏の、かくて予科練の全文を紹介した）氏だった。予科練もこの甲飛一三期以降の期は戦局の急迫により毎年一〇、〇〇〇名を越す採用者数となり全国各地に分かれて入隊しているから一二期までの甲飛と違い、一つ釜のめしを食った仲間という親しさには欠けるが、同期だったと言う連帯感には、その劇しい訓練の思い出とともに独特の懐しさがあった。昭二には初めて会う人達の方が多かったが、自然と融け入って知らない人達とも談笑していた。当日集まった者二〇〇名足らず、みな四十代の分別盛りの者ばかりだったが、なかには海軍時代の事業服を着て出た者も十四、五名おり、話していると予科練を志した頃の少年の日の純粋さを誰もまだ失ってはいないように思えた。それは自らが予科練たりしことの誇りを各人が未だに持ち続けていることからも判る。あの純粋さは青春の郷愁として予科練の思い出とともに昭二の心の底には未だに残っているものだった。それからは毎年欠かさず昭二はこの甲飛一三期会に顔を出すようになった。

平成十年に遠くないその年に、東京甲飛一三期会は講師として戦争小説を書いている某作家を招《よ》んだ。演壇に立ったその作家は、いきなり「海軍は当時の日本全国の少年の中から選りすぐったエリートを予科練としてとりました。あなた方はまさにエリートだったことは紛れもありません。戦後の厳しい時代もみなさん方はよく戦い抜いてこられ、今日あることは〝さすがにエリートたりしことはある……〟の感慨をいだかせます」と語り出したのである。さらに戦争時代に予科練を志した少年達の純粋さについて語り、空に憧れて海軍に入《はい》った甲飛一三期以降の少年達には極く一部の連中を除いては飛行機にもさわらせず回天蛟龍果ては震洋などの水中や舟艇特攻の配置にこれら予科練を配し、剰《あまつさ》え国は戦争をやめるとこれら予科練を弊履の如くに棄て去った歴史の酷薄さに及び、にも係らず予科練は嘗て自らが予科練たりしことに限りなき誇を持っている……哀しきは予科練というべきか——という内容の話を書く文章とは相違して訥訥とした口調で述べた。「その誇りをあなたがた予科練の方々《かたがた》は未だに持ち続けておられます。それはあなたがたが戦後の今日と雖もなおあの予科練時代の純粋さを失っていない証拠であります。哀しきは予科練……されどうれしきは予科練……というべきか。」

その作家の話は概略そういった内容のものだった。この話は当日集まった一三期生の心を深く捉えたようだった。聴きながら涙を眼にためていた者も一人や二人ではなく、昭二もその感涙組の一人で、予科練というものを客観視した場合、この作家先生の言う如きものかも知れないと思い身につまされて涙を流したものだった。哀しきは予科練、されどうれしきは予科練……その言葉の持つ奥行きもさることながら予科練というものを言い得て妙なる言葉だとぐっと胸に迫るものがあった。

予科練には綜合組織として財団法人海原会《うなばら》がある。甲飛も乙飛も特乙もまた丙飛もその各期はこの海原会に協力している。昭二は東京甲飛一三期会のほかにこの海原会の会合にも顔を出すようになった。そこでベテランの丙飛の生存者や、甲飛乙飛の一桁台の先輩たちと顔を合わせていると予科練だった自己の存在が再確認できる思いだった。

一九九五年（平成七年）、時の海原会長は甲飛三期の前田武氏であった。副会長は甲飛一二期の櫻井房一氏という名コンビでかずかずの事績を残している。

甲飛三期といえば真珠湾攻撃を初めとしてわが海軍航空隊が一時米英海軍を圧倒した頃からの輝やかしい第一線の主戦力だった期である。藤岡昭二たち一三期の者はいつも眩しい眼で前田を見ていたし、副会長の櫻井の甲飛一二期は、全員が航空兵として鍛えられた予科練としては本来の最終の期といっていい。この戦争の発端ともなったハワイの真珠湾に、戦いの主兵だった予科練が会し戦没者の慰霊祭をやろうではないか、という議が持ち上がった。

ここで海原会長前田武氏について触れておきたい。前田は福井県立大野中学校から昭和十三年十月一日、甲飛三期生として横須賀海軍航空隊に入隊している。――横空の隊門脇の二棟の木造兵舎が甲飛の居住区だった――と前田は自著の『筑波山宜候《ようそろ》』に書いている。以下は同書からの真珠湾攻撃時を転記した。数ある真珠湾の実戦記の中でも本書は出色のものだからである。

――十一月二十三日早朝艦（空母加賀）は投錨した。舷窓からのぞくと雪景色を背景にしてたくさんの艦艇が目に入った。赤城、蒼龍、飛龍、翔鶴、瑞鶴が巨大な姿を見せている。それに三戦隊の比叡と霧島もいる。いずれも日本海軍切っての高速戦艦である。巡洋艦は利根、筑摩が美しい艦型を浮かべていた。どうやら加賀が最後に入港したらしい。鉛色の空の下秘かに集結したこの大部隊は一体どこへ行くのか。まさか真珠湾とは誰も考えなかった。耐寒艤装から推してダッチハーバーを空襲する公算が強い。朝食の席上搭乗員達はそれぞれ目的地について想像をたくましくしていた。

二十四日搭乗員総員が内火艇に乗って赤城に出かけた。赤城には各母艦から続々と同期生が集まって来た。赤城からは木下広吉、管谷重春、栗田厚吉、山下敏平、坂本清、堀井孝行、伊藤仁、中尾直之、杉田好弘、遠間万喜太の諸君、蒼龍から丸山忠雄、鹿熊粂吉、田村満、早川潤一、渡辺勇三の五名、飛龍から肱黒定美、森田寛、丸山泰輔、仲野開市、翔鶴の福原淳、元後二郎、中所修平、山内一夫、高橋弘、赤尾明、長谷川辰夫、児玉清三、瑞鶴の上野秀一、川原信男、松尾典照等が私とは同期生であった。その他瑞鶴の信田安治（一期）、田村平治（二期）、翔鶴の一條信一、大久保忠平（一期）、蒼龍の佐野覚（二期）、赤城の木村惟雄（一期）の諸先輩の顔もみえた。四期生には田村三郎、大場八千代、長井泉、武田英美、平田義幸、大西俊夫、梅津宣夫、宮永英次、小林光の諸君がいた。一期から四期までのハワイ攻撃参加者は顔見知りだけで七〇名の多きにのぼった。

源田中佐の説明でようやくこの泊地が単冠《ひとかっぷ》というアイヌ名の孤島で冬には無人となることが解った。中央には大きな真珠湾の模型が置いてあった。畳四帖分くらいあったと思う。航空参謀が立ち上り真珠湾周辺の防空陣地の配置、飛行場の所在、艦船の停泊位置など詳しい説明が模型上でなされ、各母艦飛行機隊の攻撃目標が示された。第一航戦（赤城、加賀）の艦攻隊は水平爆撃隊、雷撃隊に分かれフオード島東岸の戦艦に雷爆撃を加えることになった。一航戦の水平爆撃隊は赤城十五機、加賀十四機編成、雷撃隊は赤城十二機、加賀十二機編成である。私の機は雷撃隊に決定。一期生から三期生までは全員参加。四期生は一部を残して殆んど搭乗割があった。

十六年十一月二十六日〇六〇〇、出港ラッパが鳴り機動部隊は単冠湾から壮途についた。左舷の岬の突端に向って通過する艦艇ごとに砲門を開き試射が行われた。私は艦内に流れる軍艦マーチの曲に胸の高鳴りを覚え八戦隊、三戦隊の順に発射される実弾が島の岩肌を覆った氷雪を吹き飛ばす壮観に見とれていた。

十二月三日は終日南の風が強く、波浪激しく巨大な母艦も木の葉のように翻弄された。食事も準備出来ず握り飯が配給されたが、誰も喰べられなかった。そして日没前一期の某兵曹（名を失念）が波にさらわれ海中に消えた。最初の戦死者であった。

風浪の少い日は爆撃嚮導機のペアは飛行甲板で小銃射撃に余念がなかった。精神統一のためにはこれが一番良いそうで、パンパンと時ならぬ豆鉄砲の音に昼寝の夢をやぶられた搭乗員達はポケット（飛行甲板の両舷にあるある待避場）に出て、これを見物していた。そろそろ気温が高くなり冬服では暑苦しいくらいであった。

十二月六日、単冠湾出港後はじめての入浴が許され、汗を流すことができた。そして夕食時に搭乗員室で送別の宴が開かれた。艦長副長はじめ整備員、兵器員の下士官まで、搭乗員の決死の壮途を祝って四斗樽の鏡を抜き乾杯した。飛行隊長橋口少佐は「この酒宴を最後に、攻撃終了まで一切アルコールを禁止する。今夕は心ゆくまで飲んで英気を養って欲しい」と訓示。艦長以下の心尽くしに礼を述べられた。この夜の酒宴はそれこそ、こぼれたビールでデッキを洗う豪勢さであり、全くの無礼講で艦長や飛行長は頭からビールを滝のように浴びて逃げまわる有様であった。酒豪揃いの搭乗員が、どうせあと二日の生命《いのち》と覚悟を決めて飲むのであるから凡その想像がつくであろう。平素は搭乗員のギンバイに悩まされて眼の仇《かたき》にしている主計科の先任もこの日ばかりはにこにことして、みんなの手をにぎり肩を敲いて「たのんだぞ」「しっかりやってくれ」と酒を注いでまわっていた。そして一五〇名の搭乗員がグロッキーになるまで酒宴は果てしなく続いた。

十二月八日未明起床、新しい下着にとり替えた。朝食には赤飯と尾頭つきの魚がついていた。加賀神社に参拝し、一同飛行甲板に上がった。飛行甲板にはすでに出撃機が勢揃いし、試運転の爆音を轟かせていた。私達雷撃隊は魚雷搭載後の投下試験に立ち会うため愛機に向う。魚雷員が「試験完了」を告げ「命中させてくれ」と手を握りしめた。未だ明けやらぬ空には残月が、流れる雲に見えかくれし、東の水平線がやや赤みを帯びて左舷の方向で上下する。かなり強いウネリである。

〇一二〇艦首を東北東に変針、風に立った。戦闘機、艦爆の順に発艦開始、ついで水平爆撃隊が発艦をはじめた。甲板を車輪が離れたと思うと、スーッと機体が沈んで見えなくなり〝ハッ〟としたが直ぐ東の空をバックに機体が見えて来た。すでに右、左と脚が引き上げられ、みるみるうちに高度を上げて行く。次々と発艦して雷撃隊の番がくる。中隊長北島大尉の機が猛然と甲板を蹴って艦首を過ぎると、スーッと見えなくなった。次の瞬間脚をたたみながら這うようにして姿をあらわして来た。魚雷の重みで機体が沈むのである。

わが愛機の操縦員は十二志の吉川興四郎三飛曹で優秀な技倆は先刻承知である。ブレーキを一杯踏んで機首を下げ、エンジンをふかしながら機体を甲板と平行にして、パッとブレーキを外す、あらかじめ下げてあるフラップに風を孕んで機首が上がろうとするのをおさえて艦首を替った瞬間脚をたたみながら浮力のつくのを待つ、これが重い魚雷を積んで発艦する時の要領である。空中から後を見ると両舷のポケットには帽子を振って見送る乗組員の白衣の群が小さく視野から遠ざかっていった。〃さらば加賀よ、無事に日本の母港に帰ってくれ〃と心中別れを告げた。右旋回して中隊長機の左側二番機の位置にピッタリとつく。そのうちに三番機、四期の平田二飛曹操縦の機が右側から追いつき編隊を組んだ。次々と発艦してくる後続機がみるみるうちに三機ずつ編隊を組んでピッタリと先頭編隊に寄り添って来た。朝焼けの水平線を左に見ながら真珠湾目指して堂々の進撃であった。左右の上空を零戦が蛇航しながら直衛態勢をとっているのが心強い。

〇三一〇先頭を行く赤城の編隊から信号拳銃が発射された。「奇襲の展開をとれ」の合図である。〇三一九「ト連送」受信。中隊長機はバンクをして編隊を解き「単縦陣による突撃」を下令した。この時早くも左舷のホイラー飛行場から爆煙が上った。艦爆隊の爆撃開始である。山の陰を這うようにして中隊長機に続くと右にバーバース岬と飛行場が見えて来た。飛行場にはぎっしりと敵機が並んでいる。機首方向には朝陽を背景にして浮かぶ艦艇が影絵のように望見された。その瞬間その影絵を消すように水柱が立ち昇った。

はやくも赤城の雷撃隊の雷撃が開始されたのである。機は海上に出てヒッカム飛行場の東側でユーターンし真珠湾に機首を向けた。ヒッカムには大型機がズラリと列線に並んでいた。

〇三二二「トラトラトラ」受信。奇襲成功の報である。中隊長機を四〇〇米くらい前方に視認しながら高度を下げる。中央のカリフォルニヤ型戦艦に中隊長機の機首が向いている。〝発射用意〟と吉川兵曹の声、訓練の時と同じ調子で落ち着いている。高度は岸壁の艦艇のマストすれすれで、射ち上げてくる機銃の曳光弾が左右に飛び交って、そのうちガンとバケツを叩くような音とショックがあったが「テーッ」と言った声とともに機体はグーンと浮いた。目標艦の艦橋をかすめて直進する機から後方を見ると茶色の水柱が戦艦の右舷から空高く立ちのぼっていた。その向うに平田機が海面を這うように接近するのが見えた。低空でパイナップル畑の連なる陸地を抜けて、あらかじめ指定された集合地点に飛ぶ。この海面には不時着機を収容する潜水艦もいる筈だった。しばらくして魚雷投下索をブラ下げた飛龍の艦攻が傍に寄って来た。風防越しに同期の肱黒定美の笑顔が見えた。彼の機の左翼には機銃弾の貫通破孔があったが、帰投には影響なさそうである。次々と投下索をブラ下げて雷撃機が集って来た。その内の一機が小隊長マークをつけているので、その機を誘導機として編隊を組み、母艦へ向って帰投することにした。水平線のかなたに機動部隊の健在な姿を視認した時にはホッとしたものである。母艦の動揺は依然として大きかったが、次々と見事な着艦ぶりを示した。わが機の着艦の時、突然バンクを振って割り込んできた艦攻があった。中村兵曹の機である。偵察席から血に染まったマフラーを振る中村二飛曹（一〇志）の顔が見えた。緊急着艦の要請である。電信席の搭乗員の姿が見えないところをみると、かなりの負傷をしているらしい。操縦員の田中二飛曹（乙八期）は大丈夫らしい。着艦後聞いたところでは、真珠湾東岸の艦艇群上を通過の際射たれたという。電信の井上三飛曹の下顎に機銃弾が命中して顎が吹き飛ばされたそうであった。わが機も同じ場所で一発被弾したが水平尾翼の根本の個処で大事なかった。だが加賀雷撃隊の被害は一番大きく五機が未帰還となった。三期は松田勇、四期では大西俊夫、梅津宣夫、熊本研一、長井泉、武田英美の五名が一挙に戦死した。機上での負傷者は前記井上兵曹他一名であった。加賀雷撃隊の戦果は、カリフォルニヤ型、ペンシルバニア型戦艦に四本ずつとネバダ型に一本の計九本の命中魚雷があり前二艦を撃沈し、ネバダを炎上擱座せしめた。やがて第二次攻撃隊（加賀は艦爆と艦戦）が帰投して来たが、艦爆は十七機の内五機、艦戦は九機の内二機が帰ってこなかった。艦爆では同期の平島文夫が未帰還となり、その自爆を同期の野田絢治が確認している。母艦に着艦と同時にエンジン停止した艦爆があり、この機には実に二十二発の弾痕が見られ、プロペラは鋸の歯のようになっていたのには、見る者すべて背筋が寒くなった。

十二月二十二日〇六三〇母艦を発艦し、機動部隊の前路哨戒を実施しながら鹿屋へ向った。一ヵ月ぶりに九州の陸地を見て「よく無事で帰れた」と思ったものである。

この戦争の大きなターニングポイントとなったミッドウェイ戦にも前田は参加している。真珠湾に続きここも『筑波山宜候』から転記することにしよう。

——新しい搭乗員が大勢来艦して来たので、ペアの組み替えがあり、志布志湾で着艦訓練が連日行われた。古参の者は夜間着艦を二回宛実施しただけで五月二十七日（昭和十七年）柱島水道を出撃した。折から海軍記念日で在泊艦艇は軍艦マーチの曲でわれわれの出撃を見送った。歴戦の一航戦、二航戦の四空母は威風堂々と豊後水道を出撃した。（五航戦は珊瑚海々戦の直後で内地配備となっていた）

五月三十日は低気圧の前方を横切るコースに入り風速十八米を越す荒天となった。六月一日加賀が哨戒当番の日に当たり両舷三〇〇浬の前路哨戒に二機が発艦した。私は左舷を担当、ペアは操縦佐々木三飛曹（十三志）電信員は坂田二飛曹（四期）であった。視界は悪く、雲高も五〇〇米くらいしかなかったが、そろそろ敵の哨戒圏に突入するので無理しても任務を遂行することにした。参考までに、航行中の母艦から発艦して再び母艦へ帰投するための航法を簡単に記述しておく。進出距離が遠くなるほど先端の誤差が大となるので推測航法は困難となる。発艦時の母艦の位置を図上に記入して爾後の母艦の針路と速力を綿密に打合せ、時計を合わせてから発艦する。発艦後は予定針路を飛びながら直ちにその高度での風向と風速を測り航路を修正する。勿論実速も計算して進出距離から割り出した先端への到達時刻を出す。風向、風速は所によって微妙に変わるし高度によっても変化するから風の測定は短い間隔で実施する必要がある。洋上では海面の波頭の返りのアワを測定の対象にする以外目標がない。（警戒海域では航法目標弾の使用は禁止されている）雲上飛行では索敵哨戒をする意味がないので情況の許す限り雲下を飛ぶ必要がある。雲下は気流が悪く、操縦も疲れるし、風がよく変わるので気が抜けない。常に海面の波頭の泡のかえる方向に注意する。九七艦攻一二型は航続距離一、三〇〇浬（巡航一三五ノット）である。仮りに三〇〇浬進出で測定六〇浬だと帰投時間は約五時間後となるが、風向と風速によってこの数字はかなり変わってくる。発艦後約二時間三〇分で予定進出ラインに到着、左に変針して測定に入る。約四〇分で又変針して帰投針路に入るが、この時が正念場となる。何故ならその時刻の母艦の位置を図に出して、そこから自機が母艦の上に到達するまでの間に動いた母艦の航跡を推定して帰投針路を決める。いわば決断の時である。風向と風速の測定が間違っていれば当然それまでに進出した距離にも方向にも誤差が生じているから、推定した母艦の位置にも誤差が出てくるのは当然である。勿論磁気コンパスの偏差、自差の修正が正しく行われ、操縦員が偵察員の指示する針路を正しく保持しつつ飛行していなければ、この方の誤差も当然生ずるわけである。この日は往復とも視界は五〇〇〇米程度、高度は五〇〇から八〇〇米までしかとれなかった。母艦到達時刻が刻々と迫り、前方を見守る六個の眼が血走ってくる。〝あと五分〟と告げて双眼鏡で灰色の雲の下をくまなく探すが何も見えない。もう一度図板を点検して時計を見る。若し到達時間が来ても艦隊が見えなかったら、推定到達点を中心にして外側へ捜索圏を徐々に拡大していくのが常道である。ここであわてると、それこそ機位が分からなくなり、燃料の切れた時が最後となる。燃料は残り四時間はあるから捜索圏を段々拡大して行けば大丈夫発見可能と覚悟を決めて「佐々木兵曹、あと十五分そのままの針路ヨーソロ」と指示した。「ヨーソロ」と佐々木兵曹が応答する。彼とは最初のペアで、お互いにまだ信頼関係が浅いからこの際偵察員の技倆を信頼させるのには一番良い場面である。

双眼鏡で左前方を探すと水平線上にポツンとマストが見えた。しめたと心中に思ったが、この際声が弾むようではまずい。側衛駆逐艦のマストに違いない。〝よし、どんぴしゃり、母艦の上へ持っていくぞ〟とさり気なく「チョイ左」と変針を指示した。その時後席の坂田兵曹が大声で「マストが見えます」と余計なお節介をしたので計画は水の泡となる。

味方に接近する時には味方識別の信号を送らないと射ってくる虞れがある。脚をおろしてバンクを振りながら接近すると、案の定駆逐艦であった。母艦へ着艦して艦橋へ報告に上っていく。報告を終わると飛行長が「この悪天候の中を飛んで索敵になると思うのか」とキツイお叱りである。聞けば右舷の索敵機は発艦後十五分もしないうちに母艦に帰投していたという。天候不良がその理由であった。結局苦労して飛んだ甲斐もなく、数々油を絞られた。（だが私には、索敵の効果のあるなしに係らず索敵に飛んだことで油を絞られるわけが判らず納得できないものがあった）

索敵飛行を命じた分隊長の北島大尉は気の毒そうな顔でわれわれを見ていた。索敵をなおざりにするこの風潮が、ミッドウェイの敗戦につながったことは後述することにする。

艦隊の出撃後五月三十日から六月四日まで連日悪天候が続き、特に六月三日は濃霧が深く探照灯を点けて隣接艦艇との接触を避ける有様であった。そして運命の六月五日が来た。この航空決戦の経過

を時間を追って記述すると、作戦指導の誤謬がよくわかる。（日の出〇一五二――日没一五四三。内地時刻、時差三時間）

〇一三〇　ミッドウェイ攻撃隊及び索敵機発進
〇二〇〇　第四索敵線利根四号機三〇分遅れて発進（理由不明）
〇二三〇　敵飛行艇触接開始
〇二五五　利根一号機から「敵機十五貴方に向ふ」と入電あり（第三番索敵線）
〇三三四　ミッドウェイ攻撃隊攻撃開始
〇四〇〇　ミッドウェイ攻撃隊指揮官より第二次攻撃の要ありと入電
〇四〇五　ミッドウェイよりの陸上機の攻撃始まる。われに被害なし
〇四一五　索敵機予定索敵線先端（三〇〇浬）に到るも敵発見の報なく、南雲長官は、敵艦艇は所在せずと判断、艦攻の雷装を爆装に転換するよう下令
〇四二八　利根の四番索担当機より敵発見の入電あり（三〇分遅れて発進した機）
〇四四五　南雲長官艦攻の爆装を雷装に再転換を下令
〇四五〇　第一次攻撃隊空母上空に帰投するも防空戦闘中のため上空待機
〇五二〇　利根四号機、敵は空母を伴うと重大な報告
〇五四〇　敵の空襲やみ、攻撃隊を収容
〇六一八　敵艦載機来襲するも大半を撃墜、われに被害なし

○七二三　敵雷撃機（艦載機）と交戦中、上空より急降下爆撃機（艦載機）の奇襲を受け、加賀、赤城、蒼龍　被爆し大火災となる

以上は防衛庁防衛研究所の資料によるものであるが、当日の索敵は一段索敵であり、この計画では先端での各機の間隔は一二〇浬となる。視界が三〇浬あったと仮定しても、帰路の半行程に達しなければ全海面の索敵は終わらないことになる。何故作戦指導部がこのような疎雑な索敵計画を起案したかについては、一航艦司令部の敵情判断が、ミッドウェイ近辺には敵空母部隊は所在しないという先入観が強く、「念のために索敵する」という程度になってしまった、と当時の参謀は語っている。密度の濃い二段索敵を行なっていれば、彼我の立場は逆転していたことは確実である。しかも筑摩一号機（五番索）は往路の右下方に敵を発見できる位置を飛び、少なくとも〇三〇〇前後には敵艦隊を発見し、南雲長官の兵装転換（〇四一五）の下令も行なわれなかった筈であった。しかるに筑摩一号機は天候不良を理由に、雲上飛行をしていた為ついに敵の上空を通過してしまったのである。

前述のように利根四号機は三〇分発進が遅れていたから索敵線の先端到達は〇四三〇から〇四四五になる筈であった。（零式水偵の巡航速力は一二〇ノット）〇四二八に敵を発見したのは予定より早く測程に変針したことを意味するが、これは怪我の功名としか言いようがない。（理由不明）ちなみに筑摩四号機は〇三三五天候不良のため索敵を断念引き返している。それにしても悔やまれるのは、五番索の筑摩一号機が雲の下を飛行していてくれたら、少なくとも四隻の味方空母が全艦沈むような事態にならなかったことは確実であった。

赤城、加賀、蒼龍の三艦は、雷装を爆装に転換し始めてから三〇分後に又雷装に転換するよう下令されたため、格納庫の中には八〇〇キロ陸用爆弾と魚雷があり、さらに燃料を満載した艦攻、艦爆があった。〇四〇五から始まった敵陸上機に対する防空戦闘は〇五四〇まで断続的につづき、母艦は回避のため大転舵を繰り返したから雷、爆の積み替えと投下器の転換は困難を極めた。その上〇六一八からは敵母艦機の空襲が始まり更に作業は難渋した。ようやく魚雷を装備し終わった時も爆弾は未だ弾庫へは納められていなかった。敵の雷撃機は断続的に来襲したので上空直衛の零戦は全機低空にあり、上空の警戒は全くおろそかになっていた。幸いにして敵の雷撃機が技術未熟なため、協同攻撃ができず、ダラダラと少数機による散発攻撃を続けたため、味方艦艇にはそれまで被害がなく敵は殆んど味方戦闘機に撃墜されていた。これが反って敵に有利な結果を与えたのは皮肉であった。各艦の直衛戦闘機はわれを争って鴨射ちでもするように、ヨタヨタと来襲する低空の敵機に攻撃を集中したため、上空の雲間から急降下して来た敵艦爆は全く妨害を受けずに爆撃を成功させたのである。加賀は四弾を受けたがその内の一弾が格納庫で爆発し、これが誘爆につぐ誘爆を惹き起こし、手がつけられなくなった。赤城、蒼龍も同じ有様であった。艦攻の半数に雷装を施し敵空母の出現に備えて待機させることは機動部隊の鉄則であったのに、索敵の手抜きによって、至近の距離に待ち伏せていた敵空母部隊に名をなさしめたのは、作戦指導部はいかなる天魔に魅入られたものなのか、惜しんでも余りある不手際であった。

加賀が大火災となった時、前田は艦橋近くにいた為、爆弾の破片を左脚に受けた。投下された爆弾の破片ではなく誘発による破片がとんで来たもので、この時加賀では総員退去が発令されていた。前田は駆逐艦萩風に拾われ左脚の弾片を二十八針縫われたが、その手術は麻酔なしで行なわれ、しかも帆布を縫う鉤針と麻糸による荒手術だった。（この時萩風は医療器具も薬品もすべて使い果たしてしまっていたからこんな荒療治となってしまったのだった）だが出血がとまらない。そんななかに加賀が沈むというので前田は同期の沖中明に頼んで甲板まで担ぎ上げて貰い、至近の距離から加賀の最後を看取っている。一六二五、ガソリン庫に引火した加賀は大爆発を起こし、そのまま海中に没し去った。前田は号泣とともにこれを見送った。

艦隊が敵の制空圏外に離脱した七日、前田は戦艦長門に移され手術のやりなおしを受けたが十五日には病院船の氷川丸に移された。氷川丸には赤城の飛行長淵田中佐も収容されていた。前田らは呉の海軍病院へ送られた。『筑波山宜候』にこの時のことを前田は次のように書いている。

――私達敗残傷兵は深い覆をかけられた担架で病院の裏門からこっそりと運び込まれ、病室は外部と完全に遮断され、治療に名を藉りる軟禁であった。後日聞いた話では、搭乗員の健康者は全員鹿屋空に集められ軟禁状態に置かれ、所持金がないため煙草、チリ紙にも事欠いたという。呉病には加賀艦攻隊の牧秀雄大尉も収容されていたが、牧大尉は艦上で火傷を負ったらしく顔全体を包帯で覆っていた。

某日、山本連合艦隊司令長官が見舞いにこられた。一人一人のベッドの前に立たれ、枕頭の名札と顔を見て「前田一飛曹、早く癒くなってくれよ」と言葉をかけられたのには感激した。入院後三ヵ月くらいでようやく外部との連絡も通常となったようで、外出する看護婦に酒の購入をたのむと、薬瓶に詰めた酒を毛布の下から渡してくれる親切な看護婦さんがいた。こういう話の分かる人は大てい応召で集められた中年の看護婦であった。入院中に勅令第六一〇号により上飛曹になったが、病院では私は室長に指名され相変わらず酒の入手に腐心していた。時には消毒用のアルコールにブドウ糖を混入して酒石酸で色づけして差し入れてくれる看護婦さんもいた。

私の入院中、ソロモン方面における航空消耗戦は連日連夜続き、この間各部隊の基幹搭乗員として勇戦奮闘した同期生はこの方面だけで九〇名にのぼる戦死者を出している。私は歩行もままならぬ身で一喜一憂していたのを覚えている。十一月に入ると呉病は、南大平洋からの戦傷者の収容が増大するにつれてベッドが不足し、ようやく松葉杖で歩行練習を始めた私は舞鶴海軍病院に転院することになった。軍服がないので看護長にたのんだら上等機関兵曹（善行章三本づき）の上着を持って来てくれた。さき頃死亡した人のものだという。仕方がないのでこれを着用して列車に乗った。久しぶりの旅行となったが、駅も車内も戦時色に満ち、旅を楽しむ余裕とてなかった。舞鶴海軍病院は新築の木造病舎で、呉に較べると未だのんびりした空気があった。私の軍服を見て、一番良い場所のベッドを提供してくれたのにはまいった。飛行機の搭乗員は私一人で、落下傘部隊の下士官や兵が多かった。新潟、北陸の兵が大部分で田舎へ帰ったような安心感がしたものである。

そしてやがて退院の日が訪れた。昭和十七年もあと幾日もない師走のことである。

前田は退院後一時舞鶴海兵団づきとなったがやがて館山海軍航空隊に替わった。そして十八年十一月一日付で飛行兵曹長になった。

この時は甲飛の二期と三期、九志十志の一部も同時に任官したから館山空には総勢八名の准士官が出来たわけで、個室が足りないため兵舎に間仕切りを拵《こさ》えて、そこへベッド、机を運び込む騒ぎとなった。そして昭和二十年の一月五日、前田は更に攻二五六（天山艦攻）へ転出させられた。二五六の基地は鹿児島県の串良にあり鹿屋空に近い山上の、もと不時着場を整備したものだった。

ここでもう一度、『筑波山宜候』の前田氏の記述を藉りる。

――攻二五六には甲飛は七期生が一名、八期が四名、九期一名、一〇期が四名で、あとは一一、一二期で占めていた。海軍航空隊の基幹搭乗員がいつの間にか甲飛の若いクラスに移っていたわけで、海兵出身の士官搭乗員も六九期、七〇期が分隊長クラスとなっていた。私達の入隊の動機と違って、国難に殉ずるために甲飛を志願して来た後輩の諸君には暗い表情はなく、未だ子供の面影さえ残っている彼らは喜々として訓練に励んでいた。訓練は離着陸と雷撃運動が主だった。一三期予備学生の日野中尉（筆者注、日野俊弘、二〇・四・七南西諸島で戦死）と飲む機会があったが、「私達のような錬成不足な者が、日本海軍の第一線機に乗って戦えるだけで本望です」と爽やかな顔で笑っていたのが印象的だった。タンポポの歌、ラッチキ節など戦争に何の関係もない歌がさかんに歌われていたが、死を覚悟したこの人達がせめてもの平和への願望を歌に託したのではないか、と私は今でもそう思っているし海兵出身の士官搭乗員とは違って、彼らのように学業半ばにして海軍に入らざるを得なかった青年を見ると、自分も甲飛を志願せず、大学か専門学校に入っていたら今頃はこの人達と同じ道を歩いていたのであろうという仲間意識が働き、肩を抱き合って校歌を唄っている彼らの群の中で一緒に唄ったものだった。

二月上旬のある夜、夜間航法訓練機に乗り、新装備の一九試電探の測角精度のテストに取り組んだ。飛行機用の電探は当初は三式空六号無線電信機と呼ばれる大型機用のもので重量は一一〇キロもあったのに、その最大有効距離は一〇〇キロ米しかなかった。

昭和十九年の末頃に小型機用として一九試空電探信儀一二型と呼ばれる六〇キロ程度の重量のものが開発され、この方は船舶七〇キロ、対飛行機五〇キロメートルの透視距離があり大きく進歩していたが生産が間に合わず実戦に供されたのは僅少であった。

佐伯空で行なわれた講習は、敵の戦闘機が優秀な小型電探を装備し、これと機関銃が連動して暗夜でも命中率がよく、味方の夜間攻撃隊も敵艦艇へ接近することがむずかしくなったとの戦訓を基に、敵電探をかく乱するため錫箔片の撒布等による囮戦法の説明と、小型電探の第一線部隊への配備後の取扱いを主としていた。串良に戻って早速新型電探を搭載しテスト飛行をした。同乗した操縦員は夜間定着をあまり経験していなかったらしく、着地に失敗した。接地高度が高過ぎてドスンと落とし、大きくバウンドして又落ちた。その衝撃のため電探を吊っているゴム索が切れ、電探が私の大腿部に落下しその角が左膝に激突した。前頭部も何かに打ち当たって一瞬眼が見えなくなった。幸い機体には異常なく左へ回って停止した。

天山は脚が頑丈で滅多に折れることはなかったがエンジンが大型のため着陸の際に視界が、大きなカウリングに妨げられ大ていの操縦員は座席を一杯に上げ、視界を広くとろうとした。従って脚の短い者はフットバーにようやく爪先が届くあんばいで、三点着陸をするのにはむずかしい飛行機といわれていた。

明るいところで見ると、古傷の中央が切り裂かれ出血がひどく激痛があった。古い銃創は足の屈折を妨げることのないよう傷口の縫合を切断し、肉の盛り上がりを待つ治療方法がとられた為、創の表面は薄皮で覆われているだけで、一寸した衝撃でも簡単に出血する状態にあった。診察した軍医は直ぐ霧島海軍病院に入院手続をとりその翌日、病院送りとなった。

思いがけないことで二十四歳の誕生日を病院で迎えることになってしまった。沖縄特攻の戦場に近い霧島海軍病院は連日の空襲による負傷者で間もなく満員となり、歩けるようになった私は再び舞鶴海軍病院へ転送された。五月一日、舞病退院の日に海軍少尉に進級した。

舞鶴鎮守府に出頭したら香取基地へ行くよう指示され、北陸線を経由（故郷で一泊）して五月四日総武線の干潟駅で下車した。香取基地には長曽我部大尉も分隊長の紺屋大尉もいて部隊の再編成中であった。顔見知りは少なく、宇佐空延長教育の時の教員だった誉田さん（八志偵）が二一〇空から転入して来て久し振りに飲む機会があったくらいのものである。誉田さんはもう何処へ行っても顔見知りが少なくなり昔の連中に会うとホッとすると語っていた。誰が考えても戦争は末期症状を呈していた。若い搭乗員は張り切っていたが、乗るべき機材は足りず、燃料が不足のため訓練飛行にも事欠いた。八月に入ると保有する天山全機に爆装を施し、隊長以下古参搭乗員に全員特攻待機が下令され、いよいよ最後の日が迫ったことを知った。終戦の日がもう一カ月延びていたら確実にわれわれも鬼籍に入っていた事であろう。

八月十七日、鈴鹿空へ天山を空輸する搭乗員だけを残し、香取空の隊員達はそれぞれ名残りを惜しみつつ帰郷していった。私は五期の早川飛曹長と鈴鹿空への最後の飛行に離陸した。上空から見る東京の街は焼け野原と化していた。川崎も横浜も、通過する都市は一様に猛爆の跡をとどめ、わずかに眼下を走る東海道線の列車のみが未だ日本の国土が生きていることを証明しているかのようであった。七年間の海軍生活がこの飛行機の鈴鹿着陸で終わると思うと、長かったような短かかったような複雑な感情が去来した。そして日本を守るために、文字通り火花のように散った海軍航空部隊の将兵をしのび、その内での同期生の死が一体何であったかを想うと涙が流れて止まらなかった。

前田の『筑波山宜候』はこの文章で終わっている。煩を厭《いと》わず『筑波山宜候』から転記したのは彼の書いた文章からその人柄の一端に触れて欲しいと思ったからである。

戦後の前田についてはここでは極く簡単に触れるにとどめておく。終戦の日の涙また涙の果てに前田に残ったものは、空しさと儚い思いだけだった。その思いを、来る日も来る日も彼は酒でまぎらわしていた。

彼の『筑波山宜候』によると前田は昭和二十年の一月にH子という女性と結婚している。天山艦攻の攻二五六に赴任する途中、前田は結婚の約束を交わしたH子をつれて館山から郷里の福井の実家に立ち寄り、深夜に親戚の人達が集まって形ばかりの結婚の盃を交わした、とある。翌日前田は妻となったばかりのH子を家に預けて鹿児島の串良に一人旅立つのだが、終戦後東京に出た前田はH子を呼び寄せた。だが二人はその後いくばくもなくして別れている。

当時前田は世田谷の祖師谷に棲んでいた。近所に黒沢明監督の『七人の侍』や『羅生門』の脚本を書いた著名なシナリオライターの小国英雄がおり、前田はこの人と仲良くなり出入りするようになっていた。小国夫人の実妹杉浦ふさ子も小国家に同居しており、前田は親しく出入りしているうちにこの女性とも気楽に口がきき合えるようになった。そしてこの女性《ひと》と前田は再婚することになる。ふさ子との間には二人の男の子に恵まれ、一方前田が同期生らと興した建築の設計施工会社も順調に育っていった。

激動の昭和は一九八九年一月七日で終わり世は平成の時代に入っていた。前田は乞われて予科練の綜合団体である（財）海原会の会長を勤めてすでに三年が経っていた。

その前田に一九九一年（平成三年）十月に、ハワイのアリゾナ記念館からの開戦五十周年の記念式典への招待状が届けられた。往復の航空券と宿泊のホテル代は全部記念館で持つというのだ。この時招待された日本人は、前田のほかに吉岡忠一氏（兵校五七期、南雲司令部の航空乙参謀だった）、千早正隆氏（兵校五八期、ＧＦ参謀、戦後太平洋戦争の史実研究家として幾度も渡米している）、松村平太氏（兵校六三期、飛龍艦攻隊、第一次、操で参戦）、阿部善次氏（兵校六四期、赤城艦爆隊、第二次、操で参戦）。

予科練甲飛三期の前田（加賀艦攻隊、第一次、偵）以外は全部兵学校出の人達だった。十二月四日に前田らは日本を発った。

六日、ホノルル市内の会議場で、トラトラトラについてのシンポジュームがあり一行は出席した。これは真珠湾攻撃の際の日本のパイロットの体験談を主題としたもので司会はボブ・チェノエス、アリゾナ記念館の館長がつとめた。聴衆約三〇〇〇人の前で前田も語り質疑にも答えている。

一九九五年九月三日の日米合同戦没者慰霊祭と日米戦士の交歓会は、どのような経過を辿って実現したのか、という筆者の質問に対して前田氏は以下の経過書を書き送ってくれた。一読、判然とする内容なのでそのままを以下に転載する。（文中私とあるのは勿論前田氏自身のこと）

――シンポジュームの前々日四日は、以前から約束のあったテレビ朝日の取材陣の泊まっているホテルに同宿した。

加賀の雷撃隊が四本の魚雷を命中させた〝カリフォルニヤ〟型戦艦はその後の調べでウェストバージニヤ号であった事は私も知っていたが、その時の乗組員がハワイに永住しており、その人物と私とを予告なしにアリゾナ記念館で邂逅させるのが取材陣の目的であった。当時テレビ朝日では夕刻六時から「ステーションアイ」という番組を放映していたが、日本の六時はハワイでは午後十一時である。中継放送番組は大がかりなもので、スタッフは三〇人ほどもいた。午後十時、一同とともに私はパールハーバーへ向った。夜間は立入り禁止なのに、海軍中尉の乗った大型ランチが桟橋に横付けしており、これに乗ってアリゾナ記念館へ向った。暗夜の海面に白く細長いアリゾナ記念館が照明に浮かんでいる。タラップの昇り口でスタッフが私を待たせて時計を見た。そしてやがてカウントダウンが始まった。「スタート」という合図でタラップを上がる。前方を見ると一人の大柄な老人が中央右寄りの舷側に手をついて佇んでいた。

この老人がウェストバージニヤの信号兵リチャード・フィスクであった。歩み寄る私の方へ二、三歩近寄り両手を拡げて抱きついて来た。「おお、ミスターマエダ」と言ったのは彼は既に私のことを知っていたらしい。「グッドイブニング」と私は彼の背中を敲いて言った。「アイムソーリー」――彼の艦を沈めた五十年前の出来ごとが私の脳裡を去来して思わず謝罪の言葉が出たのである。「ノーソーリー」彼は私の言葉をさえぎった。そして次のような意味の言葉を言った。「謝ることはない。戦争は国と国との戦いであり私達兵隊は上からの命令に従っただけだ。あなたが謝ることはないんだ」

やがて私はスタッフが渡してくれた花束を持って彼と二人で戦死者の名を刻んだ正面の大理石の壁へ向って歩いて花を捧げた。フィスクはバッグからラッパを取り出した。そして暗夜の空に向って鎮魂のラッパ曲を吹いた。もの悲しげな響がパールハーバーの深夜の空に消えていった。

これがフィスクと私との最初の出逢いであった。シンポジュームが終わった夜、彼は私達日本からの客をワイキキ海岸の、とあるレストランに招待してくれた。その席上フィスクは私に言った。「ミスターマエダ、実は私は海兵隊として硫黄島の上陸作戦にも参加したんだ。そして戦争が終わった一九四五年、佐世保へ上陸して約一年日本にいた。日本は変わったろうね、もう一度日本へ行ってみたい」と懐し気な顔で言った。私は「そうだ、来年日本へ招待するから奥さんとご一緒に来ませんか」と外交辞令でなく本気でそう言った。「ありがとう」とは言ったが彼はまだ半信半疑の面持ちだった。彼は私より一年若い一九二二年の生まれだとも言った。

日本へ帰ってから私は海原会の理事会でフィスクのことを話した。理事会は一九九二年十月の土浦航空隊跡（陸上自衛隊の武器学校が使っている）での予科練戦没者慰霊祭にリチャード・フィスクを招待することを決議してくれた。平成四年十月、フィスク夫妻は来日して土浦の慰霊祭に参加し、慰霊のラッパを吹奏してくれた。こうして海原会とパールハーバー生存者協会の間に固い絆が結ばれたのである。

フィスクは誠実な男で、ボランティアとして毎週金曜日にはアリゾナ記念館に出て見学者の案内人をつとめラッパを吹奏する、ホノルルでは有名人物の一人だった。ホノルルに帰ったフィスクが、日本での慰霊祭の模様を仲間の退役軍人連中に話し、招待してくれた海原会の好意と、その活動ぶりについて詳細な報告を行なったことは言うまでもない。

翌一九九三年にはハワイ大学講師のジョン・デバジリオが自費で来日し、平成五年の海原会慰霊祭に参加し、スピーチをした。彼は太平洋戦争の日本海軍航空隊によるパールハーバー攻撃の歴史を研究している人だが軍人ではない。だがその知識は我々攻撃に参加した者よりも深く、アリゾナが二つに折れて轟沈した原因と爆弾の命中した個処、投下した日本機の搭乗員の氏名まで調査し、尨大な資料を携えて来日している。滞日中も真珠湾攻撃に参加した旧海軍航空隊員に会いさらにその資料をふやす、という熱心な人で離日する日に私に向って次のように語りかけて来た。予科練甲飛一三期の吉田次郎君が通訳として立ち会ってくれた。

「アメリカ本土に住んでいる旧軍人にも声をかけてハワイに集まってもらうから前田さんも海原会々員に呼びかけて日米両国の戦士で戦没者の慰霊会をやりませんか、そして〝友好の碑〟を建立して後世に遺そうではありませんか。場所はパンチボールにある太平洋国立記念墓地が良いと思います。許可は責任をもってこの私がとりますから……」

そしてその開催日は終戦五十周年目の一九九五年九月三日（九月二日はクリントン大統領が出席してパンチボールでミサが行なわれるのでその翌日に）という具体的な案まで提示してくれたのである。私はことの意外な展開に驚き「ご提案の件は海原会の理事会に諮《はか》って近日中に結論を出します」とのみ答えるに留めた。

海原会の理事会は毎月一度開かれる。慰霊祭の反省会を兼ねた次の理事会にデバジリオ氏のこの誘いの件を諮ってみると理事は全員が応諾してくれ、私はほッとした。

さて、その準備が始まった。会員へのこの会への参加要請記事は月刊予科練（海原会の機関誌、毎月発行）に掲載し、旅行会社数社を集めて入札による旅行経費の算出など、多忙な毎日ではあったが楽しい仕事でもあった。そんなある日、翌年一九九四年十月の海原会の慰霊祭に〝イーストウエストセンター〟の副所長ホワイト博士が参加する旨の通知がデバジリオ氏から届いたのである。いよいよアメリカ政府も動き出したぞと私は直感した。イーストウエストセンターと言えば、先年天皇陛下が訪米の帰途ハワイに立ち寄られた時、このセンターにある日本庭園に植樹されたとある新聞記事を私は想い出していたのである。

一九九四年の十月、予科練の慰霊祭に参加してくれたドクターホワイトは年齢五十歳ぐらい、もの静かな紳士だった。ドクターホワイトは来年行なう日米合同の慰霊祭のスポンサーをイーストウエストセンターが引きうけた旨の話をもの静かにしてくれた。イーストウエストセンターはアメリカ国務省の下部団体で、東西文化の交流に成果を挙げているとの話であった。そして所長は日系人であるとも話してくれた。ドクターホワイトとの話合いには一三期の吉田君が必ず立ち会い通訳を果たしてくれたが彼の労苦は大いに多《た》としなければならない。

いろいろと紆余曲折はあったが最終的にハワイ行きの申し込みは三八七人に達した。現地から参加の三人を加えると三九〇人である。海原会副会長の櫻井房一氏の地元東京の日暮里からは一〇名の一般人の参加者があった。

戦後東京の下町で亡父の残してくれた仕事を継ぎ、熾烈な企業戦争を戦い抜いて来た櫻井は、串良の攻二五六飛行隊で、甲飛の先輩であり上官でもあった私の要請で海原会の副会長を引き受け部内をよくまとめてくれた。彼もまたこの戦争の終わりかたに釈然としない思いを抱きつづけて来た一人だったからこの慰霊親交の企画には、これは慰霊祭のみならずこの戦争のこよなきけじめがつけられる、と情熱を燃やして働いてくれた。

この人の偉さは多忙な社業に従事しながら一方では地域のいろんな世話役を引きうけ地元の人達の信頼を得ていることであろう。

一九九五年の六月、私と櫻井と吉田はハワイへ飛んだ。

六月五日午後、ハワイ州知事公舎にベンジャミン・カエタノ知事を表敬訪問し、真珠湾攻撃を受けた時のアメリカの生存兵七人と和解と友好の握手を交わした。つぎに日本総領事館に行って総領事の天江喜七郎氏（現中近東アフリカ局長）にこれまでの経過の説明と九月三日の慰霊祭に参加の要請をして快諾を貰う。このあとホノルル市長を表敬訪問し、それが終わってからハワイのラジオ放送局でインタビューに応じ、アリゾナ記念館にもいって一九九一年にトラトラトラのシンポジュームでお世話になったボブ館長にも会い、四〇〇名に及ぶ日本からの慰霊祭参加者が記念館を訪れた時に便宜をはかって貰うようにと頼むとボブ館長は快諾してくれた。これらの訪問は二日がかりの仕事だったが、デバジリオ（この共同慰霊祭の発案者）フィスクの両氏と及び日系三世の女性通訳の協力で無事終わることが出来たのである。

その日——一九九五年九月三日午後三時のワイキキビーチに打ち寄せる波は銀色に輝いていた。空は抜けるような蒼さだった。

パンチボール国立太平洋墓地に続々とバスが到着し、約一〇〇〇人の日米の退役軍人とその家族で埋められた。

米軍儀杖隊、軍楽隊、ハワイ大学混声合唱団等が入場、日米の国旗が儀杖兵によって捧げられ両国の国歌演奏、弔銃の発射のあと司会者により開会が宣せられ、一番目のスピーチを私に指名された。私は用意した原稿を読み上げ最後に「パールハーバー、ネバ、アゲン」と締めくくった。通訳はハワイ大学副学長の日系三世ミス、アリッス・イノウエがやってくれた。ついでアメリカの退役軍人を代表してダニエル退役艦長が立ち「嘗ての戦った敵同士が一堂に会して和解と友好の握手をしたことは人類史上初めてのことで、これからもないであろう。戦争は決して起こしてはならない」と力強いスピーチを行ない、会場はシーンと静まりかえった。

奉納される碑板は日章旗、星条旗、ハワイ州旗をあしらったもので「第二次大戦に参加した日米ベテラン（退役軍人）が一堂に会して和解と友情を確かめた」と英文で刻まれている。デバジリオのデザインだという。この碑の紹介は櫻井副会長が立派な挨拶をして会場は盛り上がった。この碑にアメリカの子供たちが花束を捧げて、慰霊祭は無事終わったのであった。

翌日の新聞は一面にこのことを伝え「ネバ、アゲイン」と叫んだ私の英語がブロークンであった、とまで記事にされていた。しかしそれに補足するかのように「感動的な発言であった」と記されていた。

以上が前田氏が筆者に書き送ってくれた全文である。

藤岡昭二が一九九五年九月三日に行なわれる日米合同戦没者慰霊祭と日米旧兵の交歓会のことを知ったのは、月刊予科練の記事によってであった。

こんどの戦争の終わりかたに釈然としない思いをいだいていたのは予科練全員といってよく、昭二も無論その一人だったからこれは戦争というものの最もいいけじめのつけかたになるぞ、と思った。思えば青春の夢を追ってはいった予科練だったが、事実は夢とは裏腹な敗戦と思いもかけぬ予科練の解隊という終焉をみせられる結果に終わり、中学の中途から海軍にはいった予科練甲飛には、さしたる学歴というものもなくまた生業の術とて皆無だった。戦後の世間にそのまま放り出された予科練は必死になって生きねばならなかった。さきの作家先生の言った「さすがエリート、立派にやってこられました……」の感慨は昭二達自身にはないけれど、自分達を運命づけた戦争との係わりについての思いは深い。その戦争が無条件降伏で、ある日突然に終わってしまったのである。片付かない気持の終戦だったといえる。ずるずるとそのままに時は経ってしまったがこんどの真珠湾での日米戦士による合同慰霊祭は、そんな終戦の日を送った予科練にとって改めて戦争の終結を思い知る絶好の機会となるであろう。

昭二はどんなことがあってもこの真珠湾の会には出席しなければ、と思った。そうだ、結婚式も挙げずに一緒になって、いままでさんざん苦労をかけた妻の八重と一緒にいこう。いや、三人の子にも真珠湾を見せてやろう、と思った。家族五人でいくとなれば費用もかなりの額となるけれど、いまの昭二にはその負担など重いものではなかった。

　九月三日の前日からホテル入りしていた昭二達は、当日はゆっくりとホテルを出た。日米合同の戦没者慰霊祭を知らせる花火がさかんに打ち揚げられていた。

　日本の海原会長の前田がマイクの前に立った時、昭二は会場を見渡せる場所に一人だけ離れて立っていた。彼はそこで家を出る時に仏壇から持ち出した岳父日下弥兵衛の位牌を掲げていた。

「お父さん、見て下さい。いま我々の過ごした戦争の時代の幕がおりようとしてるんです。あの時代が去っていこうとしてるんです。その幕引きは戦った国同士ではなく、戦わされたわれらの手でひくことになり、そして私もその幕引きに参加した一人としてここにいるんです。お父さん……」

　捧げ持った弥兵衛の位牌に、口を近づけ囁くような昭二の語りかけだった。

　八重が娘の小夜と、急にいなくなった昭二を捜しに来て昭二の傍まで来たけれど位牌に語りかけている昭二を見て、娘の小夜が声をかけようとするのを八重は制した。

　悪戦苦闘する自分達の暮らしぶりを気遣いながら死んだ岳父弥兵衛の霊に向ってする昭二の、この世からの初めての報告でもあった。

　日米旧兵の交歓会は、それぞれがグループごとに分かれ、ハワイ在住の日系人のボランティアが通訳として一グループに二人か三人ついてくれたから話は何処でもはずんだ。昭二と語り合ったアメリカ兵は飛行兵でグラマンＦ６Ｆに乗っていた、という。彼は日本の紫電改が怖わかった、と言い「日本の握りめし（おむすび）を食ってみたが、どうにも喉を通らなかった」と笑った。昭二が訊かれて

「予科練だ」と答えると「ヨカレン、ほーお」とグラマン乗りは眼を丸くして驚きを示した。「ヨカレンを知っていますか」と通訳に訊かせると「勿論よく知ってるとも……この戦争を戦ったアメリカの飛行兵で予科練を知らない者はいない。初めの頃のゼロ戦、終わりの頃の特攻……みな予科練と聞いている」とグラマンは答えた。

その夜は昭二の宿泊しているホテルでは遅くまで、予科練の古い期の人達も一三期以降の新しい期の者達と気楽に声をかけ合い、手を取り合って歓談している光景が随所に見られた。戦闘の経験の有無に関係なく、この戦争を戦ったのだという予科練としての一体感が生じていた。「胸に何かがつかえてた感じの我々の戦後だったが、これで胸のつかえがとれた感じです」という声もそこ、かしこに聞かれ、その誰もが疲れのとれた晴れ晴れとした顔色をしていたのが見る者の印象に残った。

翌日の夕方、昭二は家族をつれて食事と買物に出た。一番上の長男と次男は年子でともに大学生、その下が女の子でこれは高校二年生だった。その子供たちに男の子には二十万円、女の子には十万円の小遣いを昭二は手渡した。「こんなに……」と眼を丸くする子供達に昭二は頬笑みながら言った。「昨日はお父さんの戦争の終わった記念日なんだ。その記念にそれは上げたんだから欲しいものは何でも買うがいい」

藤岡昭二にとって戦争は昭和二十年八月十五日に終わってはいない。自分達予科練というものを運命づけたとも思えるあの戦争は、戦後もかたちを変えての継続だった、の思いが強い。その長かった戦争の時代の幕引きを、昨日我々予科練はこの手で引くことができたのだ、という感慨は一日経った今日の方が一層深いものがあった。昭二はいま、ほんとうの戦後を感じ開放された思いに浸っているのである。その表情からも疲れの隈は消え、明るい顔色だった。

その昭二に八重が眩しげな眼を向けて言った。

「お父さん、ホテルのロビーで予科練の幹事の人が言ってたお話……聞きました……」

「どんな話……」

「来年はアメリカの戦った人達が日本にくるそうですよ」

「このお返しに……てぇわけか……」

そう言った昭二の顔は、興ざめしたような色だった。

「戦争の幕引きは昨日終わったんだ、八重……幕引きは一度だけで充分さ。来年はもう幕引きじゃァない、幕あきさ、新しい日米劇のね」

昭二はそう説明して聞かせたが、八重には予科練のそんな思いや気持など解るはずもなく怪訝な眼で夫を見上げているばかりだった。

「八重、お前には解らないのか、この俺の思いが……」と昭二はさらに言いたかったが、それは口には出さなかった。予科練の思いが他の人には理解されない節《ふし》が今までにも何度かあったことに気づいたからで、糟糠の妻にも解って貰えない我が思いの孤独さを噛みしめるばかりだった。

やがて昭二は黙って歩き出した。うしろから八重が蹤いてくる。昭二はその時「哀しきは予科練、ああ、哀しきは予科練」と心の中で繰り返していた。

あとがき

予科練だった人達に接する場合、私には二つの異なる感情がある。甲飛一二期、乙飛一九期以前の期の人達に対しては「よく生き残れましたね。大へんでしたね」という気持。甲飛一三期乙飛二〇期以降の予科練だった人達には、この本の表題とした「哀しからずや、予科練は」のいとおしさの情《じょう》であった。これらの期の人達は極く一部を除いては、本来の飛行機には乗らず回天、蛟龍などの水中特攻若しくは震洋などの舟艇特攻に配されて戦闘配置についた人達だった。そして数的には、これらの若い期の人達が現存する予科練の大部分を占めているのである。

——本日は決戦下公私ともにご多忙中にもかかわらず数《かず》ならぬ私のために、かく多数の方々にお見送りをいただき、各団体長の方々よりはご鄭重なる壮行のお言葉をいただきまして誠に有難うございます。

今や大東亜戦争は決戦段階に入り、先にアッツ、タラワ、マキンの玉砕を見、近くはマーシャル諸島のクェゼリン、ルオット両島における壮烈なる全員戦死の報を聞き、一億国民の憤激その極に達し、撃ちてし止まむの決意をもって一日も早く頑敵米英を撃滅し以て聖慮を安んじ奉らんことは、ひとしく皆様方のお心持と思います。

かかる重大なる時期に直面し不肖私も航空決戦の一員として入隊することが出来ましたことは、まことに男子の本懐之に過ぐるものはありません。

入隊致しました暁は、予科練魂たる攻撃精神を練って皆様方のご期待に沿うよう努力し以て大東亜戦争完遂の為邁進する覚悟であります。簡単ではありますがこれを以て私のご挨拶と致します。

右は昭和十九年三月三十日、入隊していく予科練の少年が見送りに来てくれた町内の人々に対して行なった挨拶である。少年の名は遠藤紫一、中学四年終了で予科練に入った数え年十七歳の少年であった（同氏の宝塚航空隊での日記は本篇に収録）。兵学校七七期だった西能正一郎氏の家族に出した葉書と対照して味読して頂きたい。この当時軍門に参じた少年達の心構えを表現したものとして紹介したものである。

帽振れ数題のその一は、予科練甲飛一六期生について書いた。一六期生や宝塚航空隊のことを書いたものに、栗山良八郎氏の小説「宝塚海軍航空隊」―文春文庫―がある。本篇は聴き書き以外はそれを参考文献として書いた。参考にしただけでなく一部の個処はそこから転記したものもある。

本篇に戦死していく練習生が〝天皇陛下バンザイ〟〝大日本帝国バンザイ〟と唱えて死んでいくところがある。これは当時住吉丸に一緒に乗っていた彼らと同期の数名の人達から筆者が直接《じか》に聞いて書きとめたものだ。「死ぬ時にそんなこと言うかい。死に際の言葉は本音《ほんね》以外は出ないもんなんだ。

嘘だよ」と反駁する幾人《いくたり》かの戦争経験者もあったけれど、筆者は事実は理窟ではない、と信じるがゆえに敢てその証言を採ったのである。陸軍でも海軍でも戦死する時、どうやって死ぬべきかを教えたことはなかった。教わったとすれば戦前戦中の小学校（当時は国民学校と改称していた）の国定教科書の修身の授業など以外にはない。天皇陛下バンザイも大日本帝国バンザイも唱える意味は同じである。日本の軍人はそう叫んで戦死していったのだ、という先入の固定観念がなければこの言葉は吐けない。そして自分の死のさきにこの国のかがやかしい未来が拓けるのだと信じ、そう叫んで死んでいったこれらの少年達の純粋さこそはまさに予科練であり、まさに哀しかりし予科練と云わざるを得ないであろう。なお一六期生の宝塚在隊者数は、栗山氏の本では四〇〇名となっているが、全一六期生二五、〇三四名から考えてもこの数字はおかしい。在隊者の記憶も参考にしつつ本篇では山田巌氏の資料を概ね妥当と認め、その数字を頭に置いて書いたものであることを断っておかねばならない。

「はぐれ雲、山の端に」の主人公鹿野至氏とは親しく且つ長い交際《つきあい》の間柄だった。筆者の次男茂彦はこの人から飛行機の操縦を教わっている。飛行機一途の鹿野氏のことを、かねてから書きたいと思っていた筆者は、一九九八年の秋、調布の飛行場で会った時「きみのことを小説に書きたいんだが、いいかね……」と訊くと「この私をですか……先生の小説に……」と吃驚したような眼をして訊きかえした顔が想い出される。その後資料の提供も受け想い出を数度にわたって話してくれた。

「いつ頃先生、その本は出るんですか」とその都度訊く鹿野氏の眼は期待に輝いていた。ドキュメンタリー小説だから原稿があがると出版社に渡す前に主人公になって貰った人に渡して読んで貰うのが例になっている。一九九九年七月六日、筆者はそのことを連絡しようと鹿野氏宅に電話を入れた。電話に出たのは娘さんの山本繁子さんだった。「父は一月二十八日に亡くなりました。先生のことも父が小説に書かれることも父から聞いて存じておりましたが、父の手帳が見つかりませんのでご連絡のしようがなかったんです」

受話器を持ったまま筆者は、へたへたとその場に崩れ尻餅をついてしまった。そうなる少し前に鹿野氏は家移りをして移転の知らせは筆者にも届いている。いくら捜しても父の手帳が見つからない、という繁子さんの嘆きもこの移転の直後だけに起こりうることだった。はからずも心残りな「はぐれ雲、山の端に」となってしまったことを、ここに書添えておく。

隅田川の船宿に生まれ育ったブナ戦の亘理大造氏は、戦場からの貴重な生還者の一人である。戦後亘理氏は艀の仕事を始め、艀船十数隻を持つに至った。「ブナの泊地を見おろすあの丘に、ブランの樹は未だ残ってるだろうか……それを確かめにいかねえうちァ先生、俺の戦争は終わりにはならねンだ」

会う度びにそう繰返していた亘理氏だったが、ついにそのブナ行きを果たせぬままにこれも還らぬ人となった。ああ……平成四年の晩春の頃だった。

一九九九年（平成十一年）四月十八日は山本五十六元帥の五十六回忌にあたった。

本篇の「哀しからずや、予科練は」に出てくる（財）海原会会長前田武氏は、かねてから元帥に畏敬の思いを抱くこと久しく、殊にミッドウェイ戦の戦傷で呉の海軍病院に入院していた時に山本長官の見舞いを受けた感動は、前田氏にとって終生忘れられないほどのものだった。

予科練の代表として前田氏は当然出席のスケジュールを組んでいたことは言うまでもない。

元帥の郷里長岡には山本五十六の胸像が建っている。これはまえに霞ヶ浦にあったものを戦後になり、進駐軍の思惑を憚った一部の人たちの意見で湖底に沈められた。その像を引き上げたのは昭和も二十七年になってからのことで長岡の元帥像はその湖底から引き上げられた元帥像を原型にして制作されたものだった。

ところが出発の前日になって、予期せぬとんでもないことが起こった。その予期せぬことは前田氏の次男修吾氏の家に起きた。

十七日の朝、修吾氏の次男修作君（十五歳、高校生）がいつまで経っても起きてこないので見にいったら修作君はフトンの中で、あろうことか、すでに亡くなっていたのである。大騒ぎとなり報せを受けた前田氏も夫人のふさ子さんとともに駈けつけた。前田氏にとっては家族の初めての死だった。

修作君は高校ではバスケット部の選手として活躍していた元気な子だっただけに、その突然の死は嘘のようで前田氏には容易に信じられなかった。床《とこ》に入ってから突然の心臓発作か何かで急死したものと思われる。前田氏のもう一人の子である長男の哲郎氏（日本電気化学に勤務）一家も駈けつけ、父親の修吾氏も会社（旭化成）を早退して駈け戻って来た。前田氏はマンション住まいの修吾氏の家では葬式を出すのに不便が多すぎると考え、取敢ず修作君の亡骸《なきがら》を世田谷瀬田の自分の家に運ばせた。訃報を発し、納棺、お通夜、葬式、と悲しみの中に連続して行なわなければならなくなった矢先の翌十八日の朝、前田氏は長岡市で行なわれる山本長官の法要に行く、といって忙しく旅仕度を始めたのである。前田夫人ふさ子さんは仰天すると同時に、必死になって掻き口説き夫の長岡行きをやめさせようとしたけれど前田氏は聴こうともしない。

玄関先まで夫婦の話はもつれた。「どうしてもいくんですネ。あなたは鬼ですか……」と靴をはく前田氏の背に夫人は鬼という言葉を投げた。切羽詰った夫人の眼に涙があった。

すでに新幹線が通じてもいたから長岡といっても東京からは二時間とかからない。当日の朝に家を出ても法要に十分に間に合うのである。

山本長官の法要に出席した前田氏はトンボ返りでその夜には帰宅し、愛孫修作君のお通夜はつつがなくつとめている。

いかにも予科練を思わせる前田氏の当日の行動ではあるが、その結果生じた家族の者との違和感はどうにもならなかった。「哀しからずや、予科練は」の幕切れに筆者はこの話を持って来て据えたかったことを告白する。家族の者からも孤立してしまったこの際の前田氏に吐かせる科白は「哀しからずや、予科練は」の言葉かその感慨のほかにはない。もともと本篇は甲飛第三期と同一三期という新旧の予科練をそれぞれに描き最後は真珠湾の日米戦士の集いで予科練を運命づけた戦争への思いが新旧ともに一体化して昇華するという構想のものだったのだけれど、それには戦後の前田氏をああいう形でなく小説として描くことが必要だった。だがそれをすれば前田氏のプライバシーを侵すことにもなり又氏の同意も得られなかったため予科練前田氏を描くことは途中で断念せざるを得なかったのである。実話《ドキユメンタリー》小説を書く場合のむずかしさがそこにある。勢い本篇の終末も変更せざるを得ず甲飛一三期藤岡昭二氏の「哀しきは予科練、ああ、哀しきは予科練」の独白に換えて結ばざるを得なかったのである。

一九九九年秋

菊　岡　襄　治

哀しからずや予科練は

2000 年 11 月 20 日 初版第 1 刷発行
著 者 菊岡 襄治
発行者 柳原喜兵衛
発行所 合資会社柳原書店 柳原出版
〒 615-8107
京都市西京区川島北裏町 74
ＴＥＬ 075-381-2319
ＦＡＸ 075-393-0469

印 刷 内外印刷㈱
製 本 ㈲清水製本所

ISBN4-8409-4401-6